태룡전

김강현 新무협 판타지 소설
FANTASTIC ORIENTAL HEROES

태룡전 8

김강현 新무협 판타지 소설

초판 1쇄 찍은 날 § 2009년 9월 21일
초판 1쇄 펴낸 날 § 2009년 9월 28일

지은이 § 김강현
펴낸이 § 서경석

편집장 § 문혜영
편집책임 § 정서진
편집 § 문정흠

펴낸곳 § 도서출판 청어람
등록번호 § 제1081-1-89호
등록일자 § 1999. 5. 31
어람번호 § 제2-1821호

주소 § 경기도 부천시 원미구 심곡2동 163-2 서경B/D 3F (우) 420-822
전화 § 032-656-4452 팩스 § 032-656-4453
http://www.chungeoram.com
E-mail § eoram99@chollian.net

ⓒ 김강현, 2009

ISBN 978-89-251-1939-7 04810
ISBN 978-89-251-1731-7 (세트)

※ 파본은 구입하신 서점에서 교환하여 드립니다.
※ 저자와 협의하여 인지를 붙이지 않습니다.
※ 이 책은 도서출판 청어람과 저작자의 계약에 의해 출판된 것이므로,
  무단 전재 및 유포·공유를 금합니다.

태룡전

8 천기비동(天氣秘洞)
[완결]

김강현 新무협 판타지 소설

FANTASTIC ORIENTAL HEROES

目次

제1장	비검운	7
제2장	천기비동(天氣秘洞) 上	25
제3장	태호혈사	49
제4장	혈월단	81
제5장	입동(入洞)	107
제6장	천기비동(天氣秘洞) 下	139
제7장	혈교	163
제8장	음양해검	191
제9장	탈출	219
제10장	혈교대전	243
제11장	반격	273
제12장	해남도의 암혈	301
종장		319

第一章
비검운

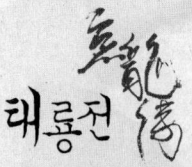

단유강은 창을 통해 비검운의 모습을 확인했다. 비검운은 청룡이 수놓인 붉은 장삼을 입고 있었는데, 상당히 화려한 옷차림과 어울리지 않게 얼굴은 냉막하기 그지없었다.

비검운의 몸에서 뻗어 나오는 은은한 기파는 상당히 날카로웠다. 만일 수준이 낮은 사람이 그 기파를 접했다면 싸우기도 전에 기세가 위축되어 제 실력을 발휘하기 어려울 것이다.

단유강은 창을 훌쩍 넘어 방 안으로 들어갔다. 비검운은 그때까지도 움직이지 않고 단유강을 노려보고 있었다.

"여기서 또 이렇게 구린 일을 벌이고 있었군."

단유강이 성큼 앞으로 다가섰다.

비검운은 눈에서 혈광을 흘리며 손을 뻗었다. 비검운의 손에서 핏빛 강기(罡氣)가 발출되었다.

"피슉!"

단유강은 눈앞으로 빠르게 날아오는 강기 덩어리를 보며 씨익 웃었다. 그리고 손을 슬쩍 휘둘러 손등으로 그것을 쳐냈다.

"퍼엉!"

강기가 터진 곳은 정탐성의 머리였다. 단유강이 쳐낸 강기가 정탐성의 머리에 부딪치며 그의 목숨과 함께 사라진 것이다.

"으드득."

비검운이 이를 갈았다. 설마 강기를 그런 식으로 쳐낼 줄은 몰랐다. 비검운은 눈을 가느다랗게 뜨고 단유강을 살폈다. 쉽게 힘을 측정할 수가 없었다. 이런 경우는 참으로 드물었다.

'강자로군.'

여기까지 기척을 들키지 않고 다가왔다는 자체가 대단한 실력을 가지고 있다는 증거였다. 결코 쉬운 싸움이 될 수 없었다.

"네가 천망단의 미꾸라지로군."

"미꾸라지? 당나귀라는 말은 들었어도 미꾸라지라는 말은 못 들어봤는데?"

비검운은 피식 웃으며 허리춤에 매달린 검을 뽑았다. 굳이 말을 섞을 이유는 없었다. 도망칠 수 있는 상황도 아니고, 이제 남은 건 싸워 죽이는 것뿐이었다.

단유강은 비검운이 검을 뽑았는데도 여유롭게 주위를 둘러봤다. 이미 기감을 펼쳐 장원 안에 무사가 얼마나 있는지, 또 그들의 수준이 어떠한지 모두 파악하고 있었다.

정가장에는 무사가 꽤 많았지만 고수는 별로 없었다. 정가장에서 고수라고 할 만한 사람은 정가장주인 정탐성을 지키는 호위무사 한 명뿐이었다. 그리고 그 호위무사는 지금 단전이 파괴된 채, 마혈을 제압당해 누워 있었다.

본래 그렇게 심하게 손을 쓸 생각은 없었는데, 지닌 기운이 예전 황산에서 상대했던 놈들과 비슷해서 확실하게 제압을 했다. 그 역시 혈교의 일원일 테니까 말이다.

단유강은 서늘한 눈으로 비검운을 쳐다봤다. 비검운은 단유강의 시선에 흠칫 놀랐다. 마치 뇌리를 꿰뚫는 듯 강렬한 눈빛에 자신도 모르게 약간 주눅이 들었다.

"내가 꼭 알고 싶은 게 하나 있거든? 그것만 말해주면 곱게 보내주지. 어때? 꽤 괜찮은 제안이지?"

"미친놈이로군."

비검운은 더 이상 생각할 것도 없다는 듯 검을 휘둘렀다. 그의 검은 매섭고 빨랐다.

단유강의 손이 횡으로 움직였다.

쩡!

비검운은 놀람을 금치 못했다. 온 힘을 다한 일격이었는데, 단유강의 손날에 검로가 비틀린 것이다. 단유강은 손에 큰 힘을 싣지도 않았다. 그저 검로의 빈틈을 찌른 것뿐이었다.

'상상 이상의 고수다!'

혈교의 군사이자 비검운의 직속상관이기도 한 만수평은 강자로 소문난 사람들, 혹은 숨은 강자들에 대한 조사를 세밀히 진행해 왔다.

혈교주가 걱정했기 때문인데, 단유강이나 흑월검마도 당연히 그 조사 대상에 포함되어 있었다. 비검운은 그 조사 보고서를 읽은 적이 있었고, 단유강이 만만치 않은 강자라는 것도 미리 알고 있었다.

하지만 지금의 상황은 정말로 의외였다. 단유강이 이렇게까지 강할 줄은 몰랐다. 사천 미고현에서의 일은 흑월검마가 주축이고, 단유강은 그 흑월검마 옆에 붙어 위세를 빌어 일을 도모하는 사람이라고 판단했던 것이다.

'조사가 틀렸을 수도 있다.'

비검운은 불길한 생각이 들었다. 어쩌면 단유강은 흑월검마보다도 강할지 모른다. 비검운이 판단하기에 흑월검마라면 자신이 나서서 충분히 상대할 수 있을 것 같았다. 한데 단유강은 자신이 감히 감당할 수 없을 정도로 강한 듯하지 않은가.

"네놈, 정체가 뭐냐?"

"나? 단유강. 천망칠십오대의 대주였지. 지금은 천망단의 단주가 되었고."

비검운의 얼굴이 일그러졌다.

"웃기지 마라! 네놈은 분명 숨은 정체가 있을 것이다."

"네놈이 혈교의 개인 것처럼 말이지?"

비검운은 단유강의 도발에 넘어가지 않았다. 그리고 머릿속으로는 어떻게 이 상황을 빠져나가야 할지 끊임없이 궁리했다. 비검운은 잠시 눈치를 살피다가 벼락같이 일검을 뻗었다. 실로 쾌속하기 이를 데 없는 찌르기였다.

쩡!

비검운의 눈이 커졌다. 이번에는 좀 전보다 더했다. 단유강이 손가락 두 개로 검극을 잡은 것이다. 검을 빼내려 용을 써 봤지만 전혀 빠져나올 생각도 하지 않았다.

"크윽."

검을 타고 막대한 기운이 쏟아져 들어와 비검운은 그대로 주저앉을 수밖에 없었다. 순식간에 내상을 입은 것이다.

"자, 이제 내 말을 한번 들어보고 싶은 생각이 들어?"

비검운은 고통을 참으며 억지로 고개를 끄덕였다. 지금은 이렇게 해서라도 시간을 끌고 기회를 살펴야 했다. 어차피 항주에서의 일은 실패했다. 분위기를 보니 지금까지 벌였던 일이 실패하게 된 것은 단유강이 한 짓이 확실해 보였다.

'흑월검마의 그림자에 가려서 진짜를 놓치고 있었어.'

비검운은 조심스런 눈으로 고개를 들었다. 그리고 단유강의 눈을 바라봤다. 표정은 가벼워 보였지만 그 눈빛 깊은 곳에 있는 냉정함과 무심함을 읽어낼 수 있었다. 비검운은 문득 온몸이 덜덜 떨렸다.

'무서운 놈이다.'

비검운이 떨리는 몸을 가라앉히려 애쓰고 있을 때, 단유강이 천천히 입을 열었다.

"암혈의 위치를 말해."

암혈이라는 말에 비검운의 표정이 시커멓게 죽었다. 그건 절대 말해선 안 되는 비밀이었다. 그렇지 않아도 두 개의 암혈 중 하나가 사라졌다고 했다. 비검운은 사라진 암혈을 떠올리며 단유강을 바라보다가 설마 하는 표정을 지었다.

"설마… 암혈을 없앤 것이……."

단유강이 빙긋 웃었다.

"그래, 내가 없앴어. 그건 세상에 절대 있어선 안 되는 구멍이거든. 네놈들이 그걸 이용해 하려던 모든 걸 원점으로 돌려야겠어."

"말할 수 없다. 아니, 모른다!"

"역시 알고 있었군."

"모른다고 하지 않았느냐!"

"그런 거짓말은 정신을 똑바로 차리고 해야지. 이제 어디쯤에 있는지만 얘기해 주면 멀쩡한 몸으로 돌아갈 수 있겠네. 그렇지?"

단유강의 말에 비검운이 잠시 갈등했다. 단유강이 거짓을 말하는 것 같지는 않았다. 정말로 암혈의 위치만 말해주면 자신을 그냥 보내줄 것 같았다. 그렇게 흔들리던 비검운의 눈이 일순 독기를 띠었다. 그리고 결국 고개를 저었다.

'약해지면 안 돼. 차라리 그냥 죽는 게 낫다. 교주에게 제물로 바쳐지면 억겁의 세월을 고통 속에서 보내야 해.'

교주에 대한 공포가 비검운의 흔들림을 막았다. 비검운은 죽음을 결심한 눈으로 단유강을 바라봤다. 단유강은 잠깐의 시간 동안 바뀐 비검운의 눈빛에 눈살을 찌푸렸다.

비검운은 단전을 마구 회전시켰다. 어찌나 빨리 돌렸는지 스스로 제어할 수 없을 정도였다. 강렬한 기의 흐름이 일어났다. 그렇게 일어난 강대한 기운이 비검운의 몸을 순식간에 먹어치웠다.

단유강은 깜짝 놀랐다. 이렇게 순식간에 이 정도로 막대한 기운을 만들어낼 수 있을 줄은 몰랐다.

비검운의 손에는 어느새 날카로운 비수가 들려 있었다. 비검운은 빛살 같은 속도로 단유강의 단전을 찔렀다. 앉아 있는 상태였기에 단전을 노리는 것이 가장 가깝고 쉬웠다.

쩌엉!

비수가 산산이 부서졌다. 완전히 가루가 되어 허공에 흩어졌다. 언제 뽑았는지 단유강이 검으로 비수를 막아냈다. 하지만 공격은 그것으로 끝이 아니었다. 비검운의 몸이 크게 부풀어 올랐다.

"이런!"

단유강은 급히 내력을 방출했다. 그와 동시에 비검운의 몸이 그대로 터져 나갔다.

꽈앙!

사람의 몸이 터진 것이라고는 믿기 어려울 정도로 거대한 폭음이 울렸다. 그 폭발에 단유강과 비검운이 있던 전각이 그대로 날아가 버렸다. 그 정도로 대단한 폭발이었다.

비검운의 몸에서 터져 나간 육편들은 하나하나가 막강한 파괴력을 품고 있었고, 그 육편들이 전각을 넘어서 장원 전체를 뒤덮었다. 당연히 단유강이 있던 자리에도 육편들이 쏟아졌다.

콰과과광!

이번에는 수십 개의 화탄을 터뜨리는 듯한 폭음이 울렸다. 정가장에 날벼락이 떨어진 것이다. 장원에 있던 무사는 물론이고, 무공을 모르는 사람들까지 모조리 죽어버렸다.

폭발에서 살아남은 사람들도 결국은 죽을 수밖에 없었다. 육편이 무서운 것은 폭발력뿐만이 아니었다. 그렇게 가루가 된 육편은 그 자체로 무서운 독이었다.

일단 육편의 독을 마신 사람은 숨을 채 세 번도 쉬지 못하고 그대로 절명했다. 정말로 지독한 독이었다.

단유강은 푸르스름하면서도 투명한 구체에 싸인 채 그 참상을 바라보며 눈살을 찌푸렸다.

"지독하군."

목불인견이었다. 갈기갈기 찢겨져 죽은 사람과 독에 당해 반쯤 녹아버린 사람, 그리고 팔다리가 떨어져 나간 시체들이 즐비했다.

단유강은 손을 들어 올렸다. 어느새 단유강을 감쌌던 구체는 사라지고 없었다. 단유강의 손에서 불길이 일어났다. 그 불꽃은 새파랬다.

화르륵.

처음에는 어린아이 주먹만 했던 불꽃이 마치 뱀처럼 길게 늘어나 사방을 휘젓고 다니기 시작했다. 그 불꽃의 뱀은 허공에 남아 있던 비검운의 독을 태우고 있었다. 새파란 불의 뱀이 날름날름 독을 먹어치우는 광경은 그 자체로 장관이었고, 기사(奇事)였지만 아무도 보는 사람은 없었다.

불의 뱀은 독을 모두 태운 후, 이젠 폐허가 된 정가장을 다시 불태웠다. 그 위에 있던 시체들도 함께 불길에 휩싸여 재가 되어갔다.

단유강은 진가약재상 안쪽에 있는 작은 방에 앉아 생각에 잠겨 있었다.

'내가 죽이지 않을 거란 사실을 알고 있었던 것 같은데, 왜 굳이 자결을 한 거지?'

단유강은 그 점을 이해할 수 없었다. 비검운은 상당히 능력이 뛰어난 사람이었다. 무공이 문제가 아니라, 사람을 보고 파악하는 능력이 뛰어났다. 그런 자가 단유강이 진심으로 말하는지 그렇지 않은지 파악하지 못했을 리 없다. 단유강은 비검운의 태도에서 그런 걸 분명히 느꼈다.

그런데도 비검운은 그냥 죽어버렸다. 단유강에게 그 수법이 통하지 않으리란 걸 알면서도 했으니 자결이나 다름없었다.

'그때의 그 눈빛……'

단유강은 비검운이 죽기 전 그의 눈을 확인했다. 그의 눈빛에는 죽음에의 공포가 전혀 없었다. 놀랍게도 그의 눈빛에 나타난 것은 안도였다.

'죽는 게 더 낫다, 이건가?'

그게 뭔지 모르지만 비검운에게는 죽음보다 더 두려운 것이 있었다. 어쩌면 그것은 가족일 수도 있고, 또 다른 소중한 것일 수도 있다. 소중한 것의 안전을 위해 자신의 목숨을 초개와 같이 버릴 수 있는 사람은 꽤 있으니까.

하지만 단유강이 판단한 비검운은 절대 그런 사람이 아니었다. 고작 한 번 본 것뿐이지만 충분히 알 수 있었다. 만난 것은 잠깐이지만, 실제 그를 겪은 것은 훨씬 오래되었다. 비검운이 벌인 여러 가지 일을 통해서 그의 성정을 어느 정도 유추한 것이다.

"그럼 남는 건 공포인가."

죽음보다 더 두려운 공포. 아마도 그것은 죽음 이후의 일일 것이다. 비검운은 죽음 이후를 두려워했을 가능성이 있었다. 이렇게까지 공포에 지배된다는 것은 그것을 어느 정도 확신했다는 뜻이다.

'혈교, 생각보다 쉽지 않은 곳일 듯하군.'

단유강이 그렇게 생각에 잠겨 있을 때, 누군가 방문 앞으로 다가왔다. 단유강은 생각을 접고 고개를 돌려 방문을 바라봤다. 이내 문밖에 선 자가 입을 열었다.

"저 진자소입니다. 들어가도 되겠습니까?"

"들어와."

단유강의 허락에 진자소가 방으로 들어왔다. 처음 만났을 때와는 달리 신색이 훤해졌다. 진가약재상은 최근 며칠 새에 그 규모를 더 크게 키웠다. 단유강이 도와준 덕분이었다.

"말씀하신 대로 탐웅무관을 정리했습니다."

단유강이 고개를 끄덕였다.

"좋아, 잘했다. 생각보다 빨리 정리를 했구나."

"작은 규모의 무림문파 하나가 항주에 자리를 잡을 모양입니다. 탐웅무관처럼 제대로 된 연무장이 딸린 장원은 쉽게 구하기 어려워서 꽤 좋은 값에 팔 수 있었습니다."

진자소의 설명에 단유강이 만족스런 표정을 지었다. 진자소는 생각했던 것보다 훨씬 일처리가 뛰어났다. 게다가 상재를 타고났다. 잘만 밀어주면 상계에서 크게 이름을 떨칠 수도 있을 것이다.

"탐미각이나 탐화루의 운영은 어때? 괜찮을 거 같아?"

"그동안 쌓아둔 명성이 있어서 당분간은 문제가 없을 듯합니다. 하지만 장기적으로 봤을 때는 문제가 있습니다."

"무슨 문제?"

"아시다시피 탐미루에서 가장 중요한 건 음식의 맛입니다. 하지만 주방장이 사라졌으니 더 이상 그 맛을 유지할 수가 없습니다. 탐화루 역시 마찬가지입니다. 기녀들의 수준이 확 바뀌었습니다."

탐미루의 주방장을 처리한 것은 단유강이었다. 그리고 탐화루에 있던 기녀들의 우두머리를 처리한 것 역시 단유강이었다. 문제는 그 두 사람이 탐미루와 탐화루의 핵심이라는 점이었다.

"그런 건 네 역량으로 헤쳐 나가야지. 알아서 해라."

어찌 보면 상당히 무책임한 말이었지만 진자소는 그 말을 그대로 받아들였다. 다르게 생각하면 자신에게 보내는 믿음이었고, 그리고 자신에 대한 시험일 수도 있었다.

"한번 해보겠습니다."

단유강이 묘한 표정으로 진자소를 쳐다봤다.

"그런 미적지근한 대답을 하다니, 아직도 상황 파악이 제대로 안 되는 모양이구나."

진자소가 살짝 놀라 눈을 크게 뜨자 단유강이 말을 이었다.

"탐화루와 탐미루, 그리고 탐독서점, 거기다 여기 진가약재상까지… 다 네 것이다. 한번 해보고 말고의 문제가 아니라, 못하면 네가 망하는 거야. 남의 일처럼 생각하지 말란 뜻이다."

진자소의 눈이 더욱 커졌다. 거의 찢어지기 일보직전이었다.

"식당이나 기루를 인수하는 데 들어간 돈은 나중에 조금씩 회수할 거다. 단가상단은 그리 만만한 곳이 아니야. 결코 이런 일로 손해를 보지 않는다는 뜻이다. 지금이야 네 사정을 봐서 유예를 해주지만, 나중에 이자까지 다 쳐서 돈을 받아낼 거다."

진자소는 정신을 차릴 수가 없었다. 정말로 이 모든 사업체가 자신의 것이 된다면 돈을 갚는 건 너무나 당연한 일이었다.

"저, 정말입니까?"

"내가 처음부터 그렇게 말하지 않았던가?"

"하, 하지만 대체 왜 제게 이렇게……."

이건 큰 기회였다. 기반을 마련하는 건 의외로 쉽지 않다. 더구나 그 기반이 이렇게 탄탄한 사업체들이라면 그야말로 반석이나 다름없다. 그런 큰 기회를 아무렇지도 않게 던져 주고서 아무런 대가도 바라지 않는 게 문제였다.

"내가 맡긴 일을 잘해냈잖아. 그에 대한 보답이라고 생각해라."

"하, 하지만 고작 그런 일에 대한 보답이라고 하기에는 대가가 너무……."

단유강이 손을 들어 진자소의 말을 막았다. 더 이상 들을 필요가 없는 말이었다. 이미 결정을 했고, 실행에 옮겼다. 그걸로 끝이었다.

"됐다. 앞으로 어떻게 사업을 잘 키워 나가서 성공할지만 생각해도 모자라. 넌 돌봐야 할 사람들도 있지 않느냐."

단유강의 말에 진자소가 결연한 표정으로 고개를 끄덕였다. 그는 머릿속에 큰 그림을 그렸다. 앞으로 항주에서 어떻게 성공을 하고, 그 성공을 바탕으로 무슨 일을 해나갈지에 대해서.

그렇게 대충의 윤곽을 잡은 진자소는 단유강을 향해 큰절을 올렸다.

"도와주신 은혜, 절대로 잊지 않겠습니다."

"됐어. 잊어도 돼. 아참, 나중에 월영단이랑 단가상단이 항주에서 자리 잡을 때 조금 거들어주도록 해. 힘들게 할 필요는 없고, 그저 방해만 안 하면 될 거다."

그야 당연한 일이다. 진자소는 다시 한 번 고개를 숙였다.

단유강은 진자소의 인사를 받은 후, 자리에서 일어나 밖으로 나갔다. 단유강이 사라지는 모습은 진자소의 눈에 전혀 보이지 않았다. 진자소는 갑자기 눈앞에서 단유강이 사라져 버리자 한동안 멍한 표정을 지어야 했다.

단유강은 막막했다. 비검운을 통해 암혈의 위치를 알아낼 수는 없어도 뭔가 티끌만 한 단서라도 찾기를 원했는데, 그럴 틈조차 없이 기회가 날아가 버렸으니 다시 처음부터 시작해야만 했다.

"이거, 막막하군. 천하를 누비면서 몽땅 살펴볼 수도 없고 말이야."

요괴나 괴물에 대한 소문이라도 나면 그 근방을 뒤져 보겠는데, 그런 소문도 없었다. 아무래도 대비를 철저히 하는 모양이었다. 정말로 막막한 상황이었다.

암혈을 빨리 막지 않으면 정말로 무슨 일이 벌어질지 아무도 알 수 없다. 어쩌면 벌써 돌이킬 수 없는 사태가 벌어졌을지 모른다.

"어쨌든 혈교 놈들이 암혈을 이용하고 있는 건 확실하니까 그놈들을 먼저 찾아야겠군. 일단 비검운이라는 놈은 죽었으니, 이제 남은 건 비문위인가?"

단유강이 알고 있는 건 딱 그 두 사람이었다. 비검운과 비문위. 이들은 혈교에서 세상에 내놓은 촉수와 같은 자들이었다. 혈교천하를 위해 무림에 혼란을 가져오는 역할을 하는 자들이었다.

그런 자들이 얼마나 더 있는지 모르지만, 비검운을 겪어본 바에 의하면 그런 자들을 많이 키워낼 수는 없었다. 비검운은 그 정도로 강했다.

'그런 놈들이 떼로 몰려 있다면 당장 세상에 나왔겠지. 그럼 일이 더 쉬워졌을 텐데. 아쉽군.'

아무래도 드러난 적이 숨은 적보다 훨씬 상대하기가 편하다. 더구나 단유강처럼 강대한 힘을 가진 사람은 더더욱 그렇다.

"일단 월영단의 힘을 더 키우는 수밖에 방법이 없나?"

월영단은 세상에 퍼진 단유강의 눈과 귀다. 월영단으로도 잡아낼 수 없다면 정말로 천하를 한번 쭉 훑는 수밖에 없었다. 단유강은 그것만은 사양하고 싶었다. 세상의 끝에서 끝까지 세세히 훑어나가면 아무리 암혈을 특수한 진으로 가려놨다 하더라도 찾아낼 수는 있을 것이다. 문제는 그렇게 찾는 데 얼마나 오랜 시간이 걸릴지 알 수 없다는 점이다.

"모르겠다. 일단은 돌아가서 쉬자."

단유강은 고개를 절레절레 저었다. 결국은 돌고 돌아 다시 원점이었다.

第二章
천기비동(天氣秘洞) 上

武龍濤
태룡전

단유강이 다시 사천 미고현에 돌아왔을 즈음, 천하가 술렁이고 있었다. 그 시작은 한 가지 은밀한 소문이었다.

―천기비동(天氣秘洞)이 나타났다!

천기비동이란 천기자의 모든 것이 남겨진 장소였다. 물론 전설에나 나오는 이야기였다.
천기자는 삼백 년도 넘은 과거에 활동하던 사람이다. 당시 얼마나 다양하고 기괴한 활동을 했는지, 그에 대한 전설들이 마치 이야기처럼 세상에 떠돌 정도였다.
사실 세상에는 아직도 천기자의 유물들이 남아 있다. 그가 창안했던 무공부터 시작해서, 각종 기물(奇物)들도 어쩌다 발견되곤 한다. 무림맹이 삼철신군에게 선물한 신물(信物) 역시 천기자의 유물로 알려져 있다.

그런 천기자의 모든 것이 담겨 있다는 천기비동이 나타났으니 천하가 술렁일 만했다.

그리고 천기비동의 등장에 가장 신경을 곤두세우는 곳은 당연히 무림맹이었다.

"정말로 골치 아픈 일이 계속 벌어지는군. 군사, 어떻게 생각하나?"

"아무래도 장로님들을 움직여야 할 듯합니다. 돌아가는 상황이 심상치 않습니다."

혁무길은 피곤한 듯 손으로 이마를 짚은 채 의자에 몸을 기댔다. 하나를 정리하면 다른 하나가 튀어나오고, 또 그것을 정리하면 새로운 문제가 튀어나온다. 이런 식이라면 아무리 무림맹이 큰 힘을 가지고 있다 하더라도 견딜 재간이 없다.

"그래도 마인들과의 싸움이나 흑마성교의 일을 겪으면서도 힘을 비축해 둘 수 있어서 다행이군. 안 그랬다면 이번 일, 막기 어려웠을 거야. 안 그런가?"

"그건 그렇습니다만, 이번 일이 워낙 심상치 않아서 정말로 막을 수 있을지 장담할 수가 없습니다."

"그렇게 심각한가?"

"소문이 너무 파다하게 났습니다. 처음에는 아주 은밀한 소문이었고, 그 소문을 들은 즉시 그것을 무마하기 위해 애썼는데도 지나칠 정도로 빨리 소문이 퍼졌습니다."

사마자문의 말에 혁무길의 얼굴이 딱딱하게 굳었다.

"그 말인즉, 음모가 개입되어 있다는 뜻인가?"

"가능성이 충분합니다."

"심각하군. 그럼 혈교의 짓인가?"

"가장 유력합니다. 다만 확신할 수는 없습니다."

"장로들을 어느 정도 선에서 움직여야 하겠나?"

"일단 장로님들이 권한을 가지고 계신 무력 부대들을 절반 정도 동원해야 할 듯합니다. 모두 동원하고 싶지만, 그러기에는 걸리는 점들이 너무 많습니다. 대신 장로님들을 모두 투입하면 얼추 전력이 맞을 것 같습니다."

"절반이라……."

혁무길은 침중한 표정으로 생각에 잠겼다. 무림맹의 장로들은 각자 하나씩의 무력 부대를 보유하고 있다. 더 정확히 말하면 그 부대를 움직일 권한을 가지고 있는 것이지만, 사실상 마찬가지 얘기였다.

그들이 무림맹의 진정한 힘이었고, 쉽게 움직여서도 안 되는 자들이었다. 그리고 장로들 또한 웬만해선 그들을 움직이려 하지 않았다. 그들은 각 장로들의 문파에서 차출한 무사들을 새롭게 훈련시켜 만든 부대였다. 그들의 피해는 고스란히 각자의 문파가 짊어지게 되어 있으니 당연히 그들을 아꼈다.

한데 사마자문은 그런 그들을 무려 절반이나 움직이자고 했다. 게다가 장로들을 모두 동원하자고 했다. 사태가 보통 심각하지 않다면 이런 제안을 할 리가 없었다.

"얼마나 심각하기에 그러는 건가?"

"벌써 천마지동의 입구가 있다고 알려진 태호(太湖) 근방에는 수천의 무인들이 몰려들었다고 합니다. 분위기나 흐름을 보면 앞으로 몇 배의 무림인들이 더 몰려들지 알 수 없습니다."

"으음."

혁무길은 침음성을 흘렸다. 정말로 심각했다. 지금 벌어진 사태만 해도 천하가 들썩일 정도였다. 한데 그 규모가 더 커질 것이 자명하고, 그런 와중에 이것이 그들을 노린 음모라면 정말로 보통 문제가 아니었다.

"자네가 보기엔 어떤가? 그 천기비동이라는 것이 실재한다고 생각하나?"

"진짜로 있을 가능성이 큽니다. 또한 만일 그들이 음모를 꾸미고 있다면 벌써 그 안에 있는 것들을 모두 얻었음이 분명합니다."

"얻을 건 얻고 남는 걸로는 음모를 꾸미는 거로군. 실로 그들다워."

혈교는 이와 비슷한 일을 꾸미는 걸 좋아한다. 천하를 경동시키고, 그것에 음모를 뒤섞어 혼란을 주는 것은 혈교뿐 아니라 천하를 도모하는 자들이 즐겨 쓰는 수법이었다.

"아무튼 최대한 혼란을 막아야 합니다. 장로님들의 힘이라면 아무리 많은 군웅들이 모여 있다 하더라도 힘으로 그들을 누를 수 있습니다. 반발과 불만이 있긴 하겠지만, 천하를 혼란으로 몰고 가는 것보다야 낫겠지요."

혁무길이 할 수 없다는 듯 고개를 끄덕였다.

"어쩔 수 없는 일이지. 모든 오욕은 내가 감당하겠네. 자네는 최선을 다해 혼란을 막아주게."

"제 역량을 모두 쏟겠습니다."

사마자문은 그렇게 대답하며 공손히 허리를 숙였다. 다시 고개를 든 그의 얼굴은 결연한 빛으로 가득했다.

"무림맹이 움직였습니다."

만수평은 바닥에 엎드려 고개를 조아린 채 보고했다. 만수평은 머리가 지끈거릴 정도로 지독한 피비린내에 절로 몸이 떨려왔다.

만수평은 혈교의 무공을 익혔다. 혈교의 무공은 마공이라 칭하기에 부족함이 없었다. 아니, 마공이 아니라 혈공이라 해야 옳을 것이다. 피와 친숙하지 않으면 익히지 못하는 무공이었으니까. 한데 그런 만수평조차 지금의 혈향은 견디기 어려웠다.

"천기비동, 네 힘으로도 열 수가 없더냐?"

"송구합니다."

쿵!

만수평은 고개를 바닥에 찧었다. 이마가 찢어지며 피가 바닥으로 흘렀다. 그렇게 흐른 피는 그대로 바닥에 스며들었다. 마치 바닥이 피를 빨아들이는 듯했다.

"됐다. 천기자가 얼마나 대단한지는 나도 잘 알고 있으니까. 그래서 더 욕심이 나는구나."

"천기자의 보물은 모두 교주님의 것입니다."

"그래, 네 능력을 믿고 있다. 이번 일은 중요하니 내 특별히 힘을 빌려주마."

만수평이 놀란 눈으로 고개를 들어 교주를 바라봤다. 지금까지 교주는 조심스러운 행보를 계속해 오며 결코 힘을 드러내지 않으려 애써왔다. 한데 갑자기 노선을 바꿨으니 놀랄 만했다.

"혈월단(血月團)을 주마."

"혀, 혈월단을 말입니까?"

교주가 고개를 끄덕였다. 만수평은 떨리는 가슴을 진정시킬 수 없었다. 혈월단은 교주가 가진 힘 중 세 손가락 안에 들 정도로 강하다. 그들의 수는 오십에 불과하지만 그 하나하나가 가진 힘은 만수평이 심혈을 기울여 키운 비문위나 비검운을 능가할 정도로 강하다. 게다가 각각의 혈월단원은 적게는 다섯에서 많게는 열의 수하를 이끌고 있었다. 그 수하들의 힘 또한 상당해서 웬만한 문파의 장로 급에 해당하는 무위를 지니고 있었다. 실로 경이적인 힘을 가진 집단이었다.

쿵!

만수평이 감격에 찬 눈으로 바닥에 머리를 찧었다.

"충심으로 기대에 보답하겠습니다."

교주는 감격에 몸을 떠는 만수평을 무심한 눈으로 내려다봤다. 그렇게 바라보는 와중에도 바닥에 깔린 피가 스멀스멀 교주의 발바닥을 통해 흡수되고 있었다. 만수평은 절대 모르리라. 그가 알고 있는 교주의 힘은 빙산의 일각이란 사실을, 그리고 혈월단은 그저 그가 세상에 보내는 시험 중 하나에 불과하다는 것을.

'혈월단이 천기비동에 있는 동안 혈검대(血劍隊)를 동원해 세상을 한번 뒤집어야겠어. 혹시 아직도 발견하지 못한 강자가 있을지 모르니까 말이야.'

사실 혈교주는 더 이상 자신의 이목에 걸려들지 않은 고수는 없다고 거의 확신했다. 남은 것은 그들의 수준을 파악하는 것뿐이었다. 물론 그조차도 대부분은 마무리했다. 이제 몇 명만 더 확인하고 나면 세상을 향해 포효할 수 있을 것이다. 그리고 그 순간 세상은 자신의 발밑에 엎드릴 것이다.

혈교주의 입가에 잔인한 미소가 그려졌다.

"천기비동?"

단유강의 눈빛이 흥미로 빛났다. 이름만 들어도 음모의 냄새가 풀풀 풍기지 않은가.

"네. 지금 천하의 모든 이목이 그쪽으로 쏠린다고 해도 과언이 아닐 정도예요."

"그 말은 지나칠 정도로 과열되어 있다는 뜻이로군."

단유강의 입가에 미소가 맴돌았다. 점점 더 확실해진다. 이 일에는 깊은 음모가 도사리고 있을 것이다. 세상을 혼란에 빠뜨리려는 음모가 말이다.

'그리고 이런 음모를 세울 곳은 하나밖에 없지.'
"혈교인가?"
"일단 그렇게 판단이 되긴 하는데, 확실치는 않아요."
"확실치 않겠지. 그래도 혈교밖에 없잖아?"
"그건 그렇습니다만……."
단유강은 고개를 끄덕였다.
"좋아, 내가 가보도록 하지."
백설영은 단유강의 말에 살짝 걱정스런 눈으로 조심스럽게 입을 열었다.
"그런데 영 매가 함께 가고 싶어해요."
"교영이가?"
단유강의 눈이 살짝 커졌다. 그러다가 이내 고개를 끄덕였다. 이해하지 못할 바는 아니다. 그동안 너무 혹사시키긴 했다. 그리고 지금도 그러고 있을 것이다. 단유강은 살짝 미안한 눈으로 백설영을 바라봤다.
"그러고 보니 최근 너무 힘들었겠군. 생각해 주지 못해서 미안해. 좋아, 그럼 이번 기회에 모든 일에서 손을 떼고 한번 푹 쉬어볼까?"
단유강의 말에 백설영이 기겁을 했다.
"그, 그럴 수는 없습니다. 그랬다간 일이 엉망진창으로 꼬여 버릴 거예요."

"고작 한 달도 안 걸릴 텐데 아직 그 정도도 맡길 사람이 없어?"

"지금 최대한 애쓰고는 있지만, 인재를 구하는 게 쉽지 않아요."

"하긴, 인재가 드물긴 하지. 그럼 어쩔 수 없지. 교영이만 데리고 다녀올게. 열심히 애들 교육시켜서 이젠 설영이도 좀 놀아야지. 요즘 무군이 불만이 보통이 아냐."

제갈무군에 대한 얘기에 백설영이 살짝 얼굴을 붉혔다.

"아무튼 천기비동에서 재미있게 놀다 올게. 뭐, 얻는 게 있으면 선물도 하고 그러지. 하하하."

단유강은 유쾌하게 웃으며 자리에서 일어났다. 사천에서 태호까지는 보통 거리가 아니다. 최대한 서둘러야만 했다. 물론 단유강이라면 그런 걸 걱정할 필요는 없었지만 말이다.

천기비동이 나타났다는 장소는 태호였다. 태호 인근도 아니고 태호 중간에 있는 작은 섬이었다. 근방에 가본 사람들 말에 의하면, 마치 인공적으로 누군가 만들어놓은 듯한 모습이라고 했다.

무림인들은 태호 근방에 진을 치고 있었는데, 막상 그 섬으로 출발한 사람들은 거의 없었다. 세력을 갖춘 무가나 방파의 경우 조금 움직임을 보이긴 했지만, 사실 그들이라고 딱히 어떤 성과가 있는 건 아니었다.

소문은 천기비동이 태호에 있는 섬에 있다는 것까지였고, 그 섬이 어디쯤 있는지, 또 어떤 모양인지 전혀 알려지지 않았다. 이렇게 수많은 사람들이 모였는데 그중에 그것을 아는 사람이 한 명도 없었으니 실로 놀랄 만했다.

태호에 인접한 마을 중, 그나마 규모가 꽤 큰 곳인 향어촌(香魚村)은 때 아닌 호사를 누리고 있었다. 수많은 무림인들이 몰려들어 마을에 활기가 넘쳐 났다. 무림인들은 대체로 돈을 잘 쓰는 편이라, 그들이 쏟아내는 돈이 일시적으로 마을을 풍족하게 만들어주었다.

향어촌에 머무는 무림인들 중 가장 강한 세력은 바로 황보세가였다. 황보세가는 이번 일에 상당히 많은 무사를 투입했다. 황보세가뿐 아니라 수많은 무가와 방파들이 상당한 힘을 쏟았다. 천기비동에 전설대로 천기자의 모든 것이 담겨 있다면 그것을 얻은 자가 천하를 경동시킬 수 있을 테니까 말이다.

황보세가는 향어촌에 자리를 잡고 배를 구하고 있었다. 일단 배를 구해야 태호에 있는 섬을 돌아볼 수 있는데, 다른 무가나 무인들도 사정이 마찬가지다 보니 배를 구하는 게 결코 쉽지 않았다.

황보세가에서 온 무인들을 통솔하는 자는 세가의 장로인 황보관웅이었다. 황보관웅은 하루 종일 얼굴을 찌푸리고 있었다.

"아직도 배를 구하지 못했느냐?"

"예, 너무 늦게 도착했습니다. 근방에 있는 배란 배는 모조리 태호로 떠난 모양입니다."

"그럼 이제 어쩌면 좋겠느냐?"

"차라리 뗏목을 만드는 게 어떻습니까?"

"뗏목?"

황보관웅은 잠시 고민했다. 뗏목을 만드는 것은 문제가 아니었다. 근처에는 꽤 괜찮은 나무가 즐비한 숲이 있었다. 그곳에서 나무를 조달하고, 향어촌에서 밧줄을 구해 묶기만 하면 뗏목이 되는 것이다.

'과연 뗏목이 버틸 수 있을 것인가가 문제로군.'

태호는 넓다. 그 넓은 호수 곳곳을 누비고 다녀야만 하는데, 그것을 과연 어설픈 뗏목으로 할 수 있을지가 문제였다.

황보관웅은 한참이나 고민을 하다 이윽고 결론을 내렸다.

"좋아, 일단 그렇게라도……."

"장로님!"

황보관웅은 자신의 말을 중간에 끊은 자를 매서운 눈으로 노려봤다. 물론 그 사람은 황보관웅의 눈빛을 제대로 느끼지도 못했다. 꽤 멀리 떨어져 있었기 때문이다. 그는 뭐가 그리도 급한지 경공까지 전개하며 달려오고 있었다.

"무슨 일이냐?"

황보관웅의 목소리에 살짝 날이 섰다. 하지만 황보세가의 일반 무사인 그는 그것을 느낄 겨를도 없었다. 그의 머릿속에는 온통 하나의 생각뿐이었기 때문이다.

"배가 나타났습니다!"

그 말에 황보관웅은 물론이고, 근처에 있던 모든 황보세가 사람들이 반색을 했다.

"그게 정말이냐?"

"그렇습니다. 방금 향어촌에 정박했습니다."

"크기가 얼마나 되더냐?"

"세가 사람들을 모두 태우고도 남을 정도로 컸습니다. 상선(商船)으로 보였습니다."

"상선이라……."

황보관웅은 잠시 고민하다가 고개를 끄덕였다. 여기서 고민해 봐야 남는 게 없다. 일단 부딪쳐 보는 것이 상수였다. 황보관웅은 황보세가의 위세를 조금 쓰기로 했다. 어떤 상단의 상선인지가 중요하지만, 그리 큰 곳이 아니라면 억지로라도 배를 얻을 생각이었다.

"가자!"

황보관웅은 황보세가에서 온 모든 무사를 이끌고 선착장으로 향했다.

선착장에 도착한 황보관웅은 입가를 따라 비집고 나오는 미소를 감출 수 없었다. 그가 생각했던 것보다 훨씬 큰 배였다. 수하의 보고대로 상선이었는지, 수많은 일꾼들이 배에서 짐을 내리고 있었다.

"여기가 목적지였나 보군. 이거, 어쩌면 얘기가 더 쉬워질지도 모르겠구나."

황보관웅은 발걸음을 더 서둘렀다. 이내 배 앞에 도착한 황보관웅은 일꾼을 감독하는 사람을 발견할 수 있었다. 호리호리한 인상의 중년인이었는데, 그는 물목이 적힌 서류를 들고 배에서 내리는 물건들을 일일이 확인하고 있었다.

"말씀 좀 묻겠소이다."

황보관웅은 다짜고짜 그에게 다가가 말을 걸었다. 사실 황보관웅의 행동은 일의 흐름을 방해하는 것이었기에 당하는 입장에서는 조금 짜증이 날 만했지만, 중년인은 상인의 몸가짐이 깊이 배어 있는 사람이었기에 전혀 얼굴에 그 티를 드러내지 않았다.

중년인이 황보관웅을 향해 돌아서서 정중한 자세로 물었다.

"무슨 일이신지요."

"혹, 이 배의 책임자분을 만나볼 수 있겠소?"

"단주님께서는 잠시 마을에 가셨습니다."

황보관웅은 단주라는 말에 잠시 고개를 갸웃거렸지만, 이내 다시 미소를 지으며 물었다.

"혹, 마을 어디쯤에 가신다는 말씀은 없으셨소?"

"한데 무슨 일이신지요? 단주님께서는 아무나 만나지 않는 분이십니다."

"아아, 별것 아니오. 한데 어디 상단에서 오셨소?"

황보관웅의 눈빛이 살짝 번득였다. 중년인은 그 눈빛에 몸이 위축되는 것을 느끼며 말을 살짝 더듬으며 대답했다.

"다, 단가상단이오. 한데 형장께서는……."

중년인은 말을 흐리며 황보관웅과 그와 함께 온 무사들의 기색을 살피곤 눈을 빛내며 말을 이었다.

"황보세가의 분들이시로군요. 이거, 실례가 많았습니다."

중년인은 황보관웅을 향해 정중히 포권을 취했다. 황보세가는 산동의 패자였다. 당연히 산동의 상권에도 지대한 영향을 미쳤다. 향후 천하 상권을 노리고 있는 단가상단의 입장에서 결코 밉보여선 안 되는 상대인 것이다.

황보관웅은 중년인의 태도에 반색했다. 일이 조금 더 쉬워질 것 같았기 때문이다. 그는 내친김에 목적까지 얘기하기로 했다.

"솔직히 말하겠소. 우리는 지금 배가 필요하오."

중년인의 눈에서 빛이 일었다.

"천기비동 때문입니까?"

"역시 상인이라서 그런지 소문에 밝구려. 맞소. 천기비동을 찾으려 하오. 만일 천기비동을 손에 넣게 된다면 내 절대 모른 척하지 않겠소. 하니, 좀 도와주시오. 인근에서는 더 이상 배를 구할 수가 없다고 하니 난감하기 이를 데 없소이다."

황보관웅의 말에 중년인이 살짝 난처한 표정을 지었다.

"저도 마음 같아서는 그렇게 해드리고 싶으나 그것은 제 권한 밖의 일입니다. 단주님께서도 배를 계속 쓰실 것 같아서 말입니다."

황보관웅이 살짝 놀란 표정을 지었다. 아까는 단주라는 말을 그냥 듣고 흘려 넘겼지만, 지금 다시 듣고 보니 그럴 수가 없었다. 상단에서 단주라는 말을 들을 사람은 상단주밖에 없지 않은가.

"단주? 하면 단가상단의 단주님이 이곳에 함께 왔다는 뜻이오?"

"예, 그렇습니다."

황보관웅은 결코 물러설 생각이 없었다. 배를 보지 못했다면 모를까, 이렇게 훌륭한 배를 보고도 물러난다면 황보세가 사람이 아니었다. 배가 좋을수록 천기비동을 차지할 확률이 더 높지 않겠는가.

"단주가 마을에 있다고 했소? 어디요? 내 직접 찾아가 물어보겠소. 아마 단주도 내 말을 듣고 나면 충분히 납득을 하실 거라 믿소."

중년인은 더욱 난처한 표정을 지었다. 하지만 지금 이 상황에서 그가 할 수 있는 일은 없었다. 황보관웅의 표정을 보니 말해주지 않으면 배를 빼앗아 타기라도 할 기세였다.

"후우, 어쩔 수 없군요. 하지만 제가 말했다는 사실은 절대 비밀입니다. 단주님께서 아시면 아마 경을 치실 겁니다."

"으허허헛! 물론이오. 걱정하지 마시오. 나 황보관웅의 입은 그리 가볍지 않소이다. 허허허헛!"

중년인은 황보관웅이 웃는 모습을 보며 한숨과 함께 고개를 절레절레 저었다.

"향어촌 촌장의 집으로 가보십시오. 아마 그곳에 있으실 겁니다."

"고맙소이다."

황보관웅은 그 말을 남기고 그대로 사라졌다. 실로 절정에 이른 신법이었다. 중년인은 바람같이 사라진 황보관웅의 모습에 혀를 내둘렀다. 그리고 이내 황보세가 무사들이 하나둘 경공을 전개해 멀어져 가자 다시 일에 열중했다. 그에게는 한 시진 내로 남은 짐을 모두 내려야 하는 임무가 있었다.

촌장의 집 앞에 서서 눈을 부릅뜬 황보관웅은 더 이상 걸음을 옮기지 못했다. 자신도 모르게 입이 벌어졌고, 침이 흐르는 것도 인지하지 못했다.

황보관웅의 나이가 비록 예순다섯에 이르렀지만 아직도 절륜한 정력을 자랑했다. 한창 혈기 왕성한 젊은 시절을 오로지 무(武)와 함께 보낸 그가 여자에게 관심을 가진 것은 색(色)이 더 이상 무공에 영향을 미치지 않을 거란 확신이 선 이후였다.

얼마나 오랫동안 욕구를 참았던가. 황보관웅은 젊은 날 즐기지 못했던 것에 대한 보상이라도 받으려는 듯 여자를 탐했다. 하나 행실을 가벼이 해 문제를 일으키는 일은 결코 없었다. 언제나 기루에서 여자를 안았고, 그렇지 않은 경우라도 충분히 서로 납득이 된 상태에서만 즐겼다.

그렇게 여자를 알면서 황보관웅의 무공은 가일층 진보했다. 결국 황보세가의 장로들 중에서 최강자가 되었고, 당연히 현 가주보다도 강했다. 거기에 머물지 않고 이제는 아직까지 살아 있는 전대 가주의 실력까지 위협할 정도로 성장했다.

그런 황보관웅의 마음이 지금 사정없이 흔들리고 있었다.

'내 이 무슨 추태를. 내 나이가 지금 몇인데!'

황보관웅은 퍼뜩 정신을 차렸다. 하지만 이내 다시 눈빛이 풀어졌다. 그만큼 그의 눈에 보이는 여인은 아름다웠다. 아니, 그저 아름답다는 말만으로는 너무 부족했다.

"허어!"

황보관웅은 나직이 탄식을 쏟아냈다. 얼핏 보기에 스무 살 쯤인 듯했다. 자신과는 무려 마흔다섯이나 차이가 난다. 제정신이라면 수작조차 부리지 못할 차이 아닌가.

"아쉽구나, 아쉬워."

황보관웅은 고개를 절레절레 저으며 주위를 살폈다. 아니나 다를까, 황보세가의 무사들 역시 마찬가지로 모두 정신을 차리지 못하고 있었다. 그들 역시 눈앞에 보이는 미의 여신을 향해 멍한 눈길을 보내는 중이었다.

"갈!"

황보관웅은 내력을 담아 외쳤다. 그의 목소리는 앞으로 퍼져 나가지 않고 주위에 머물렀다. 황보세가의 무사들만 들으라고 낸 소리였다. 다른 사람들이 들어 주의를 끌면 망신이라고 생각했기에 취한 조치였다.

황보세가의 무사들은 황보관웅의 외침에 퍼뜩 정신을 차렸다. 그들은 자신들의 추태를 떠올리고 얼굴을 붉히며 정신을 바짝 차렸다. 꽤 깊은 내공을 소유한 무사들답게 정신을 집중

하니 더 이상 미모에 홀려 눈을 흐리지 않을 수 있었다. 하지만 그럼에도 자꾸 눈이 가는 것은 어쩔 수 없었다. 그건 남자들의 본능이었다.

황보관웅은 속으로 나직이 혀를 차며 다시 걸음을 옮겼다. 그렇게 몇 걸음 걷자 어느새 촌장의 집 마당으로 자연스럽게 들어갈 수 있었다. 나머지 무사들은 마당으로 들어서지 않고 밖에서 대기했다, 정신을 바짝 세우고 정광을 번득이며.

"무슨 일로 오셨습니까?"

먼저 나선 것은 촌장이었다. 황보관웅은 촌장을 잠시 바라보다가 이내 고개를 돌려 마당에 서 있는 다른 사람들을 살펴봤다.

마당에는 촌장을 제외하고도 모두 다섯 사람이 있었는데, 그중 세 사람은 마을의 청년인 듯했고, 나머지 둘은 이런 작은 어촌에 어울리지 않아 보였다.

"아무래도 내가 아니라 다른 분들께 볼일이 있으신 모양이오."

황보관웅이 촌장의 말에 가볍게 고개를 끄덕인 후, 고개를 돌려 다시 두 사람을 바라봤다. 일남 일녀였는데, 여인은 말로 표현할 수 없을 정도로 아름다웠고, 남자 또한 상당한 미남이었다.

"우리에게 볼일이 있으신가요?"

담교영은 눈을 동그랗게 뜨고 황보관웅을 바라봤다. 황보관웅은 그런 담교영의 표정을 보고 잠시 비틀거렸다.

'이러다가 정말로 홀딱 넘어가겠구나. 정신 차리지 않으면 큰일 나겠다.'

황보관웅은 다시 한 번 마음을 다잡았다.

"자네가 단가상단의 상단주인가?"

황보관웅의 눈은 어느새 단유강에게로 향해 있었다. 단유강은 눈에 이채를 띠고 황보관웅을 바라보다가 이내 고개를 끄덕였다.

"맞습니다. 제가 상단주입니다. 한데 무슨 일이신지요?"

황보관웅은 단가상단의 상단주가 생각보다 어려 잠시 당황했지만 일단 정중히 포권을 취했다. 부탁을 하러 온 입장이었으니 당연했다.

"난 황보세가에서 온 황보관웅이라 하네."

단유강과 담교영은 눈을 빛내며 마주 포권을 취했다.

"황보세가의 장로님이셨군요. 전 단유강이라고 합니다."

"담교영이에요. 뵙게 되어 영광이에요."

황보관웅은 쓸데없이 말을 돌리는 걸 싫어했기에 바로 용건을 말했다.

"선착장에 있는 배를 봤네. 참으로 훌륭한 배더군. 그 배를 좀 빌렸으면 하네."

단유강은 슬쩍 미소를 지었다. 처음 황보관웅이 찾아왔을 때부터 예상을 했다. 어차피 이 근방에서 지금 할 만한 일이라고는 천기비동을 찾는 것 외에는 없었다.

"마침 저도 그 배를 긴히 쓸 일이 있는데… 이거, 참으로 곤란하게 되었군요."

 황보관웅은 그 말에 자신도 모르게 인상을 찌푸렸다.

 "한데 배는 왜 필요하십니까? 혹시 천기비동 때문입니까?"

 단유강의 물음에 황보관웅이 크게 고개를 끄덕였다.

 "그렇네. 그 배만 있다면 우리 황보세가가 반드시 천기비동을 차지할 걸세."

 "대단한 자신감이로군요. 배를 빌려 드릴 수는 없지만, 태워 드릴 수는 있습니다."

 단유강의 말에 황보관웅이 잠시 어리둥절한 표정을 지었다. 하지만 이내 놀란 눈으로 단유강을 바라봤다.

 "저도 천기비동을 찾으러 왔습니다. 어차피 목적도 같고, 배에 자리도 남으니 황보세가분들을 태워 드리도록 하지요."

 "고맙네! 정말로 고맙네!"

 황보관웅은 크게 만족했다. 결국 배를 구한 것이다. 그것도 크고 튼튼한, 대단히 훌륭한 배를 말이다.

 밖에 서 있던 황보세가 무사들 역시 안에서 하는 말을 들었는지라 표정이 밝아졌다. 적어도 쓸데없이 나무를 베고 뗏목을 만들 일은 없어지지 않았는가.

 단유강은 선수에 서서 배에 차례차례 탑승하는 황보세가 무사들을 가만히 지켜봤다. 단유강의 옆에서 함께 그 광경을 보던 담교영이 살짝 놀란 표정을 지었다.

 "상당히 수가 많네요."

"그러게. 정말로 엄청나게 끌고 왔군. 태호에서 전쟁이라도 할 듯한 기세야."

"어쩌면 전쟁이 될 수도 있죠. 태호에 몰려든 사람이 벌써 엄청나요. 그들 사이에서 혼란이 벌어지면 어떤 일이 벌어질지 상상만 해도 끔찍해요."

만일 정말로 그렇게 되면 그건 그저 전쟁이라고 표현하기도 어려울 정도의 참상을 만들어낼 것이다.

"그놈들이 뭘 노리는지 아주 명백하군."

단유강의 말을 들은 담교영의 얼굴에 근심이 어렸다. 그런 막대한 혼란의 틈바구니에서 대체 얼마나 많은 사람들이 죽어 나갈까를 생각하면 마음이 무거워졌다.

"청검산장은 어때?"

"절대 움직이지 마시라고 신신당부를 했어요."

단유강이 빙긋 웃으며 고개를 끄덕였다.

"적운영 총관이 그리 호락호락한 사람은 아니니까 아마 별일 없을 거야."

"저도 그렇게 생각해요. 그래서 따로 적 총관님께 서찰을 보냈어요. 이번 일의 배후에 혈교가 있을 거라고요. 아버지한테는 말씀드려 봐야 별로 소용이 없을 것 같아서 그냥 움직이지 말라고만 했고요."

"잘했어. 그럼 청검산장 쪽은 걱정할 거 없겠군."

단유강은 이번 일이 터지자마자 사방에 연락을 하고 정보망을 총동원했다. 일단 화룡루와 정가장의 움직임을 막았고, 당가의 움직임을 살폈다. 그밖에 여러 무가나 방파의 분위기를 살폈는데, 정보가 튼튼한 곳들은 쉽게 움직이지 않았다.

"정보에 관심이 많은 무가들은 이번 소문 자체를 의심하는 것 같더군요. 그게 당연한 건데 이번에는 워낙 미끼가 커서 사람들이 몰리는 것 같아요."

"하긴, 크지, 천기비동이라면. 그나저나 천기자의 모든 것이라……. 과연 정말로 그런 게 있을까?"

단유강은 다른 사람들보다 비교적 천기자에 대해 많은 걸 알고 있었다. 그가 얼마나 대단한 능력을 소유했는지도 알았고, 그의 능력이 어디서 연유했는지도 알고 있었다. 또한 그가 무슨 일로 무림에서 사라졌고, 어떤 일을 벌였는지도 알고 있었다.

한데 아무리 생각해 봐도 당시의 천기자는 이렇게 비동을 남길 여유가 없었다. 그래서 더욱더 이번 일이 혈교의 음모라고 확신을 하게 되었다.

단유강과 담교영이 그렇게 두런두런 얘기를 나누는 사이 어느새 황보세가의 무사들이 모두 배에 탔고, 배가 천천히 움직이기 시작했다. 선착장을 떠난 배는 이내 태호 한가운데로 미끄러지듯 흘러갔다.

수많은 배들이 떠다녔다. 태호가 비록 넓다지만 그렇게 많은 배들이 돌아다니니 다른 배의 눈을 피해 다니는 건 불가능했다. 곳곳에서 배가 발견되었고, 개중에는 서로 싸우는 자들까지도 있었다.
 그 일로 곤란을 겪는 것은 태호 인근에서 활동하던 수적들이었다. 사실 태호에는 수적들이 꽤 있었다. 근방에서 수적질을 하기가 참으로 용이했기 때문이다. 그리고 무슨 일이 있으면 태호로 들어와 숨어 버리면 그만이기에 꽤 많은 수적들이 태호를 근거로 삼았다.
 태호로 몰려든 무림인들은 수적들이 보이면 닥치는 대로 토벌했다. 나중에 수적들로 인해 발목을 잡힐 수도 있으니 미연에 그런 일을 방지하기 위함이었다.

그렇게 수적들이 숨죽이고 수많은 무림인들이 배를 타고 사방을 휘젓고 있을 때, 단가상단의 화려한 배가 태호로 들어섰다.

단유강은 왠지 기분이 좋지 않았다. 끈적끈적한 살기 비슷한 기운이 태호를 뒤덮은 듯했다. 마치 당장 대규모 전쟁이라도 벌어질 듯한 분위기였다.

"대주님, 왜 그러세요?"

담교영은 아직도 단유강을 대주라고 불렀다. 사실 단유강은 더 이상 천망칠십오대의 대주가 아니라, 이제는 새로운 천망단의 단주였지만 대주라는 말이 입에 붙어서 호칭을 바꾸기가 쉽지 않았다.

단유강은 곱게 일렁이는 눈으로 자신을 바라보는 담교영을 향해 미소를 지어주었다. 하지만 그의 입에서 나온 대답은 그런 매혹적인 미소와는 달리 섬뜩했다.

"피 냄새가 나서."

"예? 피 냄새요?"

"아니, 그냥 그런 기분이 들어서. 별것 아니야. 걱정하지 않아도 돼."

걱정하지 말라고 했지만 어떻게 걱정이 안 될 수 있겠는가. 담교영이 약간 불안한 눈빛으로 주위를 둘러봤다. 그러자 막 선실 앞에 서서 이쪽을 지켜보고 있는 몇몇 사내들이 보였다. 그들은 담교영과 눈이 마주치자 환하게 웃으며 다가왔다.

세 명의 사내 중 가장 앞에 선 자는 황보종벽이었다. 그는 황보세가에서 꽤 기대를 걸고 있는 후기지수 중 하나였다. 그의 할아버지가 황보세가의 장로였고, 그는 나중에 가주가 될 야심을 품고 있었다.

황보종벽은 향어촌에서 담교영의 모습을 보고 한눈에 반했다. 그 뒤로 몇 번이나 담교영과 마주할 기회를 노렸지만, 항상 옆에 단유강이 있어서 접근할 수가 없었다.

'보아하니 절대 이 둘은 연인이 아니야.'

황보종벽은 그렇게 판단했다. 그리고 사실 서로 연인이어도 상관없었다. 어떻게 해서든 담교영을 차지할 자신이 있었다. 아무리 비교해 봐도 상인 나부랭이보다는 장차 황보세가의 기둥이 될 자신이 훨씬 나았다.

'천하제일미라더니, 과연!'

가까이서 보니 더 아름다웠다. 이렇게 가까이 다가온 것도 처음이었다. 담교영에게는 다가가기 어렵게 만드는 분위기가 은연중에 흐르고 있었기 때문이다.

"안녕하십니까, 소생은 황보종벽이라 합니다."

황보종벽은 일단 다가가 포권을 취하며 인사를 했다. 담교영은 살짝 떨떠름한 표정을 지었다. 하지만 황보종벽이나 그와 함께 온 무사들에게는 그런 표정조차 정신이 아찔해질 정도로 아름답게 느껴졌다.

담교영이 잠시 머뭇거리는 동안 단유강이 나섰다.

"단가상단의 단유강이라고 하오."

단유강의 말에 황보종벽이 인상을 확 일그러뜨렸다. 단유강의 말투가 마음에 들지 않은 것이다. 마치 황보종벽 자신이 아랫사람이 된 듯한 느낌이었다.

"이렇게 배를 빌려주셔서 감사합니다. 아마 덕분에 비동을 쉽게 찾을 수 있을 듯합니다."

황보종벽의 말에 단유강이 빙긋 웃었다.

"별말씀을. 이미 황보관웅 대협께서 충분히 사의(謝意)를 표하셨습니다."

황보종벽의 얼굴이 다시 한 번 일그러졌다.

'뭐야? 이미 큰할아버님과 얘기가 끝났으니 난 빠지라 이건가? 이놈, 건방지기 짝이 없군. 게다가 나이도 별로 많지 않아 보이는 놈이······!'

황보종벽은 더 이상 단유강에게 눈길을 주지 않았다. 그의 고개가 원래의 목표였던 담교영을 향해 돌아갔다.

"소저께서는······."

"담교영이에요."

"아아, 천하제일미셨군요. 어쩐지 소저에게서 광채가 뿜어져 나온다 싶었소이다."

담교영은 황보종벽의 말에 조용히 한숨을 내쉬었다. 이번 여행에서 이런 식으로 수작을 부려오는 사람은 황보종벽이 처음이었다.

예전에는 면사를 썼음에도 수시로 접근해 오는 사내들 때문에 곤욕을 치러야 했다. 하지만 지금은 오히려 면사를 벗었는데도 그때와는 정반대였다. 확실히 오랜만이긴 했지만 그래도 이렇게 느물거리며 접근해 오는 사내가 달가울 리 없었다.

"한데 무슨 일이신가요?"

담교영은 냉정한 목소리로 물었다. 하지만 아무리 냉정한 표정을 짓고 차가운 말을 던진다 하더라도 이미 눈이 돌아가 버린 황보종벽에게는 아무 소용이 없었다.

"하하하, 꼭 무슨 일이 있어야만 하는 건 아니지 않겠소이까? 그저 좋은 풍광을 함께 즐기고자 할 뿐이오."

그 말에 단유강이 피식 웃었다. 황보종벽은 단유강이 자신을 비웃는 것 같아 불끈 화가 치솟으며 지금이 기회다 싶었다. 고작 상인 주제에 황보세가의 후기지수를 비웃은 대가를 치러 주면 자연스럽게 담교영의 마음에 변화를 줄 수 있을 거란 생각이 들었다.

"지금 감히 날 비웃는 건가?"

"난 그런 적이 없는데?"

황보종벽이 이를 갈았다.

"감히 우리 황보세가를 무시하다니!"

황보종벽의 억지에 담교영이 어이없다는 표정을 지었지만 굳이 나서지는 않았다. 황보종벽 열이 한꺼번에 몰려와도 단유강 하나를 어쩌지 못한다는 걸 너무나 잘 알고 있었으니까.

"내 가만히 있으려 했지만 도저히 안 되겠구나!"

황보종벽은 조금 독하게 손을 쓰기로 작정을 했다. 그래야 자신의 눈앞에서 저 기생오라비 같은 자가 눈물, 콧물을 줄줄 흘리며 추한 모습을 보일 것 아닌가.

 단유강은 황보종벽이 다가오는데도 여전히 다른 곳을 쳐다보고 있었다. 그의 시선 끝에는 배 한 척이 있었다. 지금 사방을 둘러보면 시야에 들어오는 배가 네 척이었는데, 단유강은 그중 한 척에서 이상한 느낌을 받았다. 다른 배와는 달리 거무튀튀한 선체에 음산한 느낌을 풍기는 배였다.

 '이 진득한 피 냄새의 근원이 저기인 것 같군.'

 그것은 참으로 기이한 느낌이었다. 진짜 피 냄새가 나는 것은 아니었다. 그저 분위기가 그럴 뿐이었다. 마치 꿈속에서 냄새를 맡는 듯한 기묘한 느낌인데, 이런 적은 또 처음이라 단유강은 묘한 표정으로 그 배를 계속 주시했다.

 "이놈! 날 무시하지 마라!"

 황보종벽은 단유강이 자신을 쳐다보지도 않자 격분해서 몸을 날리려 했다. 하지만 그럴 수가 없었다. 갑자기 어마어마한 살기가 심장을 찌를 듯 엄습해 왔기 때문이다.

 "허억!"

 황보종벽은 달려들려는 절묘한 순간에 살기를 쏘여서 호흡이 꼬여 버렸다. 숨이 가빠왔고, 내력의 흐름이 비틀렸다.

 "크윽!"

 황보종벽의 입가로 핏줄기가 흘러나왔다. 황보세가의 두 무사는 어리둥절한 표정으로 황보종벽과 단유강을 번갈아 쳐다봤다. 방금 전의 일은 단유강이 하지 않은 것이 아주 명백했다. 황보종벽은 혼자서 난리를 치다가 혼자서 기혈이 역류하여 내상을 입은 것처럼 보였다.

"고, 공자님."

무사 하나가 당황한 목소리로 부르자 황보종벽은 고개를 휘휘 저으며 손을 들어 올렸다. 괜찮으니 나서지 말라는 뜻이었다. 황보종벽은 억지로 몸을 일으키며 방금 전 살기가 날아온 방향을 향해 고개를 돌렸다. 그리고 황보종벽도 배 한 척을 볼 수 있었다. 단유강이 계속 주시하는 배였다.

"이, 이럴 수가……."

그렇게 배를 보고 나서야 알 수 있었다. 살기는 자신을 목표로 날아온 게 아니라, 그저 사방을 진득하게 덮었을 뿐이라는 사실을 말이다. 이건 불가능한 일이었다.

'설마 이 근방을 모조리 살기로 뒤덮었단 말인가? 그건 말이 되지 않는다. 만일 그렇다면 저 쪽에 있는 배에서도……!'

황보종벽은 다른 쪽에 있는 배를 확인하고 눈을 부릅떴다. 배가 요동치고 있었다. 상당한 무공을 쌓았으니 멀지 않은 곳에 있는 배에서 무슨 일이 벌어지는지는 충분히 알 수 있었다.

그 배의 사람들이 피를 토하며 무릎을 꿇고 있었다. 내상을 입은 게 분명했다. 감당할 수 없는 살기에 당한 것이다. 방금 전 황보관웅과 비슷한 상황이라 할 수 있었다.

'저들은 우리보다 저 배에 가까워서 더 심하게 당한 것이다.'

황보종벽은 두려움이 물씬 밀려왔다. 고작 살기만으로 이렇게 광범위한 공간을 지배할 수 있는 사람이 대체 누구란 말인가. 이 정도라면 우내사존이 아니고서야 불가능했다.

'아니, 우내사존이라도 과연 가능할지……'

황보종벽은 부들부들 떨리는 몸을 주체할 수 없었다. 그의 눈이 다시 처음의 그 배로 향했다. 명백했다. 지금 태호를 장악한 이 살기는 바로 저 배에서 비롯되고 있었다.

"시작하려는 모양이군."

단유강의 말에 황보종벽이 흠칫 놀랐다. 그리고 새삼스러운 눈으로 단유강을 바라봤다. 이 지독한 살기를 접하고서도 전혀 평소와 다름이 없어 보였다. 자신조차 이렇게 몸이 떨릴 정도인데 저 정도로 평온한 신색을 유지한다는 건 보통 사람이 아니라는 뜻이다.

황보종벽은 고개를 돌려 담교영을 바라봤다. 순간 그의 눈이 살짝 풀렸다. 담교영은 여전히 아름다웠다. 그리고 그녀 역시 단유강과 마찬가지로 아무렇지도 않은 표정으로 배를 바라보고 있었다.

'이런 제길.'

황보종벽은 자괴감이 들었다. 담교영조차 저 지독한 살기에 대항하고 있었다. 한데 자신은 그조차도 못하고 있으니 스스로가 너무나 한심했다.

"도, 돌아간다."

황보종벽은 몸을 돌렸다. 그리고 비틀거리며 선실을 향해 걸어갔다. 세가의 두 무사 역시 입가에 흐른 피를 닦아내고 그 뒤를 따랐다.

 담교영은 그렇게 선실로 들어가는 황보종벽과 두 무사를 보며 걱정스런 표정을 지었다.

 "아무래도 다들 내상을 입은 모양이네요. 선실에 있는 사람들도 마찬가지겠죠?"

 단유강이 무거운 표정으로 고개를 끄덕였다.

 "아마도. 그래도 황보세가의 대장은 괜찮겠지."

 "황보관웅 대협요? 하긴 그분까지 당하셨다면 정말로 큰일이죠."

 두 사람이 그렇게 대화하는 사이, 문제의 배가 움직이기 시작했다. 그 배는 먼저 자신과 가장 가까이 있는 배를 첫 번째 먹잇감으로 삼은 듯했다. 배의 속도는 놀랄 만큼 빨랐다.

 콰앙!

 단유강이 눈을 크게 떴다. 그대로 들이박은 것이다. 문제의 배는 상대를 완전히 박살을 내버렸는데도 불구하고 멀쩡했다. 마치 무쇠로 만들어진 배가 달려드는 듯했다.

 호수 위로 떨어지는 사람들이 보였다. 그리고 거무튀튀한 배에서 뭔가가 쏟아져 나갔다.

 슈슈슈슈슈슉!

 "크악!"

 "으아악!"

 파공성과 함께 비명이 울렸다. 그리고 호수가 붉게 물들었다. 단번에 배 한 척에 있던 사람들이 몰살당한 것이다.

단유강이 눈살을 찌푸렸다. 거무튀튀한 배가 이번에는 단가상단의 상선을 향해 방향을 틀었기 때문이다.

"이쪽으로 오는군."

단유강은 무심히 중얼거렸다. 그의 표정이나 말투에서는 전혀 긴장감을 찾을 수 없었다. 담교영은 단유강의 옆모습을 바라보며 부드럽게 웃었다. 든든했다.

"휘유, 엄청나게 빠르군. 저 정도면 태호를 제대로 휘젓고 다닐 수 있겠는데?"

정말로 빨랐다. 수백 장은 떨어져 있었는데, 어느새 지척으로 다가왔다. 담교영은 가까이 다가온 배를 보며 눈을 빛냈다.

"정말로 쇠로 만든 것 같아요."

단유강이 고개를 끄덕였다. 저 거무튀튀한 배는 정말로 쇠로 만든 배였다. 통짜 쇠는 아니었고, 배의 선수 부분이 쇠로 되어 있었다. 게다가 상당히 날카롭게 날까지 세워 부딪치면 웬만한 배는 그대로 부서져 나갈 것이 분명했다.

"그럼 다녀오지."

단유강은 그 말을 남기고 훌쩍 몸을 날렸다. 허공 높은 곳으로 떠오른 단유강은 단번에 거무튀튀한 배의 선수에 내려섰다. 마치 깃털처럼 가볍고 표홀한 움직임이었다.

"호오! 대단하군."

담교영은 뒤에서 들려온 소리에 살짝 고개를 돌려 확인했다. 어느새 황보세가 사람들이 모두 나와 지켜보고 있었다. 이렇게 지독한 살기가 휘몰아치는데 황보세가나 되는 세가의 무사들이 선실에 가만히 누워 있을 리 없었다.

황보관웅은 눈을 빛내며 거무튀튀한 배의 선수에 꼿꼿이 서 있는 단유강을 바라봤다.

"단가상단의 단주가 저렇게 고절한 무공을 익히고 있을 줄은 몰랐군."

담교영은 황보관웅의 말이 조금 신경 쓰였지만 이내 단유강에게 집중했다. 그녀에게 가장 중요한 것은 다른 사람들의 이목이 아닌 단유강이었으니까.

단유강은 거무튀튀한 배의 선수에 서서 배 안의 기척을 살폈다. 이상하게도 아무런 기척이 느껴지지 않았다. 악의와 살기는 몸서리쳐질 정도로 느껴지는데, 정작 그것을 발하는 주체가 없었다.

'이상한데?'

정말로 이상한 일이었다. 마치 배 자체가 살기를 발하고 있는 듯했다. 단유강은 일단 다리에 힘을 주었다. 배가 이대로 계속 돌진하게 둘 수는 없었다. 단가상단의 배가 부서지면 더 이상 태호를 돌아다닐 수 없지 않은가.

"으라차!"

단유강의 기합과 함께 배의 앞부분이 크게 기울어졌다. 물에 잠기진 않았지만 전진은 멈췄다. 마치 배가 더 이상 앞으로 가면 물속으로 처박힌다는 사실을 알고 스스로 멈춘 듯했다.

"정말로 이상해."

단유강은 배에 대해 호기심이 들었지만 지금은 이런 일로 실랑이하고 있을 때가 아니었다. 지금은 일단 천기비동부터 찾아 정체를 밝혀야 했다.

단유강의 꽉 쥔 주먹에서 섬광이 피어났다.

꽝!

선수 깊이 박혀든 주먹에 의해 배에 균열이 일어났다. 선수 부분은 철갑으로 되어 있었는데, 주먹질 한 방에 거미줄처럼 쫙쫙 금이 가더니 이내 그대로 부서져 버렸다.

쩌저정!

선수 부분이 부서지자 단유강은 훌쩍 몸을 날려 배 한가운데로 갔다. 그리고 크게 발을 굴렀다.

터엉!

단유강은 배가 토해내는 둔중한 울음을 듣고는 다시 몸을 날렸다. 그리고 가볍게 단가상단의 배로 돌아왔다. 처음 서 있던 그 자리, 담교영의 옆이었다.

황보관웅을 비롯한 황보세가 무사들은 의아한 눈으로 단유강과 거무튀튀한 배를 번갈아 쳐다봤다. 대체 단유강이 무슨 일을 하고 온 건지 이해할 수가 없었기 때문이다. 하지만 이내 그들의 눈은 화등잔만 해졌다.

"저, 저……!"

"어찌 저럴 수가!"

쩌저저적!

배가 부서지고 있었다. 말 그대로 산산조각이 났다. 단유강이 발을 구른 자리에서부터 시작해 사방으로 부서져 나가더니 결국 완전히 나뭇조각으로 변해 버렸다.

발 구름이 원인이라는 건 알았지만 대체 어떻게 하면 이런 식으로 배를 부술 수 있는지 아무도 감을 잡지 못했다.

황보세가 사람들은 경이로운 눈으로 단유강을 바라봤다. 상단주라면 상인임이 분명한데, 상인이 이런 고강한 무공을 익혔다는 것도 이해하기 어려운 일이었다.

'하긴, 그러니 저 천하제일미가 곁에 있는 거겠지.'

단유강은 사람들이 그런 생각을 하든 또 어떤 눈으로 바라보든 전혀 신경 쓰지 않았다. 그저 아직도 태호를 뒤덮은 이 끈끈한 살기가 전혀 사라지지 않았다는 사실에 눈살을 찌푸릴 뿐이었다.

흑선이 달려들다 단유강에 의해 부서진 이후로 한동안 별다른 일이 없었다. 여전히 천기비동을 찾는 일도 진척이 없었고, 근방에 다른 배들이 간간이 보이는 것도 마찬가지였다.

단유강은 평소와 마찬가지로 선수에 서서 심각한 표정으로 태호를 둘러보고 있었다.

'여전해. 이 살기, 사라지지 않는군.'

"아직도 피 냄새가 나나요?"

단유강은 고개를 돌려 담교영을 바라봤다. 살짝 들끓던 가슴이 대번에 진정되었다. 그녀의 차분한 눈빛은 마음을 가라앉히는 효과가 있었다.

"응. 좀처럼 가시지가 않네."

"괜찮을 거예요. 너무 걱정하지 마세요."

단유강은 가볍게 고개를 끄덕였다. 딱히 걱정하는 것은 아니었다. 무슨 일이 벌어지더라도 지금 타고 있는 배 한 척 정도 지키는 건 자신있었다.

"음?"

단유강은 갑자기 눈에 이채를 띠며 고개를 돌렸다. 멀리서 꽤 강렬한 기운이 솟구치는 게 느껴졌다. 그것은 화룡의 기운이었다.

"화룡신검?"

"예? 화룡신검이라니요? 설마 그분이 여기로 오신 건가요?"

"아무래도 그런 모양인데? 그런데 왜 이렇게 기운이 불안정하게 요동치는 거지?"

단유강은 그렇게 중얼거리며 멀찍이 떨어진 선원 한 명을 향해 손짓을 했다. 그 선원은 단유강의 손짓을 보고는 황급히 어딘가로 달려갔다. 그리고 잠시 후, 배가 방향을 바꾸었다.

배가 방향을 바꾸고 속도를 높이자 선실에 있던 사람들이 하나둘 밖으로 나왔다.

황보세가의 무사들은 단유강과 담교영의 곁에 선불리 다가가지 않고 약간 거리를 두었다. 단유강의 놀라운 신위를 목격한 뒤로 그들은 더 이상 단유강을 편하게 대하지 못했다.

"어디로 가는 건가? 혹시 천기비동을 찾았나?"

황보관웅이 기대에 찬 눈으로 물었다. 그는 황보세가에서 유일하게 단유강에게 주눅 들지 않은 사람이었다.

"그건 아닙니다. 저쪽에서 이상한 느낌이 들어서 가보는 중입니다."

"이상한 느낌? 천기비동과 관계가 있는 것 같은가?"

단유강이 고개를 저었다.

"그건 아닙니다."

"하면 굳이 가볼 필요있겠나? 우리가 이러는 사이 다른 사람들이 천기비동을 발견하기라도 하면……."

"차라리 그게 더 편할 겁니다. 천기비동이 정말로 천기자의 모든 것이 담긴 곳이라면 아마 쉽게 들어가지 못하지 않겠습니까?"

황보관웅은 단유강의 말에 수긍했다. 확실히 그랬다. 천기비동에 가장 먼저 들어가는 쪽이 가장 큰 피해를 입게 될 것이다. 하지만 아무리 그렇다 하더라도 불안했다. 혹시라도 처음 발견해서 들어간 사람들이 모든 걸 얻으면 다른 사람들은 그저 닭 쫓던 개 꼴이 되고 만다.

"자네 말에도 일리는 있네만……."

"어차피 정확히 어디 있는지도 모른 채 무작정 태호를 돌아다니고 있는 것 아닙니까. 이대로 저쪽으로 가나, 아니면 방향을 틀어서 이쪽으로 가나, 별로 다를 건 없습니다."

"그건 그렇지."

결국 황보관웅이 한발 물러났다. 사실은 조금 더 고집을 부려보고 싶었지만 자신들은 배를 얻어 타는 입장이니 결정권은 단유강에게 있었다. 물론 단유강의 신위를 보지 않았다면 애기가 조금 달라졌겠지만 말이다.

"아, 다 왔군요."

단유강이 그렇게 말하며 앞을 바라보자 황보관웅도 눈을 빛내며 시선을 돌렸다. 그의 눈에 커다란 화룡이 날아가는 모습이 보였다.

콰우우우!

콰과과광!

"저, 저럴 수가!"

황보관웅은 물론이고, 배에서 그 광경을 본 사람들은 누구나 입이 다물어지지 않을 정도로 놀랐다. 커다란 화룡이 날아가 배 한 척을 그대로 산산조각 내버렸다.

사람들이 그렇게 놀라고 있을 때, 화룡 한 마리가 더 떠올랐다. 화룡이 떠오른 곳은 작은 배 위였다. 고작 대여섯 명 정도나 탈 수 있을 법한 작은 배였는데, 일단 화룡이 위로 올라가니 마치 불타오르는 것처럼 붉게 물들었다.

콰우우우!

화룡이 또 날아갔다. 용틀임을 하며 목표를 향해 날아가는 화룡의 신위는 정말로 무시무시했다.

콰과과광!

배 한 척이 또 박살 났다. 그 이전에도 몇 번이나 화룡이 난동을 부린 듯, 사방이 부서진 배의 잔해로 가득했다. 그렇게 많은 배가 부서졌는데도 물 위를 떠도는 사람은 한 명도 없었고,

아직도 많은 배가 남아 있었다.

"저 배들, 우리를 공격했던 그놈들이로군요."

단유강의 말에 황보관웅이 눈을 크게 떴다. 비록 색은 달랐지만 배에서 느껴지는 분위기는 영락없었다. 다른 사람은 몰라도 황보관웅 정도 되는 고수가 그 차이를 느끼지 못할 리 없었다.

"그렇군. 그런 요사스러운 배가 저렇게나 많이 있다니."

얼핏 보기에도 아직 십여 척의 배가 떠 있었다. 그 배들은 작은 조각배를 향해 빠르게 나아가는 중이었다. 얼마 전 나타났던 거무튀튀한 배와 똑같은 움직임이었다.

"아무래도 제가 좀 다녀와야겠군요. 아는 분인 것 같아서요."

단유강은 그렇게 말하고는 훌쩍 몸을 날렸다. 어찌나 신속하게 움직였는지 말릴 틈도 없었다. 단유강이 물을 박차고 높이 떠오르는 모습을 바라보던 담교영이 걱정스런 표정을 지었다.

물을 박차고 날아오른 단유강은 쏜살같은 속도로 가장 가까이 있는 배로 날아갔다. 크기나 모양은 예전의 그 배와 비슷했다. 하지만 똑같지는 않았다. 이번 일을 위해 일부러 만든 듯 배에는 선실 같은 것도 존재하지 않았다.

"웃차!"

단유강이 배 한가운데를 딛자 단유강의 발을 중심으로 갑판이 꿀렁거렸다. 강렬한 기운이 폭발적으로 터져 나감과 동시에 단유강이 날아올랐다.

 다른 사람들의 눈에는 그저 배를 딛고 날아오른 것처럼 보였지만, 실제로는 그 안에 상당히 복잡한 기의 움직임이 숨어 있었다.

 쩌저저저적!

 단유강이 발을 디딘 자리를 중심으로 배가 찢어지기 시작했다. 그렇게 금이 간 배는 순식간에 조각조각 부서졌고, 배가 그렇게 조각날 즈음 단유강은 새로운 배의 갑판을 디디고 있었다.

 순식간에 네 척의 배를 박살 낸 단유강은 어느새 화룡을 만들어내는 작은 배 위에 내려섰다.

 "오랜만입니다, 어르신."

 "마침 잘 왔다. 저 귀찮은 놈들 좀 어떻게 해봐라. 아주 짜증이 나는구나."

 화룡신검 우원길은 그렇게 말하면서 검을 휘둘렀다. 어느새 검에 맺혀 있던 화룡기(火龍氣)가 하늘로 솟구쳤다.

 콰우우우!

 거대한 화룡이 용틀임하며 가장 가까이 다가온 배를 향해 쏘아져 나갔다.

 콰과과광!

 배가 산산이 부서지는 모습을 가만히 지켜보던 단유강이 다시 훌쩍 날아올랐다.

 "금방 처리하고 오겠습니다."

단유강이 나머지 배를 처리하는 데 걸린 시간은 반의반 각도 되지 않았다. 그저 배와 배 사이를 날아다니며 가볍게 발을 구른 것이 전부였으니 시간이 오래 걸릴 일이 없었다.

그렇게 모든 배를 처리한 단유강은 다시 화룡신검의 배에 내려섰다.

"어르신이 여긴 웬일이십니까? 설마 어르신도 천기비동에 관심이 있으신 겁니까?"

"관심은 무슨. 화룡을 만드는 것만 해도 버거운 판인데."

"그런데 여긴 왜 오신 겁니까?"

"천기비동이 소문나기 전부터 온 거야. 여기서 수련을 하고 있었지."

"수련이요?"

우원길이 빙긋 웃으며 고개를 끄덕였다.

"감숙에서 마인들을 처리하면서 이것저것 배운 것들 덕분에 몇 가지 수련의 단초를 얻었거든. 조만간 완전한 화룡은 아니더라도 거의 근접한 놈을 만들 수 있을 것 같았는데, 이놈들이 방해를 하지 뭐냐."

"그렇군요. 뭐, 어차피 이렇게 만났는데, 저랑 함께 가시죠?"

우원길은 그렇게 말하는 단유강을 보며 눈살을 찌푸렸다.

"그러는 네놈은 여기 왜 온 게냐? 너도 고작 천기비동 따위에 현혹될 놈은 아닌데 말이야."

"겸사겸사 확인할 게 있어서요."

"확인? 이번 일을 일으킨 놈들 말이로구나?"
단유강이 쓴웃음을 지으며 고개를 끄덕였다.
"어르신도 짐작을 하셨습니까?"
"나만 했겠느냐. 다들 짐작하겠지. 하지만 음모라고 그냥 모른 척하기에는 걸려 있는 미끼가 너무 크다. 다들 이렇게 움직일 수밖에 없었을 게야."
"아무래도 그렇겠죠. 그래서 저도 저기 저 사람들이랑 함께 있는 거 아닙니까?"
우원길은 단유강이 힐끗 쳐다본 쪽을 바라봤다. 커다란 배가 멀리 떨어져 있었고, 그 위에 있는 사람들의 면면이 자세히 보였다.
"황보세가로군."
우원길은 잠시 고개를 끄덕이다가 훌쩍 날아올랐다.
"그래, 좋다. 가자. 네놈이랑 같이 있는 게 수련하는 데도 도움이 더 되겠지."
단유강은 그 말을 남기고 단가상단의 배를 향해 마치 화룡처럼 광포한 기세를 흩뿌리며 날아가는 우원길의 모습을 보며 고개를 절레절레 저었다.

황보관웅은 자신도 모르게 침을 꿀꺽 삼켰다. 지금 자신의 눈앞에 서 있는 사람이 바로 그 우내사존 중 한 사람인 화룡신검이라는 사실을 믿을 수가 없었다.
"화, 황보관웅이 화룡신검을 뵙습니다!"

황보관웅은 그렇게 외치며 포권을 취했다. 우원길은 그런 황보관웅을 물끄러미 쳐다보다가 가볍게 고개를 끄덕여 주었다.

"우원길일세."

우원길은 그 말을 끝으로 고개를 돌려 담교영을 바라봤다. 담교영은 몇 번 본 적이 있었다. 자연 그의 표정이 부드럽게 변했다.

"너도 오랜만이구나. 저놈과 함께 다니려니 고생이 많았겠어."

담교영은 먼저 인사를 하는 우원길을 향해 황급히 고개를 숙였다.

"담교영이 어르신을 뵙습니다."

"그런 딱딱한 인사는 됐다. 기루라서 좀 그렇겠지만, 그래도 가끔 놀러오너라."

"예, 그렇게 하겠습니다."

담교영은 어색하게 웃으며 대답했다. 우원길이 사는 곳은 화룡루다. 기루에 담교영 같은 여인이 드나들면 안 좋은 소문이 날 수밖에 없다. 물론 화룡루가 좀 특별하기에 그런 염려는 적었지만, 그래도 자주 왕래하기에는 난감한 곳임이 분명했다.

우원길도 그것을 알기에 담교영의 반응을 당연하게 생각했다. 그는 담교영의 답을 대충 흘려 넘기며 고개를 돌렸다. 어느새 우원길이 타고 있던 조각배를 산산이 부순 단유강이 물을 발로 찍으며 나는 듯 달려오고 있었다.
 "쯧, 주인에게 돌려줘야 할 배를 저 지경으로 만들어놓다니."
 "돈도 많으신 분이 뭘 그렇게 아까워하십니까. 이렇게 훌륭한 배를 얻어 타는 값으로 조각배 한 척이면 아주 싼 거죠."
 "끄응, 말이나 못하면."
 우원길은 고개를 돌려 선실 쪽을 쳐다봤다. 그곳에는 긴장으로 온몸이 뻣뻣이 굳어버린 황보세가의 무사들이 서 있었다.
 "내 방은 어디냐? 제일 좋은 방으로 안내해라. 허튼수작 부렸다간 이 배도 온전치 못할 거다. 내 성격 알지?"
 우원길의 말에 단유강이 빙긋 웃으며 황보관웅을 쳐다봤다. 황보관웅은 크게 당황했다. 현재 이 배에서 가장 크고 좋은 선실은 자신이 쓰고 있었다.
 "다, 당연히 그러셔야지요! 뭣들 하느냐! 어서 준비하지 않고!"
 황보관웅의 말을 가장 먼저 알아들은 것은 황보종관이었다. 그는 황보세가의 무사들을 이끌고 황급히 선실 쪽으로 달려갔다. 그리고 황보관웅의 짐을 모두 빼내고, 방을 깨끗이 치웠다. 너무나 다급했기에 일꾼을 부릴 여유도 없었다. 황보세가의 무사들은 내공까지 아낌없이 써가며 그 일을 마무리했다.
 우원길은 긴장한 표정으로 정중히 안내하는 황보세가의 무사를 따라 느긋하게 선실로 향했다.

단유강은 그렇게 안으로 들어가는 우원길의 뒷모습을 보며 약간 어두운 표정을 지었다.

"대주님, 왜 그러세요? 안색이 좋지 않아요. 어디 불편하신 데라도 있나요?"

"아무래도 좋지 않은 예감이 들어서."

아직도 태호 전체에 드리운 진득한 살기는 가시지 않았다. 그리고 조금 전까지 화룡신검을 향해 달려들던 배들도 심상치 않았다. 단유강은 문득 눈을 빛내며 한 쪽을 바라봤다.

"피 냄새로군."

조금 전까지는 느낌뿐이었지만, 이제는 확실히 피 냄새가 났다. 아무래도 방향을 다시 바꿔야 할 모양이었다.

"막아!"

"크아악!"

챙! 챙! 챙!

검광이 번득이고 피가 튀었다. 수많은 사람들이 사지가 잘린 채 물에 빠졌다. 그렇게 반 각 만에 배 한 척이 거의 절단 났다.

"이놈들! 대체 정체가 뭐냐!"

심재웅은 이를 악물고 소리쳤다. 하지만 붉게 물든 눈을 빛내며 다가오는 자들은 아무런 대답도 해주지 않았다. 심재웅은 떨리는 손을 억지로 들어 올렸다. 그의 손에 들린 도(刀)가 안타깝게 흔들렸다.

삼원문은 태호에서 비교적 가까운 곳에 위치했기에 발 빠르게 움직일 수 있었다. 심재웅은 그 삼원문의 문주이자 최고수였다. 그는 천기비동에 대한 소문을 듣자마자 모든 문도를 이끌고 태호로 뛰어들었다. 삼원문을 단번에 대문파로 탈바꿈시킬 기회라고 판단했다.

하지만 그것의 대가는 너무나 참혹했다. 모든 문도가 죽었다. 그리고 마지막으로 남은 자신마저도 곧 죽을 게 분명했다.

검은 옷을 입고 붉은 도를 휘두르는 흉수들은 믿을 수 없을 정도로 강했다. 그들은 조금의 손실도 없이 삼원문을 궤멸시켰다.

'한 놈은 데리고 간다.'

심재웅은 눈을 번득이며 검을 쥔 손에 힘을 주었다. 동귀어진의 수로 한 놈만 데려갈 작정이었다. 그것이 저들에게 할 수 있는 최소한의, 그리고 유일한 복수였다.

"하아압!"

심재웅은 흑의인이 원하는 곳까지 다가오자 즉시 검을 휘둘렀다. 모든 기력과 내공, 심지어는 진원지기까지 끌어올린 필생의 일격이었다.

콰직!

심재웅의 검이 흑의인의 도를 깊이 파고들었다. 마치 도와 검을 십자로 맞붙여 놓은 듯한 모습이 되었다. 심재웅은 희열을 느끼며 더욱 손에 힘을 주었다. 그의 모든 힘이 손으로 빨려들어 갔다.

쩡!

마침내 깨졌다. 심재웅의 검이 그대로 흑의인을 향해 떨어져 내렸다. 그리고 그 순간, 심재웅의 눈이 암담하게 죽어갔다. 흑의인의 붉은 도는 여전히 그대로였고, 실제로 부러져 나간 것은 그의 검이었다. 반 토막이 된 그의 검이 허무하게 허공을 가르며 지나갔고, 흑의인의 붉은 도가 독사처럼 그 틈을 파고들었다.

"커억!"

심재웅은 불로 지지는 듯한 통증을 느끼며 고개를 들었다. 마치 초승달처럼 생긴 붉은 도가 그의 목을 꿰뚫었다. 심재웅은 희미해지는 눈을 어떻게든 뜨려고 애썼다. 뿌옇게 흐려지는 그의 눈에 거짓말 같은 광경이 보였다.

흑의인들이 사방으로 날아갔다. 흑의인들은 하나같이 피를 뿌리고 있었다. 척 보기에도 그대로 절명한 듯했다. 그렇게 사방으로 날아간 흑의인들을 거대한 화룡이 집어삼켰다.

심재웅은 희미하게 웃으며 바닥에 머리를 박았다. 자신의 손으로 하지는 못했지만, 그래도 복수를 했다는 안도감에 그나마 편히 눈을 감을 수 있었다.

얼마 지나지 않아 삼원문의 배가 산산이 부서졌다. 배 위에 있던 시체들은 배의 잔해와 함께 태호에 그대로 수장되었다.

단유강은 눈살을 찌푸리며 주변을 둘러봤다. 삼원문의 배만 당한 것이 아니었다. 근처에서 완전히 시체만 남은 배를 벌써 두 척이나 발견했다.

비록 삼원문을 공격하던 흉수들을 모조리 처리할 수 있었지만, 흉수는 분명히 그들뿐만이 아니었다. 여전히 태호를 뒤덮은 살기는 그대로였다.

"심상치 않군. 아무래도 정말로 뭔가 일이 벌어질 모양이야."

어느새 다가온 우원길 역시 심각한 표정을 짓고 있었다. 우원길은 화룡신검이라는 별호에 걸맞게 삼원문을 공격하던 흉수들을 모조리 태워 없앴다. 과연 우내사존이었다. 흑의인들의 힘은 굉장했지만, 우원길을 어찌할 수는 없었다.

"저들이 몇이나 여기 왔을까요?"

"글쎄, 적어도 백은 넘지 않겠느냐?"

단유강은 무겁게 고개를 끄덕였다. 단유강의 생각도 우원길과 비슷했다. 사방에서 피 냄새가 풍겨왔다. 한 곳에서만 풍겨오는 것이 아니었다. 적어도 대여섯 군데 이상이었다. 즉, 최소한 여섯 군데 이상에서 동시에 일이 벌어졌다는 뜻이다.

피 냄새가 섞일 수도 있으니 그보다 더 많은 흑의인들이 암약하는 게 분명했다. 그리고 모든 흑의인들이 방금 전처럼 열 명씩 모여 있다는 보장을 할 수 없었다. 어쩌면 더 많은 자들이 모여 큰 문파를 노릴 수도 있었다.

방금 전 삼원문을 공격한 흑의인의 수는 고작 열 명이었다. 우원길이 그들을 처리한 건 순식간이었지만, 그들의 힘은 그리 간단하지 않았다. 그들 열 명이라면 웬만한 중소 문파는 손도 쓰지 못하고 당할 것이다.

'그런 놈들이 서른 명만 달려들어도 여기 황보세가 정도는 그대로 몰살당하겠지.'

황보세가 역시 상당한 수의 정예 무사를 데리고 왔지만, 방금 전에 본 흑의인들에 비교할 수는 없었다.

"그자들의 목적이 뭘까요?"

옆에서 가만히 얘기를 듣고만 있던 담교영이 물었다. 단유강은 그녀를 한 번 바라본 후 천천히 입을 열었다.

"아마 천기비동이겠지."

"그럼 다른 자들이 천기비동을 얻지 못하게 방해하는 거란 뜻인가요?"

단유강이 고개를 저었다.

"꼭 그런 것만은 아닌 것 같아. 어쩌면 천기비동에 대한 소문을 퍼뜨린 게 그놈들일지도 모른다는 생각이 들어."

담교영과 우원길은 단유강의 말에 무거운 표정으로 고개를 끄덕였다. 확실히 일리가 있는 생각이었다. 그들의 목적은 아무래도 혼란인 듯했다. 천기비동을 이용해 무림에 혼란을 던져 주고, 자신들은 알맹이만 쏙 빼먹으려는 수작이 분명했다.

"지독한 피 냄새로군."

단유강이 중얼거리자 우원길이 고개를 돌려 한쪽을 바라봤다. 그쪽에서 흘러나오는 혈향은 정말로 지독했다. 적어도 수백 명이 한꺼번에 피를 쏟아낸 것 같았다.

"어쩔 생각이냐? 너와 내가 나서면 어찌어찌 최대한 막아볼 수 있을 것 같은데."

"후우, 일단 해봐야겠군요. 더 이상 피해가 늘어나면 그냥 혼란만으로 끝나지 않을 것 같아서 안 되겠어요."

"잘 생각했다."

우원길은 그렇게 말하고는 훌쩍 몸을 날렸다. 하늘을 훨훨 날아가던 우원길이 물 위에 발끝을 찍고는 다시 날아올랐다. 그렇게 몇 번을 반복하니 어느새 수평선 너머로 사라져 버렸다.

단유강은 문득 불안한 눈으로 담교영을 바라봤다. 주변에는 살기를 피우는 놈들이 없어 단가상단의 배가 습격을 당할 가능성이 거의 없었지만, 그래도 걱정이 되었다. 자신이 없는 사이에 습격을 받으면 담교영만으로 막아내기가 쉽지 않을 것이 분명했다.

그런 단유강의 걱정을 알아챈 담교영이 빙긋 웃었다. 그녀의 웃음은 단유강의 마음을 포근하게 감싸주었다.

"염려 마세요. 저도 꽤 한답니다."

담교영은 그렇게 말하며 휘안공을 끌어올렸다. 일순 그녀의 주위가 환해졌다. 그녀는 검을 뽑아 가볍게 휘둘렀다.

사악.

가벼운 검격이었지만 나타난 결과는 가볍지 않았다. 물이 쫙 갈라져 일순 바닥이 드러났다. 수면에서 바닥까지의 깊이는 이 장여에 달했다. 웬만한 수준으로는 그 절반을 가르는 것도 쉽지 않은 일이었다.

담교영은 다시 바닥을 채우는 물을 잠시 지켜보고는 의기양양하게 단유강을 바라봤다. 단유강은 부드럽게 웃으며 결국 고개를 끄덕이고 말았다.

"하긴 교영이도 쉽게 당할 사람은 아니지. 빨리 다녀올 테니까, 무슨 일 있으면 최대한 버텨."

"걱정 마시라니까요. 절 믿으세요."

단유강은 한결 가벼운 표정으로 훌쩍 몸을 날렸다. 우원길과는 반대되는 방향이었다. 단유강은 마치 물 위를 미끄러지듯 쭉쭉 나아가 순식간에 사라져 버렸다.

담교영은 아쉬운 눈으로 단유강이 사라져 가는 모습을 끝까지 지켜봤다.

第四章

혈월단

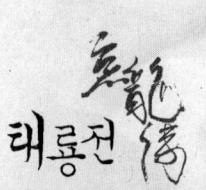

태호 곳곳이 피에 잠겼다. 흑의를 입고 핏빛 도를 든 수많은 사내들이 태호에서 천기비동을 찾아 돌아다니는 배를 습격한 것이다. 그들은 하나하나가 대무가(大武家)의 장로 급에 해당하는 무력을 갖췄기에 쉽게 상대할 수가 없었다.

흑의인들도 피해가 아예 없는 건 아니었지만, 그들이 상대한 문파나 무가들이 무너져 간 것에 비하면 극히 미약했다.

단유강은 몸을 훌쩍 날려 혈향이 진동하는 배 위로 올라섰다. 이미 한차례 흑의인들이 훑고 지나간 듯 배에는 살아남은 사람이 한 명도 없었다.

"쯧, 정말로 지독한 놈들이로군."

벌써 세 척째였다. 흑의인들은 한 번도 만나지 못한 상태로 피에 절은 배만 계속 발견되었다. 단유강은 기감을 더 넓게 퍼뜨렸다. 태호 전체를 뒤덮진 못하겠지만 그래도 최대한 넓게 퍼뜨리면 꽤 수월하게 목표를 찾을 수 있을 것이다.

"저쪽이로군."

새롭게 잡힌 기척을 느낀 단유강이 발을 구르며 몸을 날렸다. 단유강이 서 있던 배가 조각조각 부서지며 물 위로 흩어져 갔다.

"이번엔 제발 좀 오래 버텼으면 좋겠는데."

이렇게 기척을 느끼고 달려가도 흑의인들이 워낙 빨리 사람들을 죽이고 사라져서 허탕을 쳤다. 그래도 이번엔 비교적 빨리 발견했으니, 배에 탄 사람들이 조금만 버티면 충분히 흑의인들을 따라잡을 수 있을 듯했다.

마치 바람처럼 앞으로 내달리던 단유강이 눈을 빛냈다. 이번엔 늦지 않게 도착한 것이다.

"좋았어!"

단유강이 발끝에 내력을 더 흘려보냈다.

파앙!

물이 하늘 높이 솟구쳤다. 그리고 그 반동을 받은 단유강의 몸이 쏜살같이 앞으로 쏘아져 나갔다.

단유강의 몸은 순식간에 목표에 도착했다. 물을 한 번 박찬 단유강은 배 위로 훌쩍 올라섰다. 이미 선상에서는 치열한 격전이 한창이었다. 물론 흑의인들이 일방적으로 몰아붙이고 있었다. 배에 타고 있던 자들은 벌써 반수 이상이 당한 듯했다.

단유강은 지체하지 않고 몸을 날렸다. 어느새 뽑은 검이 사방을 휘저었다.

쉬쉬쉬쉬쉭!

날카로운 바람 소리와 함께 수백 가닥의 검기가 사방을 장악했다. 그 놀라운 광경에 일순 싸움이 멎었다. 단유강이 날린 검기는 하나하나마다 엄청난 기운을 담고 있었기에 배에 탄 모든 사람들이 그것을 느낄 수 있었다.

그리고 그걸로 모든 싸움이 끝났다. 검기 다발이 흑의인들을 향해 쏟아져 내렸다.

콰콰콰콰!

퍼버버버벅!

흑의인들은 비명조차 지르지 못하고 그대로 육편이 되어 바닥에 처참히 널브러졌다.

그 광경을 모두 지켜본 사람들은 그저 멍한 눈으로 단유강을 바라볼 뿐이었다.

단유강은 그들을 향해 빙긋 웃어주고는 다시 몸을 날렸다. 물 위를 달려가는 단유강의 모습은 또 하나의 경이였다.

그렇게 간신히 살아남은 그들은 이내 정신을 차려 시신을 수습하고 배 위를 정리하기 시작했다. 이미 천기비동에 대한 생각은 모조리 사라지고 없었다.

"배를 돌려라. 돌아간다."

그 말을 끝으로 아무도 입을 열지 않았다. 그렇게 배 한 척이 태호를 떠나갔다.

혈월단은 총 오십 명으로 이루어져 있었다. 그리고 각각의 혈월단원이 다섯에서 열의 수하를 이끌고 있으니, 실제로 다 합하면 삼백이 훨씬 넘었다.

혈월단주는 아직 태호에도 들어서지 않은 상황이었다. 혈월단주는 혈월단을 둘로 나누어 절반은 태호를 휘젓게 했고, 나머지 절반은 태호 인근에 몰려든 무림인들을 혼란에 빠뜨릴 준비를 시켰다.

"이상하군."

혈월단주는 차가운 눈으로 태호를 바라봤다. 태호를 휘젓는 혈월단원들은 작전을 시작한 지 여섯 시진이 지나면 첫 번째 연락을 하게 되어 있었다. 한데 그 연락이 채 절반도 오지 않았다.

"설마 당한 것은 아니겠지?"

당했다는 건 상상도 할 수 없었다. 혈월단원 하나하나는 십대고수를 능가할 정도로 강하다. 그들을 당해낼 사람은 우내사존을 제외하고는 없었다. 혈월단주는 눈살을 크게 찌푸렸다.

"으음, 우내사존이라……."

어쩌면 우내사존이 개입했을 수도 있었다. 아직 제대로 된 정보를 받지 못해 상황을 파악하기 어려웠지만, 가능성은 충분했다. 최근 화룡신검이 자주 돌아다닌다는 정보를 심심찮게 받았다.

심각한 얼굴로 태호를 바라보던 혈월단주가 갑자기 눈을 빛냈다. 상당히 늦긴 했지만 전서구 한 마리가 날아오는 광경이 보였기 때문이다.

전서구를 받은 혈원단주는 급히 보고를 확인했다. 그리고 있는 대로 얼굴을 일그러뜨렸다.

"우려하던 일이 터졌군."

그 보고서는 화룡신검에 대한 것이었다. 더구나 보고가 늦은 것이 아니라, 이미 보고를 했음에도 화룡신검을 발견해 다시 보고를 한 것이었다. 즉, 이 보고를 한 혈원단원들도 화룡신검에게 당했을 확률이 높았다.

"골치 아프게 됐군."

혈월단주는 결국 자신이 직접 나서야겠다고 마음먹었다. 아무리 화룡신검이라도 상대할 자신이 있었다. 혈월단주는 교주가 심혈을 기울여 키운 존재다. 능히 우내사존과 자웅을 결할 수 있을 정도로 강했다.

'일단 화룡신검은 내가 정리해야겠군.'

혈월단주는 속으로 그렇게 중얼거리며 태호 인근을 슥 둘러봤다. 여기저기서 모여 있는 무림인들의 기운이 잔뜩 느껴졌다.

"그럼 일단 이쪽도 정리를 시작해야겠군."

혈월단주는 혈광을 빛내며 기다리는 수하들을 향해 가볍게 손을 휘저었다. 그러자 혈월단이 즉시 사방으로 흩어졌다.

"조만간 피에 물들겠군."

혈월단주는 그렇게 중얼거리며 섬뜩한 표정을 지었다. 그리고 천천히 태호로 들어섰다. 마치 평지를 걷는 것처럼 자연스럽게 물 위를 걸어 화룡신검을 찾아 나섰다.

단유강은 더 이상 흉수들을 찾기 어렵게 되자 슬슬 담교영이 걱정되기 시작했다. 담교영의 실력도 상당하긴 하지만, 그래도 염려가 되는 건 어쩔 수 없었다.
"슬슬 돌아가 볼까?"
단가상단의 배를 다시 찾는 건 어렵지 않았다. 이렇게 다시 찾아갈 때를 대비해서 실처럼 가느다란 기운을 배에 걸어두었다. 그것을 되짚어 가면 금세 배에 도착할 수 있을 것이다.
아직 태호를 뒤덮은 살기가 완전히 사라지지는 않았다. 하지만 처음보다 훨씬 엷어진 것은 사실이었다.
"뭐, 남은 건 그 영감님이 알아서 하겠지."
단유강은 피식 웃으며 뒤돌아 몸을 날렸다. 실타래처럼 늘어진 기(氣)를 마치 실패에 감듯 단전에 휘감으며 빠르게 태호를 가로질렀다.
그렇게 얼마나 달렸을까, 단유강은 멀리 보이는 상선을 보고 빙긋 웃었다. 다행히 별다른 일이 벌어지진 않은 모양이었다. 선수에 선 담교영의 모습이 보였다. 그녀는 걱정이 가득한 눈으로 태호를 바라보고 있었다.
단유강의 입가에 떠오른 미소가 더욱 짙어졌다. 단유강은 힘차게 발을 찍어 몸을 위로 뽑아 올렸다. 그리고 가볍게 선수에 내려섰다.

담교영의 놀란 얼굴이 단유강을 반가이 맞아주었다.

"다녀왔어."

담교영은 환하게 웃으며 고개를 끄덕였다.

"일은 잘 마무리하셨어요?"

"마무리는 뜨거운 영감님이 하고 계시지. 하하하."

담교영은 쓴웃음을 지으며 화룡신검을 떠올렸다.

"자, 이제 진짜 천기비동을 찾아보자고. 아마 슬슬 천기비동이 있는 섬에 올라선 사람들이 나올 때가 된 것 같으니까 말이야."

단유강의 말에 담교영이 눈을 동그랗게 떴다. 단유강이 마치 천기비동의 위치를 알고 있는 것처럼 말했기 때문이다.

"그런 눈으로 보지 마. 나도 위치를 아는 게 아니야. 이제 발견한 사람들이 꽤 있을 테니까. 사람들 많이 모인 곳으로 가면 되잖아. 아까 난리 치다가 얼핏 봤거든."

단유강은 그렇게 말하며 배의 방향을 바꾸도록 지시를 내렸다. 단가상단의 상선이 단유강의 명에 따라 크게 선회를 했다.

우원길은 호기심 가득한 눈으로 한쪽을 바라봤다. 거대한 기운이 다가오고 있었다. 존재감을 감출 생각도 하지 않고 마구 뿜어대는 자였다. 그리고 지속적으로 살기를 보내오는 자이기도 했다.

"나랑 한판 해보자는 거로군."

혈월단주가 우원길을 찾는 건 그리 어려운 일이 아니었다. 우원길은 기세를 감추지 않는다. 게다가 우원길의 단전에는 화룡이 꿈틀거리고 있다. 그 지독하고도 강렬한 기세는 웬만한 무사라면 수백 장 밖에서도 능히 감지할 수 있다.

혈월단주는 태호에 들어선 지 반 시진 만에 우원길의 기세를 발견했고, 그때부터 강렬한 살기를 우원길에게 쏘아 보냈다.

"인사는 해줘야겠지."

우원길은 입가에 미소를 지으며 검을 뽑았다.

화르륵!

검이 불타오르기 시작하자 우원길은 살기가 날아오는 쪽을 향해 그대로 검을 내질렀다.

콰우우우!

새파란 화룡 한 마리가 요동치며 날아갔다. 그 화룡은 혈월단주를 향해 입을 벌린 채 달려들었다. 상당한 거리였는데도 전혀 힘이 사라지지 않은 채로 혈월단주를 그대로 삼켜 버렸다.

퍼엉!

화룡이 터져 나갔다. 혈월단주는 자신의 기운을 사방으로 방출하여 간단히 화룡을 부숴 버렸다. 혈월단주의 입가에 진득한 미소가 걸렸다. 그리고 살기가 더욱 짙어졌다.

슈아악!

혈월단주의 속도가 갑자기 빨라졌다. 우원길은 섬뜩한 미소를 지었다. 그의 얼굴에 기대감과 희열, 그리고 긴장감이 뒤섞였다.

꽈앙!

쩌저저적!

혈월단주와의 격돌로 인해 우원길이 타고 있던 배가 그대로 박살 났다. 그리고 그 충돌의 여파는 태호에 커다란 파도를 만들어냈다.

촤아아악!

원형으로 이루어진 거대한 물의 벽이 만들어졌고, 그것은 그대로 영역을 확장해 나갔다.

두 사람은 물 위에 서서 힘겨루기를 계속했다. 서로의 검과 도를 마주한 채, 손에 핏줄이 드러나도록 힘을 주며 내공을 일으켰다.

혈월단주의 몸에서 진득한 피 안개가 일어났다. 그리고 그와 동시에 우원길의 몸에서도 거대한 화룡이 솟구쳤다.

"제법이구나."

우원길은 이를 드러내며 웃었다. 이렇게 강렬하게 자신의 힘에 화답해 주는 사람은 실로 오랜만이었다. 아니, 경지에 든 이후로는 처음이었다. 우원길과 이렇게 부딪치려면 같은 우내사존 정도는 되어야 하는데, 우내사존끼리는 서로 만나본 적도 없었다.

그밖에 단유강과 종칠이 있었지만, 그들은 힘과 힘을 맞부딪칠 상대라기엔 너무 거대했다. 우원길은 혈월단주와의 싸움이 너무나 마음에 들었다.

"네 이름을 기억해 주마. 말해봐라."

우원길이 두 마리 화룡을 일으켜 팔을 감싸며 말하자 혈월단주도 희열에 들뜬 눈으로 대답했다.

"혈월단주. 이름은 없다."

우원길이 크게 웃었다.

"으하하핫! 좋아! 혈월단주! 어디 제대로 한번 놀아보자!"

꽈르릉!

우원길의 몸을 거대한 화룡이 감쌌다. 그리고 마치 화룡이 새끼를 낳듯 작은 화룡들을 계속해서 토해냈다. 그렇게 수십 마리나 되는 화룡들이 우원길의 주위를 맴돌다가 그대로 혈월단주에게 달려들었다.

혈월단주는 우원길과 힘겨루기를 하는 도중이었기에 쉽게 몸을 빼지 못했다. 실로 위험한 상황이었지만, 그는 오히려 온몸에 도는 소름에 쾌감이 들었다. 그의 얼굴에 즐거운 미소가 떠올랐다.

콰우우우!

혈월단주의 몸을 감싸고 있던 핏빛 안개가 더욱 짙어졌다. 그리고 그 혈무 속에서 작은 초승달들이 수도 없이 튀어나왔다. 붉은 초승달, 혈월이었다.

혈월은 자신의 주인에게 달려드는 화룡을 향해 어마어마한 기세를 흩뿌리며 날아갔다.

쩌저저저정!

혈월과 화룡이 부딪쳐 서로를 부수며 깨져 버렸다.

"재미있군! 정말로 재미있어!"

우원길은 그렇게 말하며 검을 강하게 밀어냈다. 혈월단주도 그와 동시에 도에 힘을 줬기에 두 사람은 아주 자연스럽게 거리를 벌릴 수 있었다.

<u>고오오오.</u>

두 사람을 중심으로 사방의 기운이 요동쳤다. 새파란 불꽃이 넘실대는 거대한 화룡과 뭉클거리는 핏빛 안개가 서로 뒤엉키며 호수에 파도를 만들었다.

우원길과 혈월단주는 서로의 눈을 바라보다가 동시에 움직였다.

꽈앙!

거대한 폭음과 함께 경천동지할 대결이 다시 시작되었다.

단유강은 눈살을 찌푸리며 거대한 기운이 느껴지는 곳을 바라봤다. 두 개의 다른 기운이 서로를 잡아먹기 위해 싸우고 있었다. 하나는 아주 익숙한 기운이었고, 다른 하나는 이제 슬슬 익숙해지기 시작하는 기운이었다.

"영감님이 만났나 보군."

단유강은 그렇게 중얼거리며 감각을 집중했다. 싸움의 향방을 알아보기 위함이었다. 단유강이 보기에 지금의 싸움은 백중세였다. 우원길이 비록 우내사존이긴 하지만, 상대하는 자도 결코 만만치 않은 자였다.

"이제야 슬슬 저 끈적끈적한 살기가 옅어지는군."

태호를 뒤덮었던 그 피 냄새의 주인이 바로 지금 우원길과 싸우는 자라는 걸 쉽게 알 수 있었다. 태호를 뒤덮었던 살기가 아예 사라진 건 아니었지만 그래도 상당히 옅어졌다. 이대로 조금만 더 지나면 완전히 그 살기가 사라질 것 같았다.

"좋아, 저쪽은 영감님한테 맡기고 난 천기비동으로 가봐야겠군."

단유강은 고민 끝에 결정을 내렸다. 그리고 배의 속도를 더 높여 천기비동으로 가는 걸 서둘렀다. 우내사존과 맞먹을 정도의 고수까지 동원되었다. 그러니 천기비동을 그냥 얌전히 내버려 둘 리가 없었다. 아마 그쪽에도 보통 사람은 상상조차 할 수 없을 정도로 대단한 힘이 투입되었을 것이다.

단유강의 표정이 살짝 굳었다. 태호를 뒤흔드는 화기(火氣)와 혈기(血氣)의 틈으로 수많은 사람들의 기척이 느껴졌다. 천기비동이 있는 섬이었다.

잠시 후, 섬 하나가 보였다. 상당히 넓은 섬이었는데, 모양이 조금 특이했다. 아무래도 인공적으로 누군가 만들어놓은 듯했다. 섬 주변에는 수많은 배가 떠다니거나 정박해 있었고, 섬 위에는 헤아리기 어려울 정도로 많은 사람들이 움직이고 있었다.

"수백 명은 되겠군."

섬은 상당히 넓었다. 그렇게 많은 사람들이 올라섰음에도 아직 그 몇 배나 되는 사람들을 더 수용하고도 남을 듯했다.

단유강은 손을 한 번 휘저었다. 그의 손짓에 배가 속도를 더 높였다.

배가 섬에 거의 도착할 무렵, 황보세가 사람들이 선상으로 나왔다. 그들은 하나같이 긴장한 표정이었다.

"막막하군."

황보관웅은 눈살을 찌푸렸다. 섬에 있는 수많은 무림인들을 보니 앞으로 어떻게 움직여야 할지 감이 잡히지 않았다. 저들 모두가 천기비동을 노리고 온 사람들일 테니 결국은 싸워야 할지도 모른다. 아니, 거의 그렇게 될 것이다.

어느새 배가 섬 근처에 도착했다. 섬에 정박하지는 못하고 섬 주위를 빙빙 돌았다. 단번에 섬으로 가기에는 조금 먼 거리였지만 황보세가 무사들은 아랑곳하지 않고 몸을 날렸다.

촤악! 촤악!

물에 떨어진 자들 중 무위가 조금 떨어지는 자들은 헤엄을 쳐서 나갔고, 그보다 조금 더 무공이 고강한 자들은 물을 한 번 박차고 섬에 올라섰다. 물론 다리 부분이 완전히 젖는 걸 피할 순 없었다.

황보관웅의 경우는 단번에 섬에 올라섰다. 실로 놀랄 정도로 가벼운 신법이었다.

단유강은 배 위에서 그 모든 광경을 가만히 바라보기만 했다.

"대주님은 안 가세요?"

언제나 단유강의 옆에 붙어 있는 담교영이 물었다. 단유강은 그녀를 보며 고개를 저었다.

"글쎄, 언제 가야 할지 가늠하는 중이야."

담교영은 그의 말에 의아한 표정을 지었다.

"빨리 가서 정리를 하는 게 피해를 줄이는 일 아닐까요?"

"꼭 그렇지만은 않을 것 같아서 말이야."

단유강은 그렇게 말하며 섬의 모습을 유심히 살폈다. 섬의 모양에서부터 주변 물의 흐름, 그리고 섬 위를 돌아다니는 사람들의 움직임까지 하나하나 세심히 살폈다.

"저놈들이로군."

단유강은 한순간 눈을 빛냈다. 담교영이 의아한 표정으로 그런 단유강을 바라보며 물었다.

"누가 있는데요?"

"그때 그놈들."

담교영이 궁금하다는 듯 눈을 동그랗게 뜨자 단유강이 말을 이었다.

"황산에서의 그놈들. 기억나?"

담교영의 눈이 화등잔만 해졌다. 어찌 기억이 안 나겠는가. 황산에서 그런 일을 겪었는데 말이다. 그리고 단유강이 이렇게 돌아다니는 이유가 무엇 때문인지 너무나 잘 알고 있는데 말이다.

"혈교 말씀인가요?"

단유강이 무겁게 고개를 끄덕였다.

"그래, 혈교지. 저쪽에서 지금 열심히 영감님과 싸우고 있는 놈도 혈교고, 태호를 피로 물들이던 놈들도 혈교고, 그리고 저 섬에서 뭔가를 꾸미고 있는 놈들도 혈교지. 그나저나 천기비동이라……."

단유강은 과연 천기비동이 진짜 존재할 것인지 확신할 수 없었다. 드러난 정황만으로는 혈교가 만들어낸 함정에 불과해 보였다. 하지만 그렇다 하더라도 그냥 내버려 둘 수는 없었다. 만에 하나 진짜라면 저들에게 날개를 달아주게 되는 격일 테니까 말이다.

단유강은 한참이나 고민을 했다. 그리고 이내 결정을 내렸다.

"가자."

담교영은 무겁게 고개를 끄덕이고 몸을 훌쩍 날렸다. 그녀의 몸이 마치 꽃잎처럼 하늘거리며 허공을 날아 사뿐히 섬에 내려섰다. 황보관웅과 비교해도 전혀 뒤지지 않는 대단한 신법이었다.

"호오, 제법인데?"

단유강은 감탄하며 몸을 날려 담교영 옆에 내려섰다. 이제부터가 진짜 시작이었다.

우원길은 놀라고 또 놀랐다. 혈월단주의 실력은 정말로 대단했다. 어떤 면에서는 우원길보다도 나았다. 혈월단주의 무공은 살기가 짙었다. 상대를 무조건 죽이기 위한 무공이었다. 그의 주변을 항상 맴도는 핏빛 안개는 그 자체가 강기로 이루어진 강기무(罡氣霧)였다. 우원길의 화룡이 양강의 극을 이룬 강기인 것과 비슷했다.

"어디서 이런 강자가 툭 튀어나왔는지 모르겠구나. 정말로 대단하다!"

우원길은 정신없이 검을 휘두르면서도 감탄해 소리쳤다. 혈월단주 역시 딱딱하게 굳은 얼굴로 핏빛 도를 맹렬히 휘두르며 대답했다.

"당신도 대단하오."

혈월단주는 내심 자신이 우내사존과 비교해도 전혀 뒤질 게 없다고 자신했다. 하지만 이렇게 막상 우내사존을 만나보니 그 생각이 얼마나 잘못되었는지 알 수 있었다. 우내사존은 역시 우내사존이었다.

쩌저정!

두 사람의 도검이 다시 부딪치자 강렬한 기파가 사방을 휩쓸었다. 태호의 바닥이 드러날 정도로 물이 거세게 출렁였고, 근처에 그나마 남아 있던 배의 잔해들은 완전히 가루가 되어 사라진 지 오래였다.

어느새 두 사람은 허공에 뜬 상태로 싸우고 있었다. 대결은 시종일관 팽팽했지만, 이제 서서히 그 균형이 깨지기 시작했다.

"크윽!"

혈월단주는 이를 악물었다. 가슴이 뻐근해졌다. 우원길의 검력을 고스란히 감당해 낸 대가는 적지 않았다. 내부에 그 충격이 쌓여 결국 파탄을 드러낸 것이다. 아주 가벼운 내상이었지만, 지금과 같은 상황에서는 치명적이었다.

"아주 좋은 싸움이었다."

우원길은 그렇게 말하며 자신의 애검인 화룡검으로 단전에서 꿈틀대는 기운을 마구 불어넣었다.

화르륵!

화룡검이 용틀임을 했다. 새파란 불길을 내뿜는 화룡이 순식간에 혈월단주를 덮쳤다. 혈월단주는 도를 휘둘러 그것을 막았지만, 그 순간 우원길의 검이 웅혼한 기세를 내뿜으며 날아왔다.

쩡!

"크윽!"

콰우우우!

우원길의 검을 막는 순간 화룡이 혈월단주를 집어삼켰다. 그를 보호해 주던 혈무가 허무하게 흩어져 버렸다.

"끄아아아!"

폐부를 통째로 꺼내는 듯한 비명이 울려 퍼졌다. 새파란 화룡의 불길은 혈월단주를 남김없이 먹어치웠다. 혈월단주는 결국 재조차 남기지 못하고 그렇게 지워졌다.

"후욱, 후욱. 이거, 정말로 힘들구나."

우원길은 가쁜 숨을 몰아쉬며 검을 갈무리했다. 온몸의 기력을 모두 소진한 느낌이었다. 그만큼 혈월단주는 강했다. 만일 종칠과 만나기 전의 자신이었다면 당하고 말았을 것이다.
 우원길은 호흡을 가다듬고는 씨익 웃었다. 정말로 만족스러운 대결이었다. 목숨을 건 대결은 실로 오랜만이었다. 그리고 덕분에 얻은 것도 있었다.
 "잘하면 조만간 진정한 화룡을 얻을 수도 있겠군."
 우원길은 그렇게 중얼거리고는 만족스런 표정으로 몸을 날렸다.

 단유강과 담교영은 섬에 올라서자마자 사람들의 주목을 받았다. 다름 아닌 담교영 덕분이었다. 담교영의 놀라운 외모는 섬에 있는 모든 사내들의 시선을 단번에 사로잡아 버렸다. 상황이 상황이니만큼 수작을 걸어오는 사내들은 없었지만, 모두가 늑대처럼 눈을 빛내며 담교영의 얼굴을 엿보고 있었다.
 담교영은 지나칠 정도로 노골적인 시선에 처음에는 살짝 위축이 되었지만 이내 당당하게 어깨를 폈다. 마음가짐이 달라진 것만으로도 그녀의 얼굴에서 광채가 일어나는 듯했다. 그녀를 바라보던 사람들의 눈이 잠깐이지만 멍해질 정도였다.
 단유강은 사람들의 시선이나 태도에 전혀 신경 쓰지 않았다. 아니, 신경 쓸 겨를이 없었다. 단유강은 섬에 있는 누군가에게 온 정신을 집중하고 있었다.
 '상당한데?'
 지금까지 태호에서 분탕질을 치던 놈이 아니었다. 그들과는 질적으로 다른 자 한 명이 섬에 있었다. 그것도 섬 중앙에 오연히 서 있었다.

"대주님, 이제 어쩌지요?"

단유강은 슬쩍 손을 들어 담교영의 말을 막았다. 방금 전 섬 중앙에 있던 자의 기세가 변했기 때문이다. 지금까지 잔잔하던 그의 기세가 날카롭게 벼려졌다. 그리고 마치 단유강의 미간을 찌르듯 쏘아져 왔다.

"호오, 이것 봐라?"

단유강은 씨익 웃으며 주변의 기운을 흔들었다. 단유강을 향해 날아오던 기세가 이리저리 비틀리더니 단유강을 지나쳐 호수 안으로 스며들었다.

담교영은 의아한 눈으로 단유강을 바라봤다. 단유강의 표정이 심상치 않았다. 게다가 그녀 역시 조금 전 단유강을 스쳐지나간 기세를 약간이나마 느낄 수 있었다. 그녀의 시선이 자신도 모르게 기세가 스며든 호수로 향했다. 순간 담교영의 눈이 화등잔만 해졌다. 호수 위에 잉어 몇 마리가 둥둥 떠올랐다.

'기세만으로 잉어를 죽여?'

실로 놀라운 경지가 아닌가. 담교영은 단유강이 바라보는 쪽을 향해 고개를 돌렸다. 그녀의 눈에는 보이지 않았다. 하지만 실체를 인지하고 나니 존재감이 분명히 느껴졌다.

"이건 비검운 이상이잖아. 대단한데?"

단유강은 그렇게 중얼거리며 걸음을 옮겼다. 담교영도 긴장한 표정으로 단유강과 나란히 걸어갔다. 주변에 있던 사람들의 시선이 두 사람을 따라 움직였다.

혈검대는 혈교주가 심혈을 기울여 육성한 무력 단체다. 모두 열 명으로 이루어져 있으며, 그들 하나하나의 무위는 비검운이나 비문위를 한참 넘어설 정도로 강하다.

현재 천기비동의 입구에 서 있는 자는 혈검대의 다섯째인 검무극이었다. 혈검대가 되기 위한 수련을 시작하며 검이라는 성을 받았고, 완전한 혈검대가 되며 무극이라는 이름을 받았다.

검무극은 자신의 안에서 광포하게 날뛰는 야수를 억누르며 오연하게 서 있었다.

그는 여기서 해야만 하는 일이 있었다. 그의 임무는 최종적으로 천기비동의 보물을 독차지하는 것이었다. 더 정확히 말하자면, 만수평을 돕는 것이었다. 검무극은 자신있었다. 그의 힘이라면 설사 어떤 변수가 있다 하더라도 전혀 문제가 되지 않는다. 게다가 만수평이 부리는 자들이 지천에 깔려 있다.

우내사존 중 하나인 화룡신검이 나타났다는 얘기는 들었다. 그리고 화룡신검의 그 강렬한 기운도 느꼈다. 화룡신검과 혈월단주의 싸움도 알고 있었다. 그렇게 마음껏 기세를 뿌려대며 싸웠으니 검무극 정도 되는 고수가 그걸 모를 리 없었다.

'화룡신검이 이긴 건가?'

검무극은 흥미로운 표정을 지었다. 혈월단과 혈검대는 하늘과 땅 차이다. 혈월단주라고 해도 마찬가지다. 그렇기에 혈월단주가 화룡신검에게 당했다고 해도 별다른 위협은 느끼지 못했다.

"어쩌면 화룡신검과 싸워볼 수 있을지도 모르겠군."

검무극은 차갑게 웃었다. 만일 그렇게 된다면 오늘 이후로 화룡신검을 무림에서 찾아볼 수 없게 될 것이다. 자신의 손에 죽을 테니까 말이다.

혈검대주는 혈검대 한 명 한 명의 강함은 우내사존 이상이라고 자신했다. 혈검대주는 비록 힘은 혈검대원에 훨씬 못 미치지만, 혈검대를 만들어낸 장본인이었다. 모든 혈검대원은 그의 말을 절대적으로 신봉했다.

검무극은 문득 누군가의 눈길을 느꼈다. 순간 눈에 이채를 띠며 고개를 돌려보니, 일남일녀가 보였다. 검무극의 눈이 살짝 커졌다.

"아름답군."

담교영의 모습은 검무극의 마음을 한차례 뒤흔들었다. 혈검대는 자신의 욕망을 절대 거스르지 않는다. 죽이고 싶으면 죽이고, 취하고 싶으면 취한다. 혈검대가 최종적으로 몸에 받아들인 야수 때문이었다. 그 야수는 모든 욕망의 화신이었다.

검무극의 눈에 진한 욕정이 어렸다. 하지만 움직이지는 않았다. 그 욕정보다 앞서는 것이 대주와 교주의 존재였다. 임무를 위해 욕정을 꾹 눌러 참아야 했다. 하지만 굳이 그 옆에 있는 사내를 가만둘 이유는 없었다.

검무극의 몸에서 한줄기 살기가 쏘아져 나갔다. 지극히 은밀하면서도 지독할 정도로 강한 살기였다. 어떤 고수의 심맥이라도 단번에 뒤흔들어 놓을 수 있을 정도로 강렬한 살기였다.

"호오?"

검무극은 또 한 번 놀랐다. 자신이 보낸 살기가 제대로 흐르지 않고 이리저리 요동치다가 목표를 빗겨났기 때문이다. 검무극의 입가에 섬뜩한 미소가 어렸다.

"이거, 점점 더 재미있어지는데?"

검무극은 자신을 향해 똑바로 다가오는 단유강을 지그시 노려봤다. 그의 눈에서 진한 혈광이 흘러나왔다.

생각했던 것보다 훨씬 대단한 자를 건드린 듯하니 임무에 조금 차질이 생길 수도 있었지만, 이렇게 된 이상 싸움을 피할 생각은 전혀 없었다. 최선이 안 되면 차선을 선택하면 그뿐이다. 그리고 지금 상황에서 차선은 다가오는 사내를 죽이고, 그 옆에 있는 아름다운 여인을 잡아두는 것이었다.

검무극은 한차례 입맛을 다셨다. 임무가 끝난 후, 저 여자를 취할 생각을 하니 절로 몸이 달아올랐다.

"저놈, 눈빛이 아주 마음에 안 드는데?"

"저도요."

담교영은 불쾌하다는 표정을 지었다. 검무극의 시선이 자신의 몸에 닿을 때마다 소름이 끼쳤다.

단유강은 걸음을 조금 더 빨리했다. 검무극은 섬 한가운데서 있었는데, 그가 내뿜는 기이한 기운 때문인지 근처에 다가가는 사람들이 아무도 없었다. 자신도 모르는 새에 피하게 되는 것이다. 덕분에 단유강은 별다른 어려움 없이 검무극 앞에 설 수 있었다.

검무극은 그런 단유강과 담교영을 더욱 호기심 가득한 눈으로 바라봤다.

"설마 둘 다 내 기세에 먹히지 않을 줄은 몰랐는데, 의외로군."

검무극은 섬을 한 번 스윽 둘러봤다. 섬으로 다가오는 배 몇 척이 보였다. 아주 익숙한 배였다.

"이제 슬슬 시작할 때가 됐나 보군. 조금 아쉽지만 우리 싸움은 뒤로 미뤄야겠어."

검무극의 말에 단유강이 피식 웃었다. 그리고 고개를 돌려 다가오는 배들을 쳐다봤다. 그 배에 타고 있는 자들은 아주 익숙한 자들이었다.

"혈월단이 도착했으니, 이제 문을 열어볼까?"

검무극의 말에 단유강이 눈을 빛냈다. 무슨 문을 열려고 하는지는 자명했다. 이곳은 천기비동이 있는 곳이다.

구구구궁!

은은한 진동과 함께 바위와 바위가 서로 긁히는 듯한 소리가 울렸다. 그리고 검무극이 선 자리가 서서히 위로 돌출되어 올라가기 시작했다.

단유강은 흥미로운 눈으로 그것을 바라봤다. 소리가 끝나자 거대한 건물이 하나 생겨났다. 마치 돌로 만든 거대한 금고를 보는 듯했다. 그리고 단유강이 바라보는 전면은 전체가 거대한 문이었다. 십여 명은 동시에 걸어 들어갈 수 있을 정도로 넓었는데, 한 가지 문제는 그 문이 굳게 닫혀 있다는 점이었다.

사람들이 우르르 몰려들기 시작했다. 섬에 있는 모든 사람들이 이 갑작스러운 기사(奇事)에 놀라 달려들었다.

"골치 아프게 됐군."

현재 섬에 있는 사람들은 수백 명이나 된다. 그들 모두가 한꺼번에 달려들면 어떤 일이 벌어질지 알 수 없다. 아마도 끝에는 혼란만이 남을 것이다.

단유강은 석문 위에 오연히 서 있는 검무극을 쳐다봤다.

검무극은 더 이상 단유강에게 관심을 주지 않았다. 검무극의 시선은 드넓은 태호 쪽으로 향해 있었다.

단유강은 검무극의 반응을 충분히 이해할 수 있었다. 그가 바라보고 있는 쪽에서 거대한 화기(火氣)가 날아오는 중이었다. 화룡신검 우원길이었다.

"그럼 난 일단 저기를 대충 정리해 볼까?"

단유강은 막 배에서 내리고 있는 혈월단원들을 쳐다보다가 훌쩍 몸을 날렸다. 담교영이 그 뒤를 따랐다.

第五章

입동(入洞)

단유강은 혈월단을 향해 몸을 날리면서도 검무극을 계속 주시했다. 물론 눈으로 보는 게 아니라 감각으로 확인했다. 검무극은 여전히 그 자리에 그대로 서 있었다. 그러던 어느 순간, 그의 기척이 상당히 흐릿해졌다. 단유강은 고개를 힐끗 돌려 검무극이 있는 곳을 쳐다봤다.

 검무극은 그 자리에 그대로 선 채로 몸의 기척만 가렸다. 천기비동의 입구로 몰려든 무인들은 검무극의 존재를 전혀 신경 쓰지 않았다. 검무극은 그런 그들을 그저 무심한 눈으로 가만히 내려다보기만 했다.

 단유강은 다시 고개를 돌려 혈월단을 바라봤다. 혈월단은 어느새 배에서 몸을 날려 섬으로 올라서고 있었다. 그리고 일부는 주변에 정박하거나 섬을 배회하는 배들을 향했다.
"이런!"
 단유강은 잠시 당황했다. 저들의 이런 행동은 미처 예측하지 못했다. 예상했었어야 하는데 검무극과 천기비동이라는 존재 때문에 미처 신경을 쓰지 못했다.
"제가 갈게요."
 담교영이 그렇게 말하며 방향을 틀었다. 단유강은 걱정스런 눈으로 담교영을 바라봤다. 하지만 이내 고개를 한 번 끄덕이고는 다시 섬에 올라선 혈월단을 향해 더욱 빠르게 달려갔다.
 혈월단은 단유강을 발견하고는 흉흉한 눈을 빛내며 초승달 모양의 도를 꺼냈다. 은은한 혈광이 어린 도신에서 불그스름한 기운이 흘러나오기 시작했다.
 실제 혈월단의 수는 그리 많지 않았다. 대부분은 혈월단원들이 부리는 수하들이었다. 그들이 뿌리는 흉흉한 살기는 순식간에 섬을 집어삼켰다. 혈월단의 위세는 그만큼 대단했다.
 천기비동 주변에 모여 있던 무림인들은 갑작스럽게 덮쳐 오는 살기에 깜짝 놀라 분분히 무기를 꺼냈다. 그리고 그들은 혈월단이 피를 뿌리며 쓰러지는 모습을 멍한 눈으로 바라봤다.
 단유강의 움직임은 그야말로 신출귀몰했다. 여기 나타나서 검을 찌른다 싶으면 어느새 멀찍이 떨어진 곳에서 검을 휘두르고 있었다. 섬에 올라온 혈월단과 그의 수하들은 꽤 수가 많았지만, 그 누구도 단유강을 지나치지 못했다.
 군웅들은 마치 신룡처럼 사방을 휘저으며 혈월단을 상대하는 단유강 덕분에 순식간에 혼란에서 벗어날 수 있었다. 만일 혈월단이 그냥 이곳까지 올라왔으면 그 혼란을 감당키 어려웠을 것이다.

군웅들 사이에 서서 단유강의 모습을 지켜보던 황보관웅은 심각한 얼굴로 미미하게 고개를 끄덕였다. 단유강과 함께 배를 타고 오며 그의 신위를 조금이나마 겪었기에 지금 저런 활약을 봐도 크게 놀라거나 하지는 않았다.

그래서 황보관웅은 다른 사람들이 단유강에게만 신경을 쓰는 것과는 달리 다른 곳으로도 주의를 분산시켰다. 가장 먼저 그의 눈에 들어온 것은 배와 배 사이를 이리저리 날아다니는 담교영의 모습이었다.

"아름답군."

담교영은 몸놀림마저도 아름다웠다. 그리고 그녀의 움직임에 따라 허공에 수놓아지는 혈화(血花)는 그녀의 아름다움을 더욱 돋보이게 했다.

황보관웅은 담교영의 움직임을 보고서야 혈월단이 비단 섬에만 올라오려는 것이 아니라, 섬 주위에 있는 배들마저 공격하려 했다는 것을 알아차렸다.

'큰일 날 뻔했군.'

황보관웅은 가슴을 쓸어내렸다. 비록 황보세가의 사람들은 모두 섬에 있었지만, 그래도 다른 방파의 사람들이 다치면 결국 무림의 일이 좋지 않은 방향으로 흘러갈 가능성이 높았다.

배를 공격하려던 혈월단 무리는 섬에 올라온 자들보다 수준

입동(入洞) 111

이 꽤 떨어졌고, 그 수가 많지 않았기 때문에 담교영만으로도 충분히 상대가 가능했다. 황보관웅은 그것을 확인한 후에 몸을 돌렸다. 이제 남은 건 천기비동뿐이었다.

마치 거대한 바위를 깎아서 만들어진 듯했다. 황보관웅은 석문을 손으로 쓰다듬으며 이음새를 살폈다. 특별한 기관에 의해 열리는 듯 손잡이도 없었고, 문을 열 방법도 쉽게 알아차릴 수 없었다.

'설마 그저 밀어서 여는 건 아니겠지?'

황보관웅은 그렇게 단순하게 문을 열 수 없다고 생각하면서도 내공을 일으켜 석문을 힘껏 밀어보았다.

그그그궁!

돌 긁히는 소리와 함께 석문이 조금씩 안으로 밀려들어 갔다. 황보관웅은 크게 당황했지만 상황은 이미 그의 손을 떠나 버렸다. 한 번 움직이기 시작한 석문은 힘을 더 보태지 않아도 계속해서 안으로 밀려들어 갔다.

석문이 움직이는 소리가 들리자 근처에 모여 있던 사람들이 화들짝 놀라 몸을 돌렸다. 그리고 석문이 점점 안으로 밀려들어 가는 모습을 보고는 한껏 긴장감을 끌어올렸다. 모두의 관심이 순식간에 천기비동으로 집중되었다.

석문 위에 서 있던 검무극은 눈살을 찌푸렸다. 계획이 완전히 비틀려 버렸다. 처음 목표는 혈월단을 이용해 거대한 혼란을 유도한 후, 자신이 석문을 열어 그들을 정신없이 안으로 몰아넣는 것이었다.

천기비동 내부에 대한 연구는 상당히 오랜 시간 진행되어 왔다. 그렇게 해서 밝혀낸 것이라고는 엄청난 기관과 진법이 깔려 있어 쉽게 안으로 들어가기 어렵다는 것뿐이었다.

천기비동의 모든 것은 비동의 중심부에 있음이 분명했다. 비동을 연구하면서 얻은 결론이었다. 한데 아무리 애를 써도 중심부에 다가갈 수가 없었다. 비동의 중심부는 수많은 기관과 진법에 의해 보호되고, 감춰져 있었다.

만수평은 혈교의 힘만으로 쉽게 비동을 열지 못하자 그것을 이용하기로 방향을 바꿨다. 무림의 군웅들을 끌어들여 혼란을 야기시키고, 무림의 힘을 약화시키고자 했다. 더불어 그들의 힘을 이용해 천기비동의 중심부로 가는 길을 알아내는 것이 최종 목표였다.

검무극은 주위를 둘러봤다. 아직 그의 존재를 인지한 사람은 없었다. 모든 사람들이 문이 활짝 열린 천기비동에 관심을 집중했다. 그들은 섣불리 안으로 들어갈 생각도 못하고 주변에서 눈을 빛내며 내부를 조심스럽게 살피고 있었다.

지금이야 비록 이렇게 조심스러운 움직임을 보이지만, 누구 하나가 들어간다면 벌 떼처럼 몰려갈 것이 분명했다. 검무극은 그것을 너무나 잘 알고 있었다. 검무극이 한 손을 슬쩍 들어 올렸다.

석문 앞에 모인 모든 사람들 중 유일하게 검무극을 지켜보고 있던 사내가 검무극의 신호를 받고는 살짝 고개를 끄덕였다. 그리고 쏜살같이 몸을 날려 석문 안으로 들어갔다.

주변에 지켜보던 사람들이 미처 반응하지도 못할 정도로 갑작스러운 움직임이었다. 그저 구경만 하고 있던 사람들이 깜짝 놀라며 우왕좌왕했다. 그리고 몇몇이 용기를 내어 안으로 몸을 날렸다.

그때부터 혼란이 시작되었다. 수백에 달하는 군웅들이 서로 뒤질세라 속도를 높이며 석문 안으로 들어갔다.

검무극은 무심한 표정으로 그 광경을 지켜봤다.

"그럭저럭 첫 번째 목표는 이뤘군. 그나저나 무림맹과 천마신교는 결국 움직이지 않을 생각인가?"

이번 천기비동의 계획에서 가장 중요하다고 할 수 있는 것이 바로 무림맹과 천마신교다. 무림을 장악하려면 천마신교와 무림맹을 무너뜨려야만 한다. 천기비동의 계획은 천마신교와 무림맹의 힘을 약화시키고 흔들어놓기 위한 것이기도 했다. 한데 무림맹도, 천마신교도 아예 관심이 없는 듯 움직이지 않았다.

검무극은 다시 한 번 주위를 둘러봤다. 혈월단은 전멸했다. 단유강의 힘이 상당하다는 것을 다시 한 번 깨달았다. 힘이 강한 자를 봤으니 그가 가진 본연의 임무를 이행해야 할 때가 되었다.

"과연 얼마나 강할지 궁금하긴 하군."

섬에는 이제 남은 사람이 아무도 없었다. 한 명도 남김없이 천기비동 안으로 들어갔다. 유일하게 남은 사람이 바로 단유강이었다. 담교영은 아직도 배와 배를 돌아다니며 남은 혈월단의 잔당을 찾아다니고 있었다.

검무극은 가볍게 발을 박찼다. 그의 몸이 마치 낙엽이 바람에 휘날리듯 너울너울 날아갔다. 가볍게 단유강의 앞에 착지한 검무극은 무심하면서도 섬뜩한 눈으로 단유강을 똑바로 바라봤다.

단유강은 그런 검무극을 담담하게 쳐다봤다. 힘의 우위는 확실했다. 단유강이 훨씬 윗줄이었다. 그것은 단유강도, 또한 검무극도 알고 있었다.

단유강은 내심 의아한 생각이 들었다. 검무극이 대체 무슨 생각으로 이러는지 알 수가 없었다. 자신의 방심을 노렸다면 기습을 했어야 옳다. 지금 검무극의 행동은 마치 정정당당한 비무라도 원하는 듯했다.

"비무라도 하고 싶은 건가?"

"비무라……. 어찌 보면 그럴 수도 있겠군. 목숨을 걸어야 한다는 게 문제지만."

단유강이 살짝 눈살을 찌푸렸다. 분명히 뭔가 꿍꿍이가 있었다. 검무극이 원하는 건 정말로 순순한 대결인 듯했다. 단유강이 지치기를 바란다거나 그런 것도 아니었다. 여기서 좀 더 시간을 끌면 우원길이 나타날 것이다. 그건 검무극에게 훨씬 더 불리한 일이었다.

"대체 무슨 생각이지?"

"그런 것까지 알아서 뭐 하겠나? 우리야 그저 싸우면 그뿐."

입동(入洞) 115

검무극이 검을 뽑았다.

스릉.

마치 피에 담갔다 뺀 것처럼 붉은 검이었다. 얼핏 보면 검신을 따라 피가 흘러내리는 것 같았다. 검무극이 특별한 짓을 한 것 같지도 않은데 벌써부터 검에서 혈기가 일렁였다.

"꼭 피로 만든 검 같군."

검무극이 살짝 놀란 눈을 했다.

"그걸 알아보다니 대단한걸?"

혈검대의 검은 모두 피로 만든 것이다. 물론 인간의 피는 아니다. 특별한 존재의 피를 이용해 만들었다. 그래서 검을 쥐면 항상 피를 갈구하게 된다.

검무극은 검을 한 번 떨쳤다. 진득한 혈향이 사방으로 퍼져 나갔다.

"자, 어디 한번 볼까?"

검무극이 단유강을 향해 한 발 다가갔다. 단유강 역시 눈을 빛내며 한 발 앞으로 나아가며 손에 든 검을 슬쩍 들어 올려 검무극의 가슴을 겨눴다.

두 사람은 막 몸을 날리려다가 흠칫 놀라 한쪽을 바라봤다. 저 멀리서 거대한 화기(火氣)가 몰려오고 있었다. 우원길이었다. 우원길은 어찌나 빠른 속도로 날아왔는지, 단유강과 검무극이 화기를 느끼기 무섭게 섬에 도착했다.

단유강은 슬쩍 뒤로 물러났다. 우원길이 왔는데 굳이 자신이 나서서 싸워야 할 이유가 없었다. 단유강은 고개를 돌려 천기비동을 바라봤다. 이대로 검무극은 우원길에게 맡기고 자신은 천기비동으로 들어가도 될 듯했다.

"이거, 이렇게 재미있는 놈이 또 있을 줄은 몰랐군."

우원길은 단유강에게 다가가면서도 시선은 끝까지 검무극에 뒀다. 검무극은 우원길과 눈이 마주치자 눈살을 찌푸렸다. 단유강 하나만 해도 패배가 거의 확실한데, 거기다가 우원길까지 나타났으니 문제가 심각해졌다.

"네놈은 저쪽으로 가봐라. 여긴 신경 쓰지 말고."

"잠시 구경 좀 하겠습니다."

단유강은 혼자 천기비동으로 들어갈 생각은 없었다. 담교영이 올 때까지 기다려야만 했다. 그리고 담교영이 다시 섬으로 올 때쯤이면 이 싸움도 끝나 있을 것이다.

'아무래도 조금 불리하겠지?'

단유강이 판단하기에 우원길이 검무극보다 살짝 위험해 보였다. 새삼 혈교의 힘에 전율이 일었다. 우내사존을 능가하는 고수를 키워내다니, 정말로 대단하지 않은가.

"좋아, 그럼 어디 한번 놀아볼까?"

우원길은 검을 뽑았다. 그리고 즉시 검에 화기를 불어넣었다.

화르륵!

우원길의 검이 새파란 불길에 휩싸였다. 우원길은 검무극이 심상치 않은 상대란 걸 처음 볼 때부터 알 수 있었다. 그래서 처음부터 온 힘을 다할 생각이었다.

쩡!

 눈 깜빡할 사이에 두 사람 사이의 거리가 사라졌다. 어느새 둘은 서로의 검을 맞대고 힘겨루기에 들어갔다. 웬만한 사람이라면 눈으로 확인하지도 못할 정도로 빠른 속도였다.

 잠시 서로를 밀어내며 내력을 끌어올리던 두 사람은 약속이라도 한 듯 동시에 뒤로 훌쩍 물러났다. 그리고 물러남과 동시에 다시 몸을 날려 서로의 검을 휘둘렀다.

 쩌저저저저정!

 검과 검이 맞부딪치는 소리가 수없이 울렸다. 두 사람을 중심으로 섬 곳곳에 상처가 나기 시작했다. 기(氣)와 기(氣)가 격돌할 때마다 사방으로 날카로운 기파가 쏟아져 나갔다. 그 기파들은 섬을 조금씩 부쉈다.

 우원길은 놀람을 금치 못했다. 처음에는 팽팽했는데 시간이 갈수록 조금씩 밀리기 시작했다. 화룡까지 끌어냈지만, 검무극에게는 아무런 소용이 없었다. 심지어 검무극은 혈월단주처럼 혈무를 뿜어내거나 하지도 않았다. 그저 검으로만 모든 것을 상대했다. 그런데도 우원길은 계속 밀리기만 했다.

 '으득, 이대로 끝낼 수야 없지.'

 우원길은 이를 악물고 다시 검을 휘둘렀다. 그의 단전에 똬리를 틀고 있던 화룡이 다시 용틀임을 시작했다.

 단유강은 우원길과 검무극의 싸움을 보며 고개를 살짝 갸웃거렸다. 싸움의 양상이 왠지 이상했다. 단유강이 보기에 검무극은 지금 제대로 싸우고 있지 않았다. 마치 힘을 아끼는 것처럼 보였다.

"아니지, 힘을 아끼는 것과는 좀 달라. 저건 그러니까······."

단유강의 눈이 한순간 번득였다.

"실력을 재고 있는 건가?"

그렇게 결론을 짓고 확인하니 절로 고개가 끄덕여졌다. 검무극은 놀랍게도 우원길의 무공이 어느 정도인지 재고 있었다. 만일 검무극이 무리해서 싸웠다면 벌써 승부가 났을 수도 있었다.

단유강이 그렇게 생각을 하기가 무섭게 검무극이 우원길을 몰아치기 시작했다. 마치 알아볼 건 다 알아봤으니 이제 끝내자는 듯한 태도였다.

우원길은 당황하며 검을 휘둘렀지만 검무극의 거센 공격을 막는 건 쉽지 않았다.

단유강은 공격을 하는 검무극의 눈과 표정을 확인하고는 또다시 고개를 갸웃거렸다. 검무극 역시 조금 당황한 것처럼 보였다.

"대체 뭐지? 저놈은?"

이해할 수 없다는 듯 고개를 갸웃거린 단유강은 거의 죽기 일보직전의 상황이 된 우원길을 보고는 손을 한 번 슬쩍 휘저었다.

슈악!

단유강의 손에서 만들어진 날카로운 기운이 검무극을 향해

입동(入洞) 119

쏘아져 나갔다. 검무극은 검을 휘둘러 그것을 막아냈다.

쾅!

검무극의 신형이 거세게 흔들렸다. 단유강의 공격은 단순히 기운을 날린 것만이 아니었다. 검무극은 검을 타고 교묘하게 몸을 파고드는 기운을 해소하기 위해 검을 마구 휘둘러야만 했다. 그의 얼굴이 크게 일그러졌다.

우원길은 단유강의 개입에 눈살을 찌푸렸지만 뭐라고 하지는 못했다. 어쨌든 단유강 덕분에 목숨을 구한 거나 다름없었다. 만일 단유강이 거기서 개입하지 않았다면 자신은 목숨을 잃었을 것이다.

"하아압!"

우원길이 평소와 다르게 기합을 내지르며 달려들었다. 단유강의 기운을 해소하느라 정신이 없는 검무극에게 있어서 지금 상황은 절체절명의 위기였다. 그리고 검무극에게는 그런 위기에서 그를 도와줄 단유강 같은 사람이 없었다.

서걱!

검무극의 어깨에서 피가 튀었다. 상당히 깊은 상처였다. 게다가 화기가 상처를 통해 안으로 스며들었다. 단유강의 기운도 미처 해소하지 못한 상황에서 침투한 화기는 치명적이었다.

"크으으."

검무극은 정신없이 뒤로 물러나며 인상을 찌푸렸다. 고통도 고통이거니와, 아쉬움이 너무나 커서 더욱 마음이 흔들렸다.

'처음부터 무리를 해서라도 몰아쳤어야 하거늘.'

검무극은 속으로 그렇게 중얼거리며 자신도 모르게 씁쓸한 표정을 지었다. 혈검대로 키워졌기에 언제나 나오는 습관이었다.

혈검대는 고수의 수준을 알아보기 위해 키워진 자들이었다. 그들보다 훨씬 강한 자들을 파악할 수 있도록 훈련을 받아왔다. 상대의 역량을 조금이라도 알아보려면 무리를 하거나 지나치게 공격적이어선 안 된다.

우원길을 상대하면서도 초반에 몰아치지 못한 것은 그 때문이었다. 사실상 우원길의 능력이 검무극보다 낮다는 건 싸우기 전부터 짐작했다. 쓸데없는 짓을 한 것이다.

검무극은 슬쩍 눈을 돌려 단유강을 바라봤다. 진짜로 알아봐야 할 자는 바로 단유강이었다. 그는 아직도 단유강의 실력을 조금도 파악하지 못했다.

'혈검대 하나로 상대할 수 있는 자가 아니야. 적어도 세 명은 있어야 한다. 아니, 어쩌면 더 많이 필요할지도……'

그것이 검무극이 세상에서 마지막으로 한 생각이었다. 그 생각을 마지막으로 그의 목이 하늘 높이 떠올랐다. 그리고 화롱에 먹혀 재가 되었다.

단유강은 천기비동의 입구 앞에 서서 조용히 호흡을 가다듬었다. 그의 양옆에 우원길과 담교영이 서 있었다. 담교영은 어렵지 않게 배를 돌아다니며 혈월단을 처리했다.

실제로 섬에 오르지 않고 배를 공격한 혈월단은 혈월단이라고 하기에는 무리가 있었다. 그들은 혈월단이 부리는 수하들이었다. 배에 남은 사람들의 수준이 뻔하니 굳이 진짜 혈월단이 개입할 필요가 없다고 판단한 것이다. 그리고 덕분에 담교영은 큰 위험 없이 그들을 완벽하게 제압할 수 있었다.

"대주님, 여기가 진짜 천기비동인가요?"

"글쎄."

단유강은 확답할 수 없었다. 천기자에 대한 얘기는 많이 들었지만 그가 어떤 일들을 했는지 몽땅 알 수는 없었다. 천기자는 참으로 신비로운 인물이었다.

'그리고 만일 이걸 그가 만들었다 해도 천기자가 만들었는지, 아니면 혈마자가 만들었는지 알 수 없는 법이지.'

"왠지 불길한 느낌이 드네요."

담교영은 마치 무저갱처럼 아무것도 보이지 않는 석문 안쪽을 들여다보며 그렇게 말했다. 석문이 비록 크긴 했지만 안쪽이 전혀 보이지 않는다는 건 쉽게 믿기 어려운 사실이었다.

"호오, 이건 정말로 꽤 대단한데?"

단유강이 눈을 빛내며 석문 여기저기를 살폈다. 석문은 진의 축이었다. 단유강은 천기비동에 수백 가지의 진이 중첩되어 있다고 판단했다. 이 석문은 그 수백 가지 진 중 하나의 축이었다. 그리고 석문 자체에 설치된 진도 십여 가지에 달했다. 문 안쪽이 전혀 보이지 않게 한 것도 진법의 효과였다.

단유강은 석문에 설치된 진을 세심히 살폈다. 지금부터는 단유강으로서도 미지의 영역에 들어서는 것과 다름이 없었다. 천기자가 얼마나 대단한 진법의 고수였는지는 귀가 닳도록 들어서 누구보다 잘 알고 있다.

'아마 지금의 내 수준으로는 상대하기가 상당히 버겁겠지.'

단유강은 천기비동 안으로 한 발 들어섰다. 그러자 사방에서 몰려오는 어둠이 순식간에 시야를 가렸다. 단유강이 들어가자 담교영과 우원길이 그 뒤를 따랐다. 단유강은 양손을 들어 두 사람이 더 이상 앞으로 나가지 않도록 제지했다.

"왜 그러세요, 대주님?"

담교영은 그렇게 물으며 소스라치게 놀랐다. 말을 했는데 목소리가 나오지 않았다. 아니, 분명히 목소리는 나왔다. 한데 소리가 퍼져 나가지 않았다. 자신의 귀에도 도달하지 않았다. 목의 울림이 직접 귀에 닿아 내는 소리만 날 뿐이었다. 그건 굉장히 기이하면서도 기분 나쁜 경험이었다.

그것은 우원길 역시 다르지 않았다. 우원길은 난생처음 겪는 생소한 느낌에 단유강이 팔을 들어 올리기도 전에 걸음을 멈췄다. 그는 멈춰 선 채로 대체 이게 무슨 일인지 차분히 관찰했다.

단유강이 멈춘 것은 위험이 앞에 있기 때문이 아니었다. 제대로 된 길을 찾아가기 위함이었다. 단유강이 들어선 곳, 즉 천기비동의 입구에 펼쳐진 진은 암흑미로진(暗黑迷路陣)이었다. 그것도 아주 단순하고 간단하게 만들어졌기에 오히려 더 알아차리기가 어려웠다. 다른 복잡한 진에 가볍게 얹혀 있을 뿐이

입동(入洞) 123

었기에 더더욱 그랬다.

 단유강은 눈을 지그시 감은 채 감각을 최대한으로 활성화시켰다. 이 암흑미로진의 역할은 사람들의 감각을 속여 본래의 길이 아닌, 다른 길로 접어들게 하는 것이 목적이었다. 단유강은 그것을 간파해 낸 것이다.

"이쪽이로군."

 이내 눈을 뜬 단유강은 그렇게 중얼거리며 담교영과 우원길을 오른쪽 끝부분으로 인도했다. 담교영과 우원길은 영문도 모른 채 단유강이 이끄는 대로 석문의 오른쪽 끝이라 여겨지는 곳으로 걸어갔다. 이내 그들의 눈앞이 환해졌다.

"아······!"

 담교영은 자신도 모르게 탄성을 흘렸다. 우원길도 입은 다물고 있었지만 담교영과 별반 다르지 않은 심정이었다. 두 사람은 눈앞에 펼쳐진 광경에 감탄을 금치 못했다.

"분명히 섬의 지하로 왔을 텐데, 이런 곳이 있다는 걸 믿을 수가 없군."

 그들을 기다리고 있던 것은 뜨거운 태양과 우거진 밀림이었다. 마치 원시림과도 같은 모습이었다. 조금 떨어진 곳에는 널찍한 강도 흘렀다. 그 강은 섬뜩하게도 피처럼 붉었다.

"마치 딴세상에 온 것 같아요."

 이런 곳이 천하에 존재한다는 얘기를 들어본 적이 없었다. 어디를 둘러봐도 보이는 나무는 장정 열이 손을 잡아도 남을 정도로 거대했다. 그리고 그 나무들에 축축 늘어져 있는 덩굴 주위에는 이름도 모를 새들이 바삐 날아다녔다.

"보이는 것에 현혹될 필요없어. 이건 다 가짜니까."

단유강의 말에 담교영과 우원길의 눈이 화등잔만 해졌다.

"가짜라고? 이렇게 생생한데?"

우원길은 믿을 수 없었다. 우내사존 정도 되는 고수라면 자신의 감각을 꽤 신봉하기 마련이다. 그의 감각이 지금 눈앞에 있는 모든 것들이 진실이라 말하고 있었다.

"믿을 수 없다."

우원길은 그렇게 말하며 앞으로 나아갔다. 그리고 가장 가까이에 있는 나무를 쓰다듬었다. 우둘투둘한 나무의 면이 고스란히 손바닥에 느껴졌다. 후덥지근한 공기까지 느껴져 결코 가짜라고는 생각하기 어려웠다.

"이건 진(陣)입니다."

"아무리 진이라도 이 정도로 환상과 현실의 경계를 무너뜨릴 수는 없다. 지금까지 내 감각을 속일 수 있었던 환상진은 한 번도 없었다."

우원길도 꽤 여러 종류의 진을 경험해 봤다. 불과 얼마 전에 합비상단연합의 암계에 빠져 암흑혼천진에 빠지기도 했다. 하지만 그동안 겪었던 환상 계열의 진법은 우원길 같이 높은 경지의 고수에게는 잘 통하지 않았다.

진이라는 것은 기본적으로 기운의 흐름을 비틀어 변화를 준다. 그것을 이용해 환상을 만들고 함정을 파는 것이다. 한데 우내사존 정도 되는 고수들의 경우엔 그런 기운의 흐름에 지나칠 정도로 민감했다. 즉, 환상을 보여주더라도 미묘하게 다른 기운의 흐름 때문에 위화감을 느끼게 된다.

한데 지금 우원길이 보는 눈의 풍경은 전혀 그런 위화감이 느껴지지 않았다. 너무나 자연스러웠다. 이런 것이 정말로 환상에 불과한 거라면 이 진을 만든 사람은 실로 엄청난 능력자이리라.

단유강은 굳이 뭐라 대꾸하지 않았다. 그 역시 믿기 어려웠다. 만일 입구에 펼쳐진 암흑미로진을 통과하며 남은 감각이 없었다면 단유강 역시 이곳이 진에 의해 구현된 환상이라는 사실을 알아차리지 못했을 테니까.

단유강은 최대한 세심히 감각을 조율하며 진의 흐름을 살폈다. 이 진을 설치한 사람의 능력은 분명히 단유강보다 앞서지만, 그래도 이렇게 살피는 정도는 할 수 있었다.

"별다른 위험이 내포된 진은 아닌 것 같군요. 여기도 단순히 미로진입니다."

"미로진이라고?"

"일단 길을 찾아보죠."

단유강은 그렇게 말하며 앞장섰다. 문득 처음 입구에 들어섰을 때 이쪽으로 오나, 아니면 정면으로 통과하나 별 차이가 없었을 것 같다는 생각이 들었다.

숲은 엄청나게 넓었다. 아무리 가도 끝이 나오지 않았다. 실제로 이곳이 이렇게 넓을 리 없었다. 아마도 진에 갇혀 한자리에서 맴돌고 있을 확률이 높았다.

나무 꼭대기에 올라가 사방을 살펴보기도 했다. 믿을 수 없게도 숲은 사방으로 끝없이 펼쳐져 있었다. 이대로라면 아무리 가도 숲을 벗어날 수 없을 게 분명했다. 물론 진에 갇혔으니 그건 당연했다.

"계속 이렇게 숲을 헤매기만 할 생각이냐?"

우원길이 굳은 얼굴로 물었다. 담교영 역시 살짝 불안한 눈으로 단유강을 바라봤다. 하지만 그녀의 눈 깊은 곳에는 단유강에 대한 신뢰가 깔려 있었다. 불안하긴 하지만 단유강이 이곳을 빠져나갈 길을 반드시 발견할 거라고 믿었다.

단유강은 그런 두 사람을 바라보며 빙긋 웃었다.

"조금만 더 참아보시죠. 지금 길을 찾는 중이니까요. 설마 무작정 걷기만 한다고 여기신 건 아니죠?"

단유강의 말에 우원길의 얼굴이 조금 밝아졌다. 그리고 담교영의 얼굴에는 아예 꽃이 활짝 폈다. 조금 남아 있던 불안감마저 깨끗이 사라진 얼굴이었다.

단유강이 다시 걸음을 옮겼다. 두 사람은 조금 전과는 달리 반짝이는 눈으로 단유강의 등을 바라보며 뒤를 따랐다.

그렇게 얼마나 걸었을까. 단유강이 갑자기 멈춰 섰다. 우원길과 담교영은 기대에 찬 눈으로 단유강을 바라봤다.

"찾으신 건가요?"

단유강은 담교영의 기대를 배신하지 않고 고개를 끄덕였다. 담교영과 우원길의 얼굴이 더욱 밝아졌다.

"역시 여기였군."

단유강은 그렇게 중얼거리며 근처에 있는 나무에 손바닥을 가볍게 댔다.

우우웅.

단유강의 손바닥에서 맑은 기운이 마치 물결처럼 사방으로 퍼져 나갔다. 그 기운은 우원길과 담교영의 몸도 한차례 훑고 지나갔는데, 두 사람은 그 순간 깜짝 놀라 몸을 부르르 떨었다. 그 기운은 지독할 정도로 차가웠다.

"무슨 극음지기도 아니고······."

우원길이 조금 퉁명스럽게 중얼거렸다. 하지만 단유강을 바라보는 눈빛은 경이로 가득 차 있었다.

퉁!

속이 빈 나무를 때리는 소리가 가볍게 울렸다. 그러자 놀라운 광경이 펼쳐졌다.

쩌저저적!

단유강의 손을 중심으로 나무에 거미줄처럼 실금이 뻗어 나갔다. 아니, 나무가 아니었다. 균열은 나무를 지나 덩굴로, 그리고 덩굴을 지나 허공으로 세력을 확장시켰다. 세상이 갈라지고 있었다.

우원길과 담교영은 떡 벌어진 입을 다물 생각도 못하고 멍하니 그 광경을 지켜봤다. 단유강이 일으킨 균열은 그대로 세상을 조각조각 부숴 버렸다. 그리고 그 화려했던 풍경이 모조리 가루가 되어 흩어졌다.

사아아악.

바람이 불어 모래를 날리듯 사락거리는 소리와 함께 환상이 사라졌다. 환상이 사라지고 드러난 광경은 어두침침한 동굴이었다. 그들은 동굴 한복판에 서 있었다.

"여기는……."

"제대로 된 길이지."

단유강은 그렇게 대답하고는 아무렇지도 않은 표정으로 다시 걸음을 옮겼다. 동굴은 넓지도 좁지도 않았다. 셋이 나란히 걸어갈 수 있을 정도의 폭이었고, 가장 키가 큰 단유강이 허리를 꼿꼿이 세우고 걸어도 머리 하나 정도는 남을 정도의 높이였다.

담교영과 우원길은 한동안 가만히 선 채로 단유강의 등을 바라봤다. 그러다 이내 고개를 저으며 움직였다. 어느새 단유강과의 거리가 꽤 멀어졌다. 두 사람은 멀어진 거리를 다시 좁히기 위해 걸음을 빨리했다.

천기비동에 들어선 사람의 수는 수백 명에 달했다. 그들은 대부분 각 지역을 호령하는 유수의 방파들에서 고르고 골라 뽑은 정예였다. 그리고 일부는 혈교에서 보낸 자들이었다.

혈교에서 나온 자들은 만수평의 직속 수하들이라 할 수 있는 혈의단, 백의단, 흑의단이었다. 만수평의 의단들은 각 단마다 능력이 차별화되어 있었다. 혈의단은 기관이나 진식에 뛰어난 능력을 가졌고, 흑의단은 정보와 암습 등에 능했다. 그리고 백의단은 강력한 무력을 지녔다.

그렇게 대단한 자들이었지만, 그들 역시 천기비동의 비밀을 완전히 풀어낼 수 없었다. 아니, 실제로 풀어낸 것은 절반에도 훨씬 못 미쳤다. 그들의 능력이 모자란 게 아니라 천기비동이 지나칠 정도로 대단했다.

그들은 자신들이 파악한 대로 기관과 진법을 교묘하게 피해 이곳에 들어온 다른 무림인들을 조용히 살폈다. 무림인들은 여전히 암흑 속을 헤매고 있었다. 하지만 조만간 그곳에서 벗어날 것이 분명했다. 그들이 데리고 온 진법가들의 능력도 상당했다.

"아직도 멀었느냐?"

황보관웅의 말에 정필기는 대답도 못하고 고개를 조아렸다. 그는 황보세가에서 영입한 진법가였다. 황보세가가 있는 산동에서 손가락에 꼽힐 정도의 능력을 가진 자였다.

하지만 그런 정필기도 천기비동 앞에서는 어린애나 다름없었다. 천기비동은 기관과 진법이 절묘하게 어우러져 웬만한 수준으로는 그 실체를 조금이나마 들여다보는 것조차 할 수 없었다. 정필기도 그저 기관과 진법이 어우러졌다는 사실 외에는 아무것도 알아낼 수 없었다.

"죄송합니다."

"허어."

황보관웅은 답답한 한숨을 내쉬었다. 사방에 내려앉은 어둠 때문에 먼 곳까지 확인할 수는 없었지만 이곳에 있는 모든 진법가들이 진을 해체하거나 나갈 길을 찾기 위해 동분서주하고 있었다.

"응?"

황보관웅은 주위를 둘러보던 중 붉은 옷을 입은 자들을 발견했다. 수십 명이나 되는 자들이었는데, 그들은 각 진법가에 한 명씩 다가가 뭔가를 얘기해 주고 의논을 시작했다. 당연히 황보세가에서 데려온 진법가인 정필기에게도 한 사람이 붙었다.

정필기는 한동안 그와 얘기하다가 손바닥으로 무릎을 탁, 쳤다. 그리고 환해진 얼굴로 뭔가를 하기 시작했다.

황보관웅은 놀란 눈을 감추지 못했다. 주위를 감싼 어둠이 서서히 걷히기 시작했다. 어둠이 완전히 가시자 자욱한 안개가 나타났다. 하지만 정필기를 비롯한 진법가들은 전혀 당황하지 않고 또 뭔가를 했다. 이내 안개가 서서히 흩어져 갔다.

"허어, 대단하군."

어둠과 안개가 사라진 그곳은 그저 평범한 동굴에 지나지 않았다. 아니, 여러 동굴과 연결된 거대한 동공이었다. 수백 명이나 되는 사람들이 흩어져 있었는데도 상당한 여유가 남을 정도로 규모가 컸다.

황보관웅은 잠시 주위를 둘러보다가 서둘러 정필기에게 다가갔다. 정필기는 그때까지도 붉은 옷을 입은 사내와 심각한 표정으로 뭔가를 얘기하는 중이었다.

"이보게."

입동(入洞) 131

황보관웅의 말에 정필기가 퍼뜩 놀라 고개를 돌렸다. 진법에 대한 심도 깊은 얘기에 빠져 황보관웅이 다가온 줄도 몰랐다.

"아, 오셨습니까."

"이분은 누구신가?"

정필기의 얼굴이 환해졌다.

"아, 적의문(赤衣門)의 분입니다. 적의문은 잘 알려지진 않았지만 기관과 진법을 주로 연구하는 곳입니다."

"호오, 그런 문파가 있었나?"

"물론입니다. 진법가들 사이에서는 상당히 유명한 곳입니다."

정필기는 그렇게 대답을 하며 살짝 난감한 표정을 지었다. 황보관웅이 그런 정필기의 표정을 읽었다. 황보관웅은 황보세가의 장로 중 하나다. 비록 다른 장로에 비해 무공에 더 관심을 많이 둬 정치나 사람을 다루는 법에 대해서는 깊지 않지만 그래도 웬만한 무사보다는 훨씬 낫다.

'모르는 모양이군.'

적의문이라는 곳에 대해 더 캐고 들면 정필기가 훨씬 난감해질 테니 이쯤에서 그만두는 게 나았다. 기관 진식에 통달한 사람이 늘어나면 천기비동을 여는 데 큰 도움이 되지 않겠는가. 일단은 함께 움직이며 유심히 관찰하는 게 좋았다.

"그거 잘되었군."

황보관웅은 그렇게 말하며 정필기가 적의문도라 소개한 사람을 바라보며 포권을 취했다.

"황보관웅이라 하네. 앞으로도 계속 도와줬으면 하는데, 괜찮겠나?"

적의문도는 감격한 얼굴로 마주 포권을 취했다. 황보세가쯤 되는 곳의 장로가 먼저 포권을 취하며 인사하는 건 쉽게 볼 수 있는 광경이 아니었다. 더구나 이렇게 전혀 명성이 없는 사람을 상대로 하면서 말이다.

적의문도는 큰 동작으로 포권을 취하며 힘차게 대답했다.

"제 능력을 모조리 뽑아서라도 대인을 돕겠습니다."

황보관웅은 흡족한 표정으로 고개를 크게 끄덕였다. 제법 사람의 기분을 즐겁게 할 줄 아는 자였다. 황보관웅은 황보세가 무사들을 몇 붙여서 그의 안전을 철저히 지키도록 명했다.

그렇게 조치를 취한 후 둘러보니, 다른 방파에서도 적극적으로 적의문도들을 영입하고 있었다. 어떤 방파의 경우는 한꺼번에 세 명이나 되는 적의문도를 영입했다. 황보관웅은 그것을 보며 고개를 갸웃거렸다.

'대체 이들의 목적이 뭐란 말인가.'

만일 뚜렷한 목표가 있다면, 그리고 그것이 천기비동의 뭔가를 얻는 거라면 가장 큰 세력에 모든 적의문도들이 붙었어야 한다. 한데 그들은 그렇게 하지 않았다.

'어찌 보면 이게 가장 좋을 수도 있지.'

이들 중 어느 하나만 성공해도 적의문은 떡고물을 받아먹을 수 있었다. 천기자는 진법의 천재로 알려져 있다. 그렇게 생각하면 적의문의 반응도 나름 납득이 간다. 적의문이 기관과 진법에 특화된 곳이라면, 천기비동에서 나오는 것의 일부만 얻어도 큰 이득일 테니까 말이다.

황보관웅은 일단 그렇게 생각을 정리했다. 뭔가 석연치 않은 점들이 있었지만 지금은 서둘러야만 한다. 다른 자들은 벌써 동공에 뚫려 있는 수많은 동굴들로 하나둘 사라져 가고 있었다.

"우리도 출발한다."

황보관웅의 명이 떨어졌고, 황보세가 무사들은 신중하게 움직였다. 그들은 적의문도와 정필기가 선택한 동굴로 우르르 들어갔다.

그렇게 동공에 있던 모든 자들이 수많은 동굴 중 하나를 택해 사라져 갔다. 이곳에 있는 모든 방파들은 모두 각자 다른 동굴로 들어갔다. 같은 동굴을 이용한 방파는 하나도 존재하지 않았다.

모두가 사라진 그곳에 홀연히 한 사람이 나타났다. 그는 의미심장한 표정으로 군웅들을 흡수한 동굴을 찬찬히 훑어봤다.

"혈의단이 제대로 일을 했군. 백의단과 흑의단도 즉시 움직이도록."

사내, 만수평의 말에 어느새 나타난 수십의 백의인과 흑의인들이 깊이 고개를 조아린 후, 몸을 날렸다. 그들은 아무런 소리도 내지 않고 흩어져 동굴로 진입했다.

"무림맹과 천마신교는 아직인가?"

"그렇습니다."

만수평의 뒤에는 언제 나타났는지 새하얀 백의를 입은 자가 시립해 있었다. 그는 고개를 살짝 숙인 채 극도로 공경스러운 자세를 취했는데, 그것이 너무나 자연스럽게 주변과 어우러져 마치 처음부터 동공에 장식물로 만들어놓은 석상 같았다.

만수평은 고개를 갸웃거렸다. 천마신교는 몰라도 무림맹은 분명히 움직임을 보였다. 한데 아직도 나타나지 않은 건 상당히 의외였다.

"무림맹이 왜 움직이지 않는지 알아봤느냐?"

"무림맹은 태호 근방에는 도착했으나 쉽게 태호로 뛰어들지 않고 있습니다. 아무래도 뭔가 눈치를 챈 모양입니다."

만수평은 턱을 쓰다듬으며 고개를 끄덕였다.

"확실히 그놈들은 쉽지 않아. 뭐, 그래도 여기서 저들이 몰살을 당하면 움직이지 않을 수 없겠지."

"태호에 떠 있는 자들 중 절반 이상이 살아남았습니다."

만수평의 얼굴이 크게 일그러졌다.

"혈월단이 고작 그 정도 일도 처리를 못했다고?"

"혈월단이 전멸했습니다."

만수평의 눈이 화등잔만 해졌다.

"혈월단이 몰살을 당해? 대체 누가? 혈월단주를 상대할 자가 없을 텐데?"

"화룡신검입니다."

"화룡신검이 그렇게 강했나? 믿을 수가 없군."

"그리고 최근 천망단주가 된 단유강이란 자가 함께했습니다."

만수평이 눈살을 찌푸렸다.

"단유강이라… 또 그놈이로군."

만수평은 단유강에 대해 자세히 조사를 했었다. 자그마치 흑월검마와 관계가 있는 사람이었고, 최근에는 무림맹에서 떨어져 나가 새로 조직을 개편한 천망단의 단주였으니 관심을 가지는 게 당연했다.

하지만 그가 얻을 수 있는 건 아무것도 없었다. 만수평의 조사에 의하면, 단유강은 오 년 전에 말 그대로 홀연히 나타났다. 흑월검마와 함께 살았고, 무공을 배웠다고 대충 추측하긴 했지만 확실한 건 아무것도 없었다.

'이상한 점이 너무 많아. 예전에 그놈 주위에 나타났다던 절세미인도 그렇고……'

단유강에게 찾아갔다가 그냥 사라져 버린 절세미인에 대한 얘기는 아직도 심심찮게 소문으로 돌아다닌다. 여기에 나타났느니, 저기서 무슨 일을 했느니, 또 누구와 혼례를 올렸다느니 하는 소문이 여기저기서 끓어올랐다. 하지만 그걸 확인해 보면 다 터무니없는 헛소문이었다. 그 여인은 그냥 사라져 버렸다.

"생각해 보면 조금 이상하긴 하군. 흑월검마도 사라졌다가 나타났고. 어디에 숨었든 살아가기 위해 사람들과 접촉을 했다면 내가 알아내지 못했을 리 없는데 말이야."

어쩌면 누구의 손길도 닿지 않는 깊은 산속에서 살다가 나왔는지도 모른다. 만일 그렇다면 알아내지 못할 수도 있다. 사실 아무리 그렇다 하더라도 만수평 정도의 능력이라면 웬만하면 다 알아냈을 테지만 드러난 사실이 이러니 그렇게 믿을 수밖에 없었다.

"아무튼 곤란하게 되었어. 뭐, 그럼 다른 방법을 쓰도록 하지. 제대로 정리를 못한다고 계획이 틀어지는 건 아니니까 말이야. 다만 무림의 힘을 조금 더 훼손시키지 못한 게 아깝긴 하군."

만수평은 그렇게 말하며 눈을 빛냈다. 어차피 진짜 계획이 시작된 이상 아무도 벗어나지 못한다. 이곳에 모인 무림인들도, 또한 기회만 엿보고 있는 무림맹도, 그리고 아직 뛰어들지 않은 천마신교도 말이다.

第六章
천기비동(天氣秘洞) 下

武龍濤
태룡전

"정말로 이상한 곳이네요."

담교영은 질린 얼굴로 그렇게 말했다. 환상진에서 벗어난 이후로 그녀는 끊임없이 걸었다. 계속해서 이어진 동굴은 끝날 줄을 몰랐다. 정말로 놀라운 것은 동굴이 전혀 휘어지거나 꺾이지 않는다는 점이었다. 직선으로만 이루어진 동굴이 끝없이 이어져 있었다.

우원길 역시 지루함에 몸부림 쳤다. 마음 같아선 경공으로 단숨에 동굴을 치고 나가고 싶었다. 하지만 그럴 수가 없었다.

"정말로 경공을 펼치면 안 되는 거냐? 뛰어도 안 되고?"

단유강은 빙긋 웃으며 고개를 끄덕였다.

"장담합니다. 여기는 일정 속도 이상으로 움직이면 곧바로 진이 발동할 겁니다. 그걸 빠져나가도 여전히 같은 자리일 테니까 시간 낭비죠. 차라리 이렇게 걸어가는 게 제일 좋은 방법입니다."

"끄응, 도저히 참기 어려운 곳이로군. 내가 보기에 이런 걸 만든 천기자라는 사람도 제정신은 아니야."

단유강은 쓴웃음을 지었다. 확실히 천기자는 제정신을 가진 사람이라 할 수는 없었다. 하지만 천재인 것만은 분명했다.

"그나저나 정말 이상하지 않아요? 우리가 지금까지 걸어온 거리만 해도 엄청날 거예요. 그 섬이 그렇게 넓어 보이진 않던데, 원래라면 우리, 벌써 호수에 들어와야 하는 거 아닌가요?"

"호수 바닥보다 더 깊은 곳이겠지. 우리는 환상진을 통과해서 왔으니까 어쩌면 상당히 깊은 곳까지 내려왔을지도 모르지 않겠느냐?"

우원길의 말에 담교영이 고개를 끄덕였다. 그럴듯했다. 그리고 그 외의 가능성은 별로 없었다.

하지만 두 사람의 의견을 들은 단유강이 단호히 고개를 저었다.

"이 길은 절대 똑바로 난 게 아니야."

"예? 설마요."

"나도 그 말은 인정할 수 없다."

우원길은 아무리 앞으로 쭉 뻗은 동굴을 살펴봐도 휘어짐이나 굴곡을 느낄 수 없었다. 무공을 익히면 감각이 예민해진다. 웬만한 수준에 오른 고수만 되어도 앞으로 뻗은 길이 휘었는지 아닌지는 어느 정도 알 수 있다. 하물며 우내사존이나 되는 고수가 아닌가.

"아무리 봐도 이건 똑바로 뻗은 길이야."

우원길은 자신이 지나온 길과 앞으로 가야 할 길을 여러 번 살폈다. 하지만 아무리 살펴도 결과는 마찬가지였다.

"동굴 전체에 감각을 흐리는 진이 설치되어 있습니다. 아니, 더 정확히 말하자면, 이 섬 전체에 그런 진이 설치되어 있습니다. 지금 우리가 지나는 길은 그런 진이 이중 삼중으로 겹쳐져 있는 겁니다."

우원길은 아무리 진이 펼쳐져 있어도 자신의 감각을 속일 수는 없다고 말하려다가 입을 다물었다. 바로 조금 전에 감각을 완벽하게 속이는 진을 겪고 나오지 않았던가. 또 그런 진이 펼쳐져 있지 말라는 법은 없다. 아니, 분명히 펼쳐져 있을 것이다.

"쯧, 천기자인지 뭔지, 정말로 마음에 안 드는군."

우원길은 그렇게 중얼거리고는 다시 걸음을 옮겼다. 어느새 그의 얼굴에 떠올랐던 지루함이 사라졌다. 우원길은 한껏 기감을 끌어올렸다. 자신의 감각을 벗어난 진이 존재한다는 사실이 마음에 안 들었다. 어떻게든 기감을 갈고닦아 진의 존재 유무를 알아내고야 말겠다는 투지가 불타오른 듯했다.

담교영도 단유강의 말이 믿기 어려운 것은 마찬가지였다. 그녀 역시 우원길과 마찬가지로 감각을 예리하게 갈고닦으며 동굴을 휘감은 기운을 느껴보려 애썼다.

단유강은 그런 두 사람을 보며 빙긋 웃었다. 그리고 기감의 실을 사방으로 퍼뜨렸다. 이렇게 기감을 실처럼 가늘게 뽑아 주변을 살피는 것은 진을 파악하거나 해체하기 위해서 반드시 필요했다. 특히 지금처럼 진 안에 들어와 있을 경우는 더더욱 그랬다.

'확실히 천기자가 대단하긴 대단하군.'

단유강은 동굴에 펼쳐진 진을 하나하나 파악할 때마다 감탄을 금치 못했다. 지금 상황에서 동굴에 펼쳐진 진을 해체하는 건 불가능했다. 동굴의 진은 그것을 감싸는 또 다른 진과 연계되어 있고, 그리고 그 진과 동굴의 진은 또 섬 전체를 감싸는 다른 진과 뒤섞여 있다.

이런 식으로 진과 진을 섞고 연계하면 더 상위의 진을 파악해 차근차근 해체하는 수밖에 없다. 게다가 그렇게 차근차근 해체하는 것도 결코 쉽지 않다. 하위의 진과 연계되어 있으니 그 내부의 구조까지 모조리 파악해야 하는 것이다.

단유강은 깊이 가라앉은 눈으로 묵묵히 걸음을 옮겼다. 진의 내부 구조를 파악하며 얻는 것이 적지 않았다. 단유강이 가진 진법 실력도 대단했지만 천기자의 그것은 차원을 달리했다. 몇 차원 높은 수준의 진을 파악해 보는 것만으로도 얻을 것은 무궁무진했다.

그렇게 각자의 상념에 빠져 계속해서 걷던 세 사람은 드디어 동굴로 이루어진 진의 끝부분에 도착했다.

"뭐야? 벌써 다 온 건가?"

우원길은 아쉬운 눈으로 그렇게 말했다. 한창 기감을 증폭하는 수련에 재미를 붙였는데, 길이 끝났으니 아쉬울 만도 했다. 만일 동굴이 조금만 더 길었다면 뭔가를 얻었을 것 같았다. 우원길은 입맛을 다시며 자신이 걸어온 길을 돌아봤다.

"헉! 뭐, 뭐야? 이게?"

우원길의 반응에 단유강과 담교영도 고개를 돌려 뒤를 확인했다. 두 사람 역시 놀라지 않을 수 없었다. 그들이 지나온 동굴 길이 완전히 사라지고 없었다. 뒤쪽의 광경은 깊이를 알 수 없을 정도로 검푸른 빛을 발하는 넓은 호수였다.

"이게 대체 어떻게 된 거죠? 설마 저것도 환상인가요?"

담교영은 듣도 보도 못한 괴사에 정신을 차릴 수 없었다. 우원길 역시 마찬가지였다. 그동안 진법이라는 것을 몇 번 겪어봤지만 이런 해괴한 경우는 처음이었다.

"저건 진이 아닌 것 같은데?"

단유강도 잠시 당황했다. 분명히 동굴을 빠져나왔는데 뒤에는 호수가 있으니 당연했다. 단유강은 호수로 다가갔다. 기감을 한껏 끌어올려 진의 실체를 파악하려 애썼다. 하지만 단유강의 기감에 걸려드는 진의 흔적은 전혀 없었다.

'이해할 수가 없군. 분명히 조금 전까지는 진의 기운이 느껴졌는데 그것이 말끔히 사라졌다니.'

단유강은 호숫가에 멈춰 서서 고개를 갸웃거렸다. 신비로운 호수였다. 사실 지하에 이렇게 호수가 존재한다는 것도 신기한 일이었다.

"태호와 연결된 건가?"

단유강은 호수에 손을 담갔다. 얼음장처럼 차가운 물이었다. 단유강의 손에서 한 가닥 기운이 뿜어져 나왔다. 그것은 호수를 이리저리 유영하며 출구를 찾았다.

'있다!'

호수 깊은 곳에 수중 동굴이 뚫려 있었다. 그 안으로 기운을 흘려 넣었다. 동굴은 아주 길었다. 하지만 분명히 끝이 있었다. 동굴은 단유강의 예상대로 태호와 연결되어 있었다.

'여차하면 호수를 통해 밖으로 빠져나갈 수도 있겠군. 음?'

단유강은 그렇게 생각하다 놀란 눈으로 기감을 회수했다.

"여기도 진을 펼쳐 놓은 건가? 정말로 대단하군."

천기자는 호수에도, 또 호수와 태호를 연결하는 수중 동굴에도 진을 설치했다. 대체 어떻게 그런 것이 가능한지도 알 수 없을 정도로 대단했다.

호수를 통해 빠져나가는 것은 불가능하다는 걸 확인한 단유강은 미련없이 몸을 돌려 담교영과 우원길이 있는 곳으로 향했다. 하지만 여전히 어떻게 자신이 빠져나온 동굴이 사라지고 호수가 나타났는지에 대해서는 맹렬히 머리를 굴리며 고민했다. 이건 단순한 진법의 문제가 아닌 듯했기 때문이다.

"자, 이제 어떻게 하면 되겠느냐?"

우원길의 물음에 상념에서 벗어난 단유강은 눈앞을 가로막고 있는 거대한 절벽을 바라봤다.

"글쎄요. 일단 올라가 봐야겠죠?"

절벽은 정말로 까마득했다. 웬만한 무공을 가지고서는 시도조차 할 수 없을 정도였다. 단유강은 담교영을 바라봤다. 담교영이 빙긋 웃으며 고개를 끄덕였다.

"다행이네. 그럼 가볼까?"

단유강은 담교영이 혹시라도 위험할까 봐 그 뒤에 따라가기로 했다. 먼저 우원길이 위로 몸을 뽑아 올렸고, 담교영이 그 뒤를 따랐다. 발 디딜 곳도 없는 매끈한 절벽인데 우원길은 마치 평지를 달리는 것처럼 자연스럽게 위로 쭉쭉 올라갔다.

우원길이 발을 디딘 자리에는 어김없이 발끝을 디딜 수 있을 정도의 홈이 생겼다. 담교영은 그 흔적을 따라 쉽게 위로 올라갈 수 있었다.

모든 상황을 확인한 단유강은 빙긋 웃으며 몸을 날렸다.

절벽 또한 동굴과 비슷했다. 가도 가도 끝이 없었다. 이것 역시 진의 일부라는 뜻이었다. 우원길은 점점 불안해졌지만 단유강이 아무렇지도 않게 따라갔기에 가끔 투덜거리는 것을 제외하고는 순순히 위로 올라갔다.

"대체 언제까지 올라가야 하는 거냐? 이렇게 가는 게 맞긴 맞는 거냐? 설마 길을 잃은 건 아니겠지?"

우원길의 말에 단유강이 단호히 고개를 저었다.

"아까의 동굴과 같다고 보면 됩니다. 아마 끝까지 가면 결국은 목적한 곳에 도착할 거예요."

단유강은 그 부분에 대해서는 확신했다. 하지만 뒷일은 장담할 수 없었다. 문득 앞으로도 이런 비슷한 과정을 여러 번

거쳐야 할지도 모른다는 불길한 예감이 들었다.

 단유강 일행이 끝없는 절벽을 오르고 있을 무렵, 각자의 동굴을 찾아 들어간 무림인들 역시 동굴의 끝에 거의 도착했다.
 황보세가는 비교적 일찍 끝에 도달했다. 정필기의 능력이 생각 외로 뛰어났기 때문이다. 그리고 적의문도의 능력도 상당했다. 동굴은 처음 예상했던 대로 위험한 기관과 진법으로 도배가 되어 있었다. 그것을 모두 피하고 해체하며 전진하는 것은 굉장히 어려운 일이었다.
 "그래도 아무 피해 없이 여기까지 도착할 수 있어 다행이군. 이게 모두 네 덕분이다. 수고 많았다."
 황보관웅의 치하에 정필기가 빙긋 웃으며 대답했다.
 "저보다는 이분의 힘이 컸습니다. 정말로 대단하신 분입니다."
 "고맙네. 내 나중에 이 보답은 꼭 하지. 언제든 우리 황보세가로 찾아오게나."
 "아닙니다. 황보세가를 도울 수 있었던 것만으로도 제겐 영광입니다. 더구나 이렇게 대단한 기관과 진법을 견식했으니 제게도 큰 도움이 되었습니다."
 "허허허, 아무튼 난 은혜를 절대 잊지 않는 사람이네. 그러니 앞으로도 잘 부탁하네."
 "저야말로 잘 부탁드립니다."
 황보관웅은 흡족한 표정으로 그들을 바라보다가 이내 걸음을 옮겼다. 그리고 드디어 동굴에서 벗어났다.

"헉!"

황보관웅은 크게 당황했다. 앞이 온통 붉은색으로 꽉 차 있었다. 그 색이 마치 피를 뿌려 놓은 것 같아 섬뜩하기 그지없었다.

"이, 이게 대체 뭔가?"

황보관웅은 정신을 차리고 눈앞에 있는 것을 살폈다. 그것은 붉은 그물이었다. 마치 거미줄을 쳐놓은 듯한 모양이었다. 황보관웅은 꺼림칙한 얼굴로 붉은 그물에 다가갔다.

"가늘군."

그물을 이루는 실은 투명하고 가늘어 정말로 거미줄 같았다. 하지만 그것은 분명히 거미줄이 아니었다. 황보관웅은 반사적으로 고개를 돌려 정필기와 적의문도를 바라봤다.

정필기는 당황한 표정으로 황보관웅에게 다가갔다. 다른 황보세가 무사들은 섣불리 움직이지 않았다. 잘못하면 무슨 꼴을 당할지 알 수 없는 곳이었다.

그곳에서 아무런 동요를 보이지 않는 사람은 적의문도가 유일했다. 그는 깊게 가라앉은 눈으로 핏빛 거미줄을 노려보고 있었다.

"이게 뭔지 알겠느냐?"

황보관웅의 물음에 정필기가 난감한 표정을 지었다. 그 역시 전혀 알 수가 없었다. 그저 자연적으로 생긴 거미줄은 아니라는 것이 전부였다. 이 안에 어떤 기관이나 진법이 숨어 있는

지조차도 알 수 없었다.

　황보관웅과 정필기의 눈이 동시에 적의문도에게로 향했다. 적의문도는 두 사람의 시선에 가볍게 미소 지으며 거미줄에 다가갔다. 그리고 거미줄을 유심히 살폈다.

　"특이한 그물이로군요."

　적의문도의 말에 모든 사람들이 고개를 끄덕였다. 정말로 특이했다. 그물에서는 상당히 기분 나쁜 느낌이 들었다. 뭔가 기이한 기운이 흘러나오는 것 같았다.

　"동굴만 빠져나가면 끝이라고 생각했는데 이런 해괴한 것이 길을 가로막고 있으니 답답하군."

　황보관웅이 중얼거렸다. 동굴에서 워낙 고생을 많이 해서 그렇게 생각했다. 한데 지금 이런 광경을 보니 어쩌면 고생은 아직 시작하지도 않은 건지 모르겠다는 생각마저 들었다.

　"알아냈습니다."

　적의문도의 말에 모두 놀란 눈으로 그를 바라봤다. 이렇게 간단히 정체를 밝혀낼 줄은 몰랐다. 그중 가장 놀란 것은 정필기였다. 적의문도가 분명 그보다 실력이 뛰어난 건 사실이지만 그래도 큰 차이가 없으리라 여겼다. 한데 지금 보니 전혀 아니었다.

　정필기의 시선을 의식한 적의문도가 서둘러 말을 덧붙였다.

　"우연히 제가 예전에 연구했던 것이 섞여 있기에 비교적 쉽게 알 수 있었습니다."

　적의문도는 그렇게 변명을 한 후, 본격적인 얘기를 시작했다.

"이 그물은 독혈망(毒血罔)입니다."

"독혈망?"

"그렇습니다. 사람을 녹여서 먹는 마물입니다."

그 말에 모두가 해연히 놀랐다. 사람을 녹여서 먹는다니, 실로 무시무시한 마물 아닌가.

"독혈망은 기의 흐름을 타고 몸에 스며들기도 합니다. 그러니 섣부른 공격을 해선 안 됩니다."

"하면 이를 통과할 방법이 없지 않은가."

적의문도는 잠시 난감한 표정을 지었다. 뭔가를 알고 있긴 한데 말하기 곤란하다는 얼굴이었다. 그리고 그것을 못 알아볼 황보관웅이 아니었다.

"알고 있는 게 있군. 뭔가? 말을 해보게."

적의문도는 한참을 머뭇거리다가 어렵게 입을 열었다.

"다섯 명 정도의 희생으로 문을 열 수는 있습니다."

"희생?"

"강한 내공을 가진 사람 다섯이 제가 지정한 곳을 쥐고 내력을 흘려 넣으면 독혈망에 틈이 생깁니다. 그리 넓지는 않겠지만 충분히 건너갈 수 있습니다."

적의문도는 그렇게 말하고는 손가락을 들어 독혈망 곳곳을 가리켰다.

"제가 지정한 부분에 내력을 불어넣으시면 됩니다."

적의문도의 설명이 끝나자 황보관웅이 그가 가리킨 부분을 유심히 살피며 물었다.

"하면 그 다섯 사람은……."

적의문도는 대답하지 않고 고개만 살짝 숙였다. 분위기가 무거워졌다.

"으음, 곤란하게 되었군. 다른 방법은 없는가?"

"제가 알기로는 없습니다."

"허어, 이 무슨……."

황보관웅은 난감한 얼굴로 독혈망과 황보세가 무사들을 번갈아 쳐다봤다. 적의문도의 말대로라면 세가 무사들을 희생하지 않고서는 이곳을 통과할 방법이 없었다. 게다가 가는 것만 문제가 아니라 오는 것도 문제였다. 즉, 총 열 명의 희생이 필요하다는 뜻이다.

'섣불리 희생을 강요할 수가 없구나.'

황보관웅이 이러지도 저러지도 못하고 있자 적의문도가 나섰다.

"다시 돌아가시겠습니까?"

적의문도의 말에 황보관웅은 고개를 돌려 자신이 지나쳐 온 동굴을 바라봤다. 정필기와 적의문도가 활약을 한 덕분에 피해는 없었지만 그래도 상당히 고생을 했다. 만일 이대로 돌아가면 헛고생이 되어버린다. 또한 돌아가는 길도 만만치 않을 것이다.

"난감하군."

황보관웅의 말에 황보세가 무사들 사이에 잠시 소요가 일었다. 그리고 굳은 얼굴을 한 다섯 무사가 나섰다.

"장로님, 저희들이 길을 열겠습니다."

황보관웅이 눈살을 찌푸렸다. 그들의 충정을 알긴 하지만 이건 허락할 수 없는 문제였다. 하지만 황보관웅이 말을 꺼내기도 전에 무사들은 적의문도가 가리킨 부분을 쥐고 강하게 내공을 불어넣었다.

우우웅!

독혈망이 거세게 진동했다.

"이 무슨 짓인가!"

황보관웅이 놀라 소리쳤지만 무사들은 그저 웃기만 했다. 고통스럽지는 않았다. 아니, 오히려 기분이 좋았다. 마치 몸이 붕 뜨는 듯했다. 그리고 척추를 따라 짜릿한 느낌이 올라왔다. 그것은 지독한 쾌락이었다.

진동을 하던 독혈망의 한구석이 흐릿해지며 비틀리기 시작했다. 그리고 사람 세 명 정도가 넉넉히 지나갈 정도의 틈이 벌어졌다.

"서두르지 않으면 늦습니다!"

적의문도는 그렇게 외치며 자신이 가장 먼저 그곳을 통과했다. 황보관웅은 이를 악물며 몸을 날릴 수밖에 없었다. 결국 그렇게 모든 황보세가 무사들이 독혈망을 빠져나갔다.

독혈망을 쥔 다섯 무사는 희열에 가득 찬 눈으로 그 광경을 지켜봤다. 그리고 이내 새하얀 물이 되어 녹아내렸다.

황보세가 사람들은 놀란 눈으로 그 광경을 지켜봤다. 무사들이 녹아 만들어진 하얀 물은 독혈망에 그대로 스며들었다.

그리고 비틀려 벌어진 틈을 다시 메웠다.

"참혹하군. 그리고 지독해."

틈을 만들기 위해 버린 목숨이 다시 그 빈틈을 메우는, 실로 지독한 진법이었다.

황보관웅은 그 광경을 묵묵히 바라보다가 이내 결연한 표정으로 눈을 빛냈다.

"가자. 이렇게 된 이상 어떻게든 천기자의 유물을 얻고 말겠다."

그 말을 들은 황보세가 무사들도 굳은 얼굴로 눈을 빛냈다. 그들은 동료의 희생을 가슴에 묻고 꿋꿋이 앞으로 걸음을 옮겼다.

동굴로 갈라져 들어간 모든 사람들이 같은 일을 겪고 있었다. 어떤 자들은 강제로 수하를 시켜 독혈망을 열었고, 몇몇은 황보세가처럼 문도들이 자발적으로 희생을 하기도 했다. 한 가지 확실한 것은 동굴을 통과하는 동안에는 아무런 희생이 없었으며, 그들은 모두 독혈망을 통과해 천기비동 깊은 곳으로 들어섰다는 점이다.

그리고 그들의 뒤를 따라 만수평이 이끄는 무리가 아무런 희생 없이 그곳을 통과해 은밀히 뒤를 따르고 있었다.

독혈망은 아무리 그들이라 하더라도 희생없이 통과할 수 없었다. 그들은 앞에서 무림인들이 독혈망을 열고 통과할 때 은밀히 몸을 숨겨 함께 통과했다. 그러나 그들이 그런 짓을 했다는 걸 아무도 알아차리지 못했다.

 사마자문은 태호 근방에서 최대한 열심히 정보를 모았다. 그리고 확실히 심상치 않은 일이 벌어지고 있다는 걸 알아낼 수 있었다.
 사마자문과 함께 온 장로들이 태호로 들어가고 싶어 몸을 들썩였지만 사마자문은 결코 그것을 허락하지 않았다. 이대로 태호로 들어가면 암중에 숨은 혈교에게 농락당할 뿐이었다.
 "군사, 대체 언제까지 여기서 이러고 있어야 하는 거요? 이러다가 다른 자들이 천기비동을 열고 모든 걸 가져가지 않겠소?"
 장로의 말에 사마자문이 단호히 고개를 저었다.
 "절대 그렇지 않습니다. 천기자는 그렇게 호락호락한 사람이 아닙니다."
 만일 혈교에서 벌써 천기자의 유물을 얻었다면 천기비동 자체가 거대한 함정이 될 것이다. 그렇다면 지금 섣불리 움직이는 건 위험하다.
 또한 혈교가 아직 유물을 얻지 못했다 하더라도 당장 움직일 필요는 없다. 지금까지도 그것을 얻지 못했다면 천기자의 유물을 얻는 것이 녹록치 않다는 뜻이다. 며칠 정도는 여유를 부려도 된다는 뜻이다.
 '하지만……'
 사마자문은 뒤에 늘어선 무림맹 무사들을 바라봤다. 모두가

긴 시간 동안 긴장을 유지하느라 상당히 지쳐 있었다. 체력도 문제지만 정신적으로 지쳐 자칫하면 필요한 순간에 힘을 발휘하기 어려울 수도 있었다.

'슬슬 결단을 내려야 하나?'

사마자문이 기다리는 것은 파탄이었다. 혈교가 뒤에서 움직인다면 분명히 뭔가 파탄이 날 것이다. 그때 움직여야 혈교에게 최대한 휘둘리지 않을 테니까 말이다.

사마자문이 그렇게 고민에 휩싸여 있을 때, 무사 하나가 다급히 달려왔다.

"군사님!"

"무슨 일이냐?"

사마자문이 정보 수집을 위해 풀어놓은 무사들 중 하나였다. 그는 사마자문 앞에 한쪽 무릎을 꿇고는 다급히 말을 꺼냈다.

"태호에서 천기비동을 찾던 배들이 습격을 당했다고 합니다!"

사마자문이 눈을 빛냈다. 드디어 파탄이 났다.

"습격? 어떤 놈들인지 확인은 해봤느냐?"

"살아남은 자들을 통해 알아본 바에 의하면, 붉은 옷을 입고 붉은 도를 쓰는 자들이라고 합니다. 그들의 무위가 보통이 넘어서 제대로 대적하지도 못했다고 합니다."

천기비동을 찾아온 자들 중에는 어중이떠중이도 있지만 명문대파도 심심찮게 있었다. 그들까지 모두 당했다면 정말로 심각한 문제였다.

"피해가 얼마나 되는 것 같더냐?"

"정확한 것은 아직 파악하지 못했습니다. 하지만 태호에 떠 있는 대부분의 배들이 습격을 받은 듯합니다."

사마자문이 무겁게 고개를 끄덕였다. 그렇다면 정말로 명문대파의 고수들조차 상대하기가 버거울 정도라는 뜻이다.

"수고했다. 계속해서 임무를 수행해라. 우리는 이제 천기비동으로 떠날 테니, 쾌속선이나 전서구를 이용해 보고를 하도록 해라."

"명 받듭니다."

무사는 그렇게 대답하고는 황급히 사라졌다. 사마자문은 멀어지는 무사의 등을 바라보며 생각에 잠겼다. 그리고 그렇게 뜸을 들이는 동안 다른 방향으로 떠났던 무사들이 속속 돌아와 보고를 했다. 물밀듯 밀려오는 정보의 홍수 속에서 사마자문은 정확히 현 사태를 파악해 나갔다.

이내 사마자문과 무림맹 장로들이 이끄는 무림맹의 무사들이 움직이기 시작했다. 무림맹은 거대한 배를 열두 척이나 준비했다. 열두 척이나 되는 배가 동시에 움직이는 광경은 실로 장엄하기까지 했다.

사마자문은 가장 선두에 선 배의 선수에 서서 바람을 맞으며 생각에 잠겼다.

정보를 모아 상황을 파악해 보니 사태가 의외로 심상치 않았다.

'화룡신검이 나타난 것이 그나마 다행인가?'

화룡신검이 혈월단주를 죽인 것도 은근히 소문이 돌고 있었다. 그 싸움을 멀리서나마 목격한 사람도 있었고, 워낙 싸움의 여파가 컸기에 소문이 빨리 퍼지기에는 충분했다.

'그리고 단유강이라고 했지?'

홍수로부터 태호에 있는 무림인들을 보호한 사람은 화룡신검과 단유강이라고 했다. 살아남은 자들은 하나같이 화룡신검과 단유강에 대해 얘기했다. 그들을 살려준 생명의 은인이었다.

사마자문은 자신이 생각했던 단유강의 무위를 조금 조정할 필요가 있다고 판단했다. 지금 판단하기에 단유강은 십대고수에 필적했다.

'대체 끝이 어딘지 모르겠군. 흑월검마에 화룡신검과의 관계만 해도 놀라울 지경인데 거기에 십대고수에 필적하는 무공까지 가졌다니 말이야.'

천망단이 따로 떨어져 나갔을 때는 정말로 깜짝 놀랐다. 맹 내부의 반발을 다독이는 것만 해도 쉽지 않았다. 만일 천기비동이 이 시기에 발견되지 않았다면 큰 홍역을 치렀을 것이다.

천망단에 대한 얘기는 최근에도 심심찮게 들려왔다. 꽤 대단한 무력을 보유하고 있었고, 단가상단과 연계되었기에 그 영향력이 상당했다. 더구나 그렇게 따로 떨어져 나가며 강력한 무공을 익혔기 때문에 무림맹 내의 천망단이 술렁이고 있었다.

'이번 일이 끝나면 그것도 정리를 해야 하는군.'

사마자문은 골치가 아팠지만 그래도 그 정도야 어렵지 않게 해결할 자신이 있었다.

"그나저나 혈교가 천기비동에 대체 어떤 수작을 부렸는지 걱정이군."

사마자문은 고개를 힐끗 돌려 자신과 같은 배에 타고 있는 제갈세가 사람들을 바라봤다. 제갈세가에서는 무림맹에 세가에서 손꼽히는 진법가를 상당수 보내주었다. 대가는 천기비동에서 나오는 진법에 관련된 모든 것이었다.

어차피 제갈세가도 무림맹의 일원이니 반대할 이유가 없었다. 물론 반대하는 세력도 있었지만 그쯤이야 충분히 무마가 가능했다.

사마자문은 이렇게 철저히 준비를 했는데도 계속해서 불안했다. 특별한 이유가 있는 불안감이 아니었다. 그냥 불길했다.

그렇게 이런저런 고민을 하는 사이 어느새 천기비동의 입구가 있다는 섬에 도착했다. 섬 주위에는 수많은 배들이 떠다니고 있었다. 그리고 피 냄새가 자욱했다.

"큰 싸움이 벌어졌던 모양이군."

비동을 찾는 사람들끼리 싸웠을 수도 있지만 그 정도로 이렇게 지독한 혈향이 풍기진 않을 것이다. 사마자문은 섬에 내려선 후에야 왜 이렇게 혈향이 짙은지 알 수 있었다.

"처참하군."

섬에는 시체가 널려 있었다. 시체의 옷차림을 보고 그들이 태호에서 혈사를 일으킨 흉수라는 것을 알아차릴 수 있었다. 사마자문은 하나도 허투루 넘어가지 않았다. 사람을 시켜 주변에 떠다니는 배에서 정보를 모았다. 그리고 이들을 처리한 것이 단유강과 담교영, 그리고 화룡신검이라는 것을 알아냈다.

사마자문은 섬 중앙에 서 있는 거대한 석문을 바라봤다. 천기비동의 입구였다. 그의 눈에 긴장감이 어렸다.

"가지."

사마자문이 앞장섰고, 그 뒤를 수많은 무림맹 무사들이 따랐다. 사마자문과 맹의 장로들이 데려온 무사의 수는 수백에 달했다. 현재 천기비동에 들어간 무인 전체와 맞먹는 수였다.

무림맹이 움직이자 그때까지 섬 주변을 맴돌던 배에서도 일련의 움직임이 있었다. 그들은 배를 관리할 최소한의 인원만 남기고 모두 섬에 올랐다. 그리고 무림맹도들을 집어삼킨 석문 안으로 들어갔다.

천기비동의 입구로 수많은 욕망이 소용돌이치며 빨려 들어갔다.

"무림맹이 움직였습니다."

흑의오호는 그렇게 말하고 다시 사라졌다. 만수평은 회심의 미소를 지으며 앞을 노려봤다. 아직까지 그가 해결하지 못한 관문이 눈앞에 펼쳐져 있었다.

"무림맹이 움직였으니 계획의 절반은 성공이군. 그나저나 천마신교 쪽에서도 뭔가 입질을 할 때가 됐는데……."

만수평이 천마신교에 넘긴 정보는 금마공에 대한 것이었다. 완벽한 금마공이 천기비동에 있다고 슬쩍 흘렸다. 천마신교로서는 움직이지 않을 수 없을 것이다. 금마공에 대한 전설은 대단하다. 삼백 년 전의 무림맹주 독고운은 금마공을 익혀 홀로 마인을 제어했다고 전해진다. 그런 금마공이 무림맹의 손에 넘어가면 천마신교는 불안에 떨 수밖에 없다. 그러니 어떻게 해서든 움직이게 될 것이다. 만수평은 그렇게 믿었다.

"자아, 그럼 무림맹이 어떻게 이 난관을 극복하는지 한번 구경해 볼까?"

물론 구경만 할 생각은 없었다. 혈의단이 적극적으로 도와줄 것이다. 그리고 저 관문을 열고 나면 만수평이 직접 백의단과 흑의단을 움직여 이곳을 깨끗이 정리할 것이다.

"독혈망을 빠져나가려면 다섯은 살려놔야겠지?"

만수평의 입가에 섬뜩한 미소가 맺혔다.

第七章
혈교

태룡전

수백 명이나 되는 사람들이 거대한 철벽 앞에 모여 있었다. 거무튀튀한 쇠로 만들어진, 끝을 알 수 없을 정도로 높은 벽이었다. 폭도 수십 장이나 되는 정말로 거대한 벽이었다.

"이곳이 진짜 천기비동인가?"

사마자문은 지친 얼굴로 중얼거렸다. 오로지 무림맹의 힘만으로 이곳까지 왔다. 무림맹은 혈의단의 도움을 받은 다른 무림인들과는 조금 다른 길로 왔다.

천기비동의 길은 한 가지가 아니었다. 단유강 일행이 완전히 다른 길로 간 것처럼 무림맹도 조금 다른 길로 들어섰다.

제갈세가의 진법가들은 혈교의 진법가라 할 수 있는 혈의단과는 조금 다른 갈래의 진법을 익혔기에 천기비동의 기관과 진을 파악하고 해체하며 길을 찾는 방식도 달랐다.

혈의단과는 달리 독혈망을 통과할 필요도 없었다. 정통적인 진법을 이용하느냐, 아니면 사이한 방식의 진법을 이용하느냐의 차이였다.

그리고 혈교의 군사라 할 수 있는 만수평이 노리는 것이 바로 제갈세가의 진법이었다. 자신들은 열지 못했지만 제갈세가의 진법가와 힘을 합하면 굳게 닫힌 천기비동을 열 수 있을지도 몰랐다.

무림맹의 등장은 장내에 긴장을 가져왔다. 이곳에 모인 모든 사람들을 합한 수만큼의 무사를 이끌고 왔으니 실로 압도적이라 할 수 있었다. 무림맹이 딴마음을 먹으면 이곳에 있는 자들은 손쓸 틈도 없이 당할 수도 있었다.

"무림맹에서도 나서기로 한 것이오?"

가장 먼저 나선 것은 황보관웅이었다. 사마자문과도 꽤 안면이 있었고, 황보세가가 비록 무림맹에 속하지는 않지만 친분이 두터웠기 때문에 나서기가 가장 편했다.

사마자문은 황보관웅이 나서자 가볍게 포권을 취했다.

"이런 일에 무림맹이 나서지 않으면 언제 나서겠습니까. 태호에서 벌어진 혈사 때문에 지금 천하 곳곳이 술렁이고 있는 상황인데도 나서지 않는다면 무림맹의 설립 취지가 의심받지 않겠습니까?"

황보관웅은 그 말에 반박을 못하고 입맛만 다셨다. 하지만 사마자문의 말을 곧이곧대로 믿지는 않았다. 그것은 이곳에 있는 모든 사람들도 마찬가지였다. 말은 그렇게 하지만 실제로는 그들 역시 천기자의 유물이 탐나서 왔다는 건 삼척동자라도 알 만한 일이었다.

사마자문은 이곳에 있는 사람들이 무슨 생각을 하는지 다 안다는 듯 미소를 지었다.

"어차피 목표는 같지 않겠습니까? 힘을 모아 함께 관문을 여는 것이 어떻습니까?"

사마자문의 차분한 말에 황보관웅은 냉정하게 머리를 굴렸다. 그리고 결국 고개를 끄덕였다.

"난 찬성이오. 어차피 우리 힘만으로는 안 될 것 같으니 말이오."

황보관웅이 대번에 찬성하자 남은 사람들도 머뭇거리다가 하나둘 합류하기 시작했다. 그렇게 몇몇이 움직이기 시작하더니 이내 봇물이 터진 듯 여기저기서 찬성하는 자들이 늘어났다. 그런 식으로 모든 사람의 의견이 하나로 통일되는 데 고작 반 각이 걸렸다.

이들이 이렇게 쉽게 찬성을 한 이유는 눈앞에 펼쳐진 관문이 지나치게 어려웠기 때문이다. 그들은 이 관문이 마지막일 거라는 희망을 가지고 있었다. 이들 사이에 적의문도로 자연스럽게 끼어든 혈의단도 같은 결론을 내렸다. 그들은 상당히 오래전부터 이곳을 연구해 왔기에 다른 자들에 비해 좀 더 많은 걸 알고 있었다.

눈앞에 펼쳐진 철벽을 없애기 위해 수백 명이나 되는 사람들이 힘을 모았다. 그들은 열과 성을 다해 철벽을 통과하려 애썼고, 서서히 지쳐 갔다. 그들을 막아선 것은 말 그대로 철벽이었다.

그들을 은밀히 숨어서 지켜보던 만수평의 눈에 쓸쓸함이 어렸다. 만수평도 어쩌지 못한 관문이다. 제갈세가에 조금 기대를 해봤지만 그들도 어쩔 수 없는 모양이었다.

만수평이 결국 포기하고 이들의 말살을 추진하려던 순간, 철벽이 은은히 진동을 시작했다.

우우우웅.

만수평은 놀란 눈으로 철벽을 바라봤다. 자신이 그토록 열려고 애쓸 때는 꿈쩍도 안 하던 것이 제갈세가 사람들이 달라붙은 지 얼마나 되었다고 벌써 반응이 오기 시작한단 말인가.

'설마 진법이 사람을 가리는 건 아니겠지?'

만수평은 고개를 저었다. 그건 아닐 것이다. 지금으로선 가장 유력한 추측은 제갈세가에 이 철벽을 해체하는 법이 전해진다는 정도였다. 아니, 그럴 것이 분명했다. 그렇지 않다면 제갈세가 못지않은 혈의단이 그렇게 오랜 세월 이루지 못했던 것을 이렇게 단숨에 얻을 수 있을 리 없지 않은가.

'이제 끝이 보이는구나.'

만수평은 만감이 교차하는 표정으로 점점 진동이 심해지는 철벽을 바라봤다.

천기비동에 무림맹이 들어설 무렵, 전서구 한 마리가 창공을 날아 어딘가에 도착했다. 그리고 그렇게 전해진 소식은 다시 핏빛 가득한 방으로 전해졌다.

"크크크, 결국 무림맹도 걸려들었구나."

혈교주는 음산한 웃음을 흘렸다. 그의 방에는 핏빛 안개가 가득했다. 그리고 그 안개는 혈교주를 중심으로 조용히 회오리치며 교주의 몸으로 흡수되고 있었다. 혈교주의 피부는 붉어졌다 하얘지는 것을 반복했다.

"여기서 끝내면 안 되지. 무림맹은 조금 더 힘을 쏟아야 돼."

만수평으로서는 전혀 모르는 별개의 조직들이 지금 활발히 움직이고 있었다. 그것은 혈교주가 만수평을 채 거두기도 전부터 움직이던 조직이었다. 아니, 그가 혈교주의 자리에 올라서기도 전부터 존재하던 조직들이었다.

그리고 지금 혈교주가 비밀리에 키우는 힘은 모두 그 조직에서 파생되어 나왔다.

"혈검대는 아직인가?"

혈교주는 허공에 대고 물었다. 그러자 언제 나타났는지 새까만 옷을 입은 사내가 마치 처음부터 그곳에 있었던 것처럼 혈교주 옆에 나타났다.

"일곱이 복귀했습니다."

"일곱?"

혈교주가 눈살을 찌푸리자 흑의인이 곧바로 설명을 덧붙였다.

"흑월검마에게 갔던 다섯 중 둘이 죽고, 화룡신검에게 갔던 검무극이 죽었습니다."

혈교주가 눈에 이채를 띠었다.

"우원길이 그렇게 대단했던가?"

"우원길과 마침 함께 있던 단유강이 처리했습니다."

혈교주가 고개를 끄덕였다. 단유강은 그도 예전부터 주시하던 자 중 하나다. 분명히 뭔가 힘을 숨기고 있고, 나중에 자신의 앞에 걸림돌이 될 확률이 높은 자이기도 했다.

"좋아, 나머지는?"

"나머지는 예상과 별 차이가 없었습니다. 우내사존 중 하나는 죽였고, 나머지 둘은 실력을 파악하는 것도 벅찼다고 합니다."

"역시 우내사존이라도 같은 우내사존이 아니군. 화룡신검은?"

"화룡신검은 검무극에도 못 미쳤습니다. 죽은 우내사존과 비슷하다고 보입니다."

"그밖에 다른 변수는?"

"없습니다. 다만 얼마 전에 잠시 나타났던 삼절신군의 종적을 찾을 수가 없었습니다."

혈교주는 고개를 끄덕였다. 그 정도면 훌륭하다. 웬만한 변수는 다 파악했다.

"좋군. 그럼 슬슬 다음 단계를 시작해야지. 혈룡을 불러라."

"존명."

흑의인이 허공에 녹아들었다. 혈교주는 그 모습을 가만히 지켜보다가 입가에 섬뜩한 미소를 지었다.

"이제부터가 진짜지. 그나저나 천마신교는 의외로군. 금마공에 대해서 흘렸는데도 전혀 움직일 생각을 않다니 말이야."

천마신교는 혈교주가 생각하는 변수 중 하나였다. 천마신교의 힘은 예측이 쉽지 않을 정도로 대단하다. 물론 혈교가 지금 보유한 힘이 훨씬 더 크다는 것은 이론의 여지가 없다. 하지만 어느 정도의 피해로 천마신교를 굴복시킬 수 있느냐가 문제다.

잠시 후, 혈룡이 수놓아진 장포를 입은 사내가 방으로 들어왔다. 삼십대 중후반으로 보이는 사내였는데, 온몸에서 지독할 정도의 살기가 뿜어져 나왔다.

그는 혈교주 앞에 한쪽 무릎을 꿇고 고개를 조아렸다.

"혈룡이 교주님을 배알합니다."

"좋아, 그동안 제법 성취가 있었던 모양이구나."

혈룡은 고개를 숙인 채 교주의 명을 기다렸다. 그의 심장이 거칠게 뛰었다. 때가 도래했다는 것을 본능적으로 느끼고 있었다.

"두 번째 대계를 시작한다."

혈룡이 그대로 바닥에 이마를 찧었다.

쿵!

"존명!"

그 말을 끝으로 혈룡의 몸이 방에서 사라졌다. 혈교주의 얼굴에 기대감이 어렸다. 이제부터 진짜 시작이었다. 드디어 긴 시간의 인내를 보상받을 시간이 되었다.
 "흑영."
 "예, 교주님."
 다시 흑의사내가 옆에 나타나며 대답하자 혈교주는 섬뜩한 미소와 함께 명령했다.
 "무림맹의 새로운 전력이 천기비동으로 들어가면 멸천지계(滅天之計)를 발동하도록."
 "존명."
 흑영이 다시 사라졌다. 혈교주는 한껏 고양된 표정으로 양팔을 들어 올렸다. 방 안에 가득 찬 혈무가 마구 소용돌이치며 혈교주의 몸으로 빠르게 스며들었다.

 태호에 수십 척의 배가 나타났다. 그 배들은 하나같이 커다란 붉은 깃발을 선수에 꽂고 있었는데, 그 깃발에는 '혈(血)' 자가 쓰여 있었다. 배들이 향하는 목적지는 천기비동이었다.
 천기비동이 있는 섬 주위에는 여전히 수십 척의 배가 떠 있었는데, 그들은 천기비동 안에 들어간 자파의 사람들이 나올 때까지 기다리는 것이 임무인지라 상당히 지루한 시간을 보내는 중이었다.
 "응? 저게 뭐지?"
 "뭔데?"
 천기비동 주변에 있는 배들 중 가장 큰 배에서 일하는 두 선원이 보는 광경은 붉은 기를 매단 수십 척의 배가 빠르게 다가오고 있는 광경이었다.

"아무래도 심상치가 않아. 가서 단주님께 알려!"

선원 하나가 다급히 선실로 달려갔다. 그러는 와중에도 수상한 배들은 빠르게 다가왔다.

대부분의 배에서 심상치 않은 기색을 느끼고 사람을 모았을 즈음, 붉은 기를 단 배들이 지척에 다가왔다. 그리고 그 배에서 수많은 사람들이 새처럼 솟구쳤다.

쉬쉬쉬쉭!

하나같이 붉은 옷을 입은 사내들이었는데, 눈에서 살기가 넘실거렸다. 그들의 옷에는 가슴과 등 부분에 깃발과 마찬가지로 '혈(血)' 자가 쓰여 있었고, 그들이 들고 있는 검도 마치 피처럼 붉었다.

혈의인들은 올라갔던 것보다 훨씬 빠른 속도로 떨어졌다. 그들의 목표는 천기비동 주변을 맴도는 배들이었다.

쩌저저적!

혈의인이 휘두른 검에 배 여기저기가 부서져 나갔다. 배의 선원들은 놀라서 선실로 도망갔고, 선실에 있던 무인들이 나와 혈의인의 검을 막았다.

채채채채챙!

검과 검이 부딪쳤다. 혈의인은 쉴 새 없이 쏟아져 나왔고, 이내 모든 배에 붉은 물결이 넘실거렸다.

그들의 무공은 상당했다. 하지만 절망에 빠질 정도는 아니었다. 배에 남은 인원만으로도 어찌어찌 막아낼 수는 있었다. 배에 있던 무인들은 모두 그렇게 생각하며 안도했다. 하지만 그들의 그런 생각이 박살 나는 데는 그리 오랜 시간이 필요치 않았다.

가장 먼저 이상한 낌새를 느낀 것은 단가상단의 배를 지키고 있던 호위무사였다. 단가상단의 배 역시 아직 근처에 있었고, 그 안에는 상당한 수준의 호위무사들이 남아 있었다.

그들의 무공은 꽤 뛰어나서 한 사람이 혈의인 다섯을 동시에 상대해도 무리가 없을 정도였다.

호위무사는 혈의인을 거칠게 몰아붙이며 회심의 일격을 가했다. 다섯의 협공에서 빈틈이 만들어진 순간을 노렸기에 혈의인으로서도 결코 피할 수 없는 일격이었다.

촤악!

혈의인의 심장이 꿰뚫렸다. 호위무사가 검을 뽑자 피가 분수처럼 솟구쳤다. 호위무사는 득의한 표정으로 다른 혈의인을 찾아 검을 휘두르려 했다. 하지만 그는 그렇게 할 수가 없었다.

"뭐, 뭐야!"

심장을 꿰뚫렸던 혈의인이 아무렇지도 않게 몸을 날려 검을 휘둘렀다. 너무나 의외의 상황이었던지라 미처 그의 검을 피하지 못하고 옆구리를 내줄 수밖에 없었다.

그때부터 혈의인들의 공격 방식이 달라졌다. 혈의인들은 마치 동귀어진이라도 하려는 듯 공격을 해왔다. 실로 지독한 공격이었다. 호위무사는 어렵게 그 공격을 막다가 결국 몸 여기저기에 상처를 입고 쓰러질 수밖에 없었다.

바닥에 누운 호위무사의 시야가 점점 흐려졌다.

"이런 말도 안 되는……."

그의 눈에 혈의인들의 상처가 아물어가는 모습이 보였다. 그게 그가 본 마지막 광경이었다. 호위무사는 불신 가득한 눈빛으로 그렇게 죽어갔다.

소문 하나가 천하를 강타했다. 태호에 몰려든 모든 무림인들이 몰살당하다시피 했다는 소문이었다. 천하 곳곳에서 거의 동시에 터져 나온 소문이라서 마치 누군가가 의도적으로 퍼뜨린 듯했다.

조금이라도 생각이 있는 사람이라면 당연히 그 안에 뭔가 음모가 숨어 있다는 것을 알 수 있었지만, 소문의 내용이 음모니까 그냥 넘어가자고 하기에는 너무 심각했다.

현재 태호의 천기비동에는 천하의 수많은 문파에서 모인 무인들이 들어가 있었고, 심지어는 무림맹의 정예들까지 천기비동에 들어갔다. 한데 그들이 몰살당했다면 실로 크나큰 문제가 아닐 수 없었다.

무림맹주 혁무길은 일단 소문의 진위를 파악하기 위해 모든 정보망을 총동원했다. 그리고 그렇게 해서 얻은 결과는 소문이 사실일 가능성이 높다는 것이었다.

혁무길은 집무실에 앉아 심각한 표정으로 고민하고 있었다.

'대체 무슨 일이 벌어졌단 말인가. 역시나 혈교의 음모였단 말인가? 하면 지금 퍼진 소문의 의도는 무엇인가? 다시 한 번 음모를 획책하고 있는 것인가?'

혁무길은 문득 사마자문의 부재가 너무나도 크게 다가왔다. 그동안 어떤 문제든 막힘없이 조언해 주던 군사가 없다는 것은 정말로 부담스러운 일이었다.

"허어, 의논할 장로들도 없고……."

천기비동에 관한 일은 사마자문과 장로들이 휘하의 무력 단체만을 대동하여 해결하기로 했기에 오로지 혁무길 혼자서 모든 걸 결정하고 처리할 수밖에 없었다.

혁무길이 고민하고 있을 때, 누군가 집무실에 다가왔다.

"맹주님, 청룡단주입니다."

혁무길은 반색을 하며 대답했다.

"어서 들어오게."

맹주의 말에 청룡단주 적사광이 안으로 들어섰다. 예전보다 훨씬 깊어진 눈빛이 그의 무공이 새로운 경지에 들어섰다는 것을 알 수 있게 해주었다.

"그쪽으로 앉게."

적사광이 한쪽에 앉자 혁무길이 심각한 얼굴로 물었다.

"내가 왜 보자고 했는지 알고 있나?"

"천기비동 때문이 아닙니까?"

혁무길이 무겁게 고개를 끄덕였다.

"잘 알고 있군. 맞네. 더 정확히 말하자면, 천기비동에 들어간 군사 때문이네."

적사광은 살짝 고개를 숙였다. 충분히 예상했던 바였다. 또한 그 역시 걱정이 되는 부분이기도 했다. 무림맹의 무사 수백이 그 안에 들어가 있다. 생사가 불분명한 상황에서 퍼진 소문은 결코 그냥 있을 수 없게 만들었다.

"해서, 자네가 가봤으면 하네."

"청룡단만으로 충분하다고 여기십니까?"

혁무길이 고개를 저었다.

"힘들지 않겠나? 백호단과 현무단도 움직일 생각이네. 주작단이야 워낙 성격이 다르니 보조만 맞추기로 하고."

혁무길의 말에 적사광이 놀란 표정을 지었다. 무림맹을 대표하는 네 개 단을 모두 투입시킨다는 뜻이었다. 그것이 무림맹의 역량 전부라고 할 수는 없지만 상당한 전력이었다.

"자칫하면 무림맹이 위험해질 수 있습니다."

장로들이 장악한 무력 단체도 없는 마당에 청룡단을 비롯한 네 개 단마저 없다면 무림맹 자체의 힘이 크게 약화된다. 그 상황에서 무림맹이 습격당하면 크게 어려움을 겪을 것이다.

"지금은 그런 것을 따질 여유가 없네. 만일 장로들이 모두 당했다고 생각해 보게."

적사광의 안색이 변했다. 무림맹의 장로들은 무림맹을 구성하는 문파의 대표들이었다. 즉, 자칫하면 천하에 있는 주요 문파들이 모두 움직일 수도 있는 일이었다.

"자칫하면 천하가 걷잡을 수 없는 혼란에 빠질 수도 있네."

적사광의 안색이 침중해졌다. 자신이 맡은 일이 얼마나 중요한지 다시 한 번 마음에 되새겼다.

"자네가 백호단과 현무단까지 지휘하게. 내 미리 얘기를 맞춰 놓을 테니까. 그들도 아마 별다른 불만은 없을 거라 생각하네."

백호단주나 현무단주도 상당히 뛰어났지만 적사광에 비하면 한참 모자랐다. 적사광은 그들이 채 부단주도 되지 못했을 때부터 청룡단의 단주로 맹활약을 해왔다.

"성심을 다하겠습니다."

혁무길이 고개를 끄덕였다. 그의 얼굴은 순식간에 십 년은 더 늙은 듯했다.

"그래, 내 부탁하네. 자네의 어깨에 천하가 달렸다는 사실을 잊지 말게."

"명심하겠습니다."

적사광은 고개를 한 번 꾸벅 숙인 후, 즉시 밖으로 나갔다. 일단 임무를 받은 이상 잠시도 지체할 여유가 없었다.

적사광이 밖으로 나가자 혁무길이 나직이 한숨을 내쉬었다.

"후우, 이제 남은 건 맹의 주요 문파들을 달래는 것뿐인가."

가장 어려운 일이 남았다. 혁무길은 피곤한 표정으로 얼굴을 몇 번이나 쓸어내렸다.

적사광이 이끄는 무사단이 무림맹을 출발해 태호 쪽으로 향하고 있을 무렵, 단유강 일행은 끝없이 펼쳐진 사막을 지나고 있었다.

"대주님, 정말로 이렇게 가는 게 맞나요?"

담교영은 힘든 표정을 감추지 못했다. 그것은 우원길 역시 마찬가지였다. 아무리 우내사존이라지만 대자연 앞에서는 그도 한낱 인간일 뿐이었다.

"아무래도 우리, 진에 깊이 걸려든 거 아닌가? 어찌 아무리 가도 가도 끝이 안 보여."

단유강은 처음 천기비동에 들어왔을 때와 전혀 달라지지 않은 얼굴로 빙긋 웃었다.

"걱정하지 말라니까요. 이게 진짜 길입니다. 대체 왜 진짜 길을 이렇게 만들어놨는지 이해할 수가 없지만요."

단유강은 그게 궁금했다. 끝도 없는 절벽을 올라왔더니 이젠 끝없는 사막이 펼쳐졌다. 이 안에서는 시간이라는 개념을 종잡을 수가 없었다. 몸으로 느끼기엔 벌써 한 달이 넘은 것 같지만, 실제로는 그보다 훨씬 짧은 기간임이 분명했다.

'대체 천기자는 무슨 생각을 한 거지?'

다른 건 몰라도 이것 하나만은 확신할 수 있었다. 단유강이 찾아낸 길이 정로(正路)였다. 다른 길로 가도 끝에 도달할 수는 있겠지만 그래도 천기자가 답으로 내놓은 길은 분명히 이 길이었다.

그래서 더 이해할 수가 없었다. 일반적으로 정로를 따르면 더 쉽고 빠르게 목적지에 도착할 수 있어야 하지 않겠는가. 일반 도로도 아닌 진이었으니 더더욱 그렇지 않겠는가.

한데 이곳 천기비동은 그렇지 않았다. 단유강도 지금에 와서야 어렴풋이 느끼는 것인데, 다른 길은 이렇게 길지 않을 것이다. 그리고 이렇게 사람의 인내를 시험하지도 않을 것이다.
'어쩌면 음험함은 있을지도 모르지.'
그것이 천기자의 또 다른 안배이자 시험일 수도 있겠지만 어쨌든 단유강은 도저히 천기자의 속셈을 이해할 수가 없었다.
단유강은 고개를 돌려 뒤에서 힘겹게 따라오는 담교영과 우원길을 바라봤다. 우원길은 그나마 괜찮았지만 담교영은 금세라도 쓰러질 것처럼 위태로웠다.
"힘들어도 조금만 참아. 이제 사막은 거의 끝나가니까."
단유강의 말에 담교영의 눈이 살짝 빛났다. 꺼져 가는 불씨가 조금 살아나는 듯했다.
"정말인가요?"
단유강이 빙긋 웃으며 고개를 끄덕였다.
"그래, 나만 믿어."
단유강은 조금 안쓰러운 얼굴로 담교영을 바라봤다. 그냥 업고 가면 간단하다. 하지만 그렇게 할 수 없었다. 이 진은 그것조차 용납하지 않았다. 오로지 개인의 힘으로 뚫고 나가야만 했다.
'그러고 보니 진짜 진법에 대한 지식이 필요한 건 입구에서와 그 환상진을 빼고는 없는 것 같네.'
끝까지 직선으로만 전진하면 끝나는 기이한 진이었다. 단유강은 멀리서 느껴지는 싱그러운 숲의 기운을 온몸으로 받아들이며 고개를 절레절레 저었다.

정말로 환상인지 실제인지 구분이 가지 않을 정도로 거대한 숲이 사막이 끝나는 지점에서부터 펼쳐져 있었다.

"부탁한다."

적사광의 말에 제갈미미가 자신있게 고개를 끄덕였다.

"저만 믿으세요. 이제 더 이상 세가 내에서도 저보다 더 진법에 능통한 사람은 없다고 자신해요."

제갈미미는 말을 끝내고는 잠시 쓴웃음을 지었다. 세가에서 나간 한 사람이 떠올랐기 때문이다. 제갈무군, 그녀의 오라비다. 아직까지 그를 능가하지 못했다. 제갈무군은 어느 순간 폭발적으로 성장해서 이젠 그 끝을 헤아리지도 못할 경지에 도달했다.

'오라버니가 왔으면 더 좋았을 텐데.'

제갈미미는 속으로 그렇게 중얼거리며 멀찍이 보이는 섬을 바라봤다. 어느새 태호의 중심부에 있는 섬에 거의 도착했다. 그 섬에 진법가라면 누구라도 도전하고 싶게 만드는 천기비동이 있다.

제갈무군은 만나지도 못했다. 여유가 없어서 찾을 시간도 없었다. 하지만 제갈미미는 걱정하지 않았다. 충분히 천기비동을 헤쳐 나갈 자신이 있었다. 첫 번째 무림맹 무사들을 이끈 것도 제갈세가의 진법가가 아니었는가.

그들은 이내 섬에 도착했다. 그리고 섬 주변에 펼쳐진 참상에 치를 떨었다. 부서진 배의 파편이 섬 주위를 가득 메우고 있었고, 그 사이사이에 처참한 형태의 시체가 보였다.

적사광은 분노로 몸을 떠는 무사들을 다독이며 천기비동의 입구로 알려진 석문을 향해 다가갔다.

이내 적사광이 천여 명에 이르는 무사를 이끌고 천기비동에 들어섰다. 그리고 물속에 은밀히 숨어 그 광경을 지켜보는 자들이 있었다.

"준비는 끝났나?"
"예, 모든 준비가 끝났습니다. 벽력탄 사백 개와 진천뢰 다섯 개를 섬의 주변에 매설했습니다. 그리고 이것이 그 모든 것을 한꺼번에 터뜨리기 위해 준비한 진천뢰입니다."

흑영은 수하의 손에 들린 진천뢰를 받아 들었다. 진천뢰는 윗부분을 회전시키면 폭발 시간과 범위까지도 설정할 수 있는 굉장한 화탄이었다. 그 위력도 어마어마하다. 눈앞에 보이는 저 정도 크기의 섬 정도는 진천뢰 하나면 완전히 박살 낼 수 있었다.

'한데 여섯 개라······.'

벽력탄도 사백 개나 있다. 벽력탄은 진천뢰의 폭발에 휘말리면 그대로 터진다. 진천뢰와 벽력탄을 만든 벽력문이 몰락한 이유가 바로 그 때문이지 않은가.

사백 개의 벽력탄은 섬의 요소요소에 박혀 있었다. 그곳은 섬을 지탱하는 근간이나 다름없었다. 그 벽력탄이 모두 터지면 섬은 그대로 무너질 것이다.

거기다 벽력탄까지 합하면 아마 저 섬은 흔적도 없이 사라질 것이 분명했다. 하지만 흑영은 감히 그것을 장담하지 않았다. 눈앞의 섬은 전설의 기인 천기자가 만든 것이다.

"그래도 호수 아래에 묻어버릴 수는 있겠지."

흑영이 원하는 것도 딱 그 정도다. 천기비동에 들어간 사람들은 이제 다시는 햇빛을 보지 못하게 될 것이다.

키릭.

흑영은 손에 든 진천뢰의 윗부분을 조금 돌렸다.

핑!

진천뢰의 윗부분이 떨어져 나감과 동시에 아랫부분이 쏜살같이 섬으로 쏘아졌다.

꽈아아아앙!

엄청난 폭음이 울렸다. 섬 주변의 물이 하늘 높은 줄 모르고 솟아올랐고, 흑영이 탄 배가 거세게 흔들렸다.

"굉장하군."

아무리 자신이라도 이런 폭발을 정면으로 받으면 막아내기 쉽지 않을 것 같았다.

콰과과과광!

쩌저저정!

섬 곳곳에서 폭발이 일어났다. 그리고 물에 잠긴 섬 아랫부분도 연달아 터져 나갔다. 섬에 매설해 놓은 벽력탄과 진천뢰가 제 할 일을 하기 시작했다.

우르르르릉!

자욱한 연기와 흙먼지에 휩싸인 섬이 굉음과 함께 가라앉고 있었다. 이미 섬의 형체는 알아보기 어려울 정도로 망가진 상태였다. 흑영은 그 광경을 보며 다시 한 번 놀랐다.

"완전히 가루가 되어 사라질 줄 알았건만 저렇게나 멀쩡하다니, 정말로 놀랍군."

사실 멀쩡한 것과는 거리가 멀었지만, 흑영의 입장에서는 그렇지 않았다. 천기비동은 정말로 경이적이었다.

"과연, 교주님께서 뭘 걱정하시는지 알겠어. 천기자와 같은 놈들이 또 있지 말라는 법은 없지. 저런 걸 만들 수 있는 기인이라면 교의 앞날에 큰 화가 될 테니 미리 조심해서 싹을 잘라 버리지 않으면 안 되겠지."

흑영은 연방 고개를 끄덕이며 섬이 완전히 가라앉는 모습을 끝까지 지켜봤다. 이내 섬이 호수 아래로 사라졌다. 흑영은 몸을 돌리며 곁에 선 수하들에게 명령했다.

"아래로 내려가 확실히 확인을 하고 오도록."

"존명."

수하들은 대답과 함께 즉시 물로 뛰어들었다. 입수하는 소리도 없이 물로 들어간 그들은 한참 후에 다시 나와 배 위로 올라섰다.

"호수 아래에 심어둔 벽력탄과 진천뢰 덕분에 섬 자체가 호수 바닥을 파고들어 완전히 묻혔습니다."

흑영은 만족스런 얼굴로 고개를 끄덕였다. 어차피 폭발의 충격으로 인해 안에 있는 사람들은 무사하지 못했을 것이다. 그런 상황에서 호수 바닥에 파묻혔으니 다시는 빠져나오지 못할 것이다.

"그 안에는 물도, 식량도 없겠지. 살아남아 봐야 지옥을 경험하겠군. 훗, 그나저나 천마신교 놈들을 같이 처리하지 못한 것이 좀 아쉽긴 하군."

흑영은 그 말을 끝으로 걸음을 옮겼다. 흑영이 선실로 들어가자 그를 태운 배가 뱃머리를 돌렸다. 섬뜩하리 만치 붉은 배가 태호를 가로질렀다.

때마침 핏빛 노을이 배 위로 드리워졌다. 마치 온 세상이 피에 잠긴 듯 붉은 물결이 일렁였다.

"그게 무슨 소리인가!"

혁무길은 해연히 놀란 얼굴로 자리에서 벌떡 일어났다. 그만큼 방금 들어온 소식은 그야말로 마른하늘에 날벼락이나 다름없는 충격적인 일이었다.

"천기비동이 무너졌다니!"

혁무길은 이내 허탈해하면서도 슬픈 표정으로 털썩 주저앉았다. 그 모습을 보는 주작단주 손무연의 얼굴도 과히 좋지 않았다.

그녀 또한 무림맹의 일원이자 무림맹주를 존경하는 사람 중 하나였다. 무림맹주의 흐트러진 모습을 보는 것이, 또 무림맹의 정예 무사들이 사지에 들어가 빠져나오지 못했다니 당연히 기분이 좋지 않았다. 하지만 기분은 기분이고 보고는 보고였다.

"태호 전체를 울릴 정도로 엄청난 폭발이었다고 합니다. 아무래도 누군가 미리 화탄을 준비해 섬을 무너뜨린 것이 분명합니다."

혁무길은 힘없이 고개를 끄덕였다.

"그래, 그렇겠지. 누가 그랬는지는 알아봤는가?"

"아무래도 혈교일 가능성이 가장 높습니다."

"허어, 혈교라……."

손무연은 조심스럽게 자신의 의견을 덧붙였다.

"아무래도 혈교가 전면에 나설 것 같습니다. 이제 당당히 모습을 드러내도 천하를 차지할 수 있다는 자신이 있으니 그런 일을 저지른 걸로 보입니다."

혁무길이 굳은 얼굴로 고개를 끄덕였다. 그리고 심호흡을 몇 번 한 후, 자세를 바로 했다. 어느새 혁무길의 눈빛은 평소와 전혀 다를 바 없이 변했다. 하지만 손무연은 그 눈빛 깊은 곳에 자리 잡은 슬픔을 어렵지 않게 볼 수 있었다.

"그들을 구할 방법은 없겠나?"

손무연이 안타까운 표정으로 고개를 저었다.

"벌써 시도해 봤습니다. 또한 태호 근방에 있던 문파들이 힘을 모아 지금도 시도 중입니다. 하지만……."

"알겠네. 하면 이제 혈교에 대비하는 것이 급선무로군."

"그렇습니다. 한데 남은 무림맹의 힘으로 과연 혈교를 막을 수 있을지 장담할 수가 없습니다."

사실 손무연은 힘들다고 판단했다. 무림맹은 더 이상 예전의 무림맹이 아니다. 장로들과 함께 빠져나간 무사단을 비롯해 무림맹을 대표하는 무사단인 청룡, 백호, 현무단이 사라졌다. 거기다 그들에게 정보를 전해주기 위해 함께하던 주작단원들도 함께 사라졌다. 그것은 무림맹의 입장에서는 상상도 할 수 없을 정도로 큰 피해였다.

하지만 아무리 큰 피해를 입었다 하더라도 무림맹은 무림맹이었다. 아직까지 무림맹에는 수많은 무사들이 남아 있었고, 무림맹을 지탱하는 수많은 문파들이 든든히 버티고 있었다.

문제는 혈교가 가진 힘이 어느 정도인지 전혀 모른다는 점이었다. 그저 전해지는 얘기만 보면 혈교의 힘은 강시의 존재였다.

웬만한 고수들도 제대로 상대하기 어려울 정도로 강력한 철강시와 그 힘의 끝을 파악하기조차 어려운 혈강시, 그리고 수백, 수천의 사람들을 단숨에 녹여 버릴 수 있을 정도의 맹독을 품은 독강시 등, 상대하기가 까다롭기 그지없는 강시들이 혈교의 힘이라고 알려져 있었다.

하지만 그것은 그저 전해지는 얘기일 뿐이었다. 실제로 최근 철강시와 혈강시가 나타났지만 그 강함이 전해지는 얘기와는 많이 달랐다. 그리고 혈교의 그 은밀한 행사를 볼 때, 그들의 힘은 알려진 것과는 그 방향이 많이 다를 것이 분명했다.

"알겠네. 나가보게."

손무연은 송구스러운 표정으로 포권을 취한 후 밖으로 나갔다. 혁무길은 가만히 그녀의 등을 바라보다가 이내 눈을 빛냈다. 혈교는 더 이상 기다려 주지 않을 것이다.

'이제 남은 희망은 천망단과 천마신교인가.'

혁무길의 눈이 조용히 감겼다.

혈교(血敎)가 태호혈사로 인해 술렁이는 천하를 다시 한 번 강타했다. 그들이 가장 먼저 등장한 곳은 항주였다. 하룻밤 새에 항주의 모든 방파를 싹 밀어버렸고, 그곳의 상권까지 장악해 버렸다.

혈교를 대신해 항주의 상권을 주무르게 된 곳은 금검상단(金劒商團)이었다. 금검상단은 표국 사업을 주로 하는 곳으로, 천하십대상단의 하나였다.

실제로 그들은 혈교가 비밀리에 키우던 상단 중 하나였다. 그 사실이 천하에 던져 준 충격은 이만저만한 게 아니었다. 그들은 혈교의 힘이 천하 각지에 뿌리 깊게 내려앉았다는 걸 단적으로 보여준 예가 되었다.

혈교의 교주라 주장하며 나타난 혈룡의 힘은 굉장했다. 그는 단신으로 항주의 모든 방파들을 박살 냈다. 수하의 도움은 전혀 받지 않고서 모든 곳을 부수고, 도망치는 자를 잡아냈다. 한 명도 놓치지 않고 잡아 남자는 모조리 죽여 강시의 제물로 삼았고, 여자는 수하들에게 던져 주었다.

혈교는 항주를 중심으로 천하를 피에 물들일 준비를 시작했다. 그리고 수천 구에 달하는 철강시가 항주에서 몰려나오기 시작했다. 그들을 이끄는 사람은 단 한 명이었다. 혈교의 강시에는 더 이상 강시술사가 필요치 않았다.

第八章
음양해검

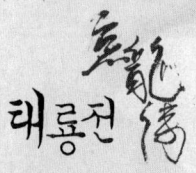

"대주님, 과연 이 진에 끝이라는 게 있긴 할까요?"

담교영은 지친 얼굴로 그렇게 중얼거렸다. 들고 왔던 식량은 이제 더 이상 남아 있지 않았다. 그나마 간간이 물을 발견해서 마실 수 있었기에 지금까지 참을 수 있었지, 그렇지 않았다면 벌써 죽었을 것이다.

"조금만 참아. 이제 다 끝나가는 것 같으니까."

담교영은 힘없이 고개를 끄덕였다. 어쨌든 그녀는 단유강을 믿었다. 그녀는 새삼스러운 눈으로 단유강을 바라봤다. 단유강은 처음과 전혀 달라지지 않았다. 그렇게 힘든 여정에도 전혀 지친 기색이 없었다. 우원길조차도 지금은 담교영과 거의 다를 바 없는 상태라는 걸 감안하면 얼마나 대단한지 알 수 있었다.

현재 그들은 차가운 얼음들판을 지나고 있었다. 주변이 온통 반짝이는 얼음뿐이었다. 바닥은 미끄러워서 내력을 쓰지 않으면 제대로 걷기도 힘들 지경이었다. 눈이 오지는 않아 그저 중심을 잡으며 걷기만 하면 되니 그나마 다행이었다.

그렇게 얼마나 걸었을까, 갑자기 주변이 흔들리기 시작했다.

우르르르릉.

마치 지진이라도 일어난 것처럼 사방이 거세게 진동했다. 담교영은 깜짝 놀라 중심을 잡으려 애썼다. 하지만 흔들리는 얼음 위에서 기력이 다한 몸으로 버티는 건 쉽지 않았다. 결국 넘어지려는 찰나, 단유강이 그녀의 허리를 감싸 안았다.

"헉!"

담교영의 얼굴과 단유강의 얼굴이 순식간에 닿을락 말락 할 정도로 가까워졌다. 담교영은 지진이 일어나는 위급한 상황인데도 현실이 현실처럼 느껴지지 않았다. 그저 단유강의 얼굴만 눈에 한가득 보일 뿐이었다.

단유강의 숨결이 뺨에 느껴졌다. 담교영은 얼굴을 붉히며 스르르 눈을 감았다.

"놀고들 있네. 내 앞에서 지금 뭣들 하는 거냐?"

담교영은 화들짝 놀라 단유강에게서 떨어졌다. 갑작스러운 분위기에 취해 옆에 우원길이 있다는 걸 전혀 생각지 못했다.

그녀는 새빨개진 얼굴로 고개를 푹 숙였다.

"뭐, 그다음 건 집에 돌아가서 마저 하도록 하지."

단유강의 말에 담교영의 얼굴이 더욱 붉어졌다. 어느새 진동은 멈춰 있었다. 하지만 그렇게 대단한 진동에도 바닥을 가득 메운 빙판은 여전히 그대로였다.

"과연 천기자의 진법. 진이 전혀 흔들리지 않았네."

단유강은 그렇게 중얼거리며 대체 무슨 일이 벌어진 건지 궁금해했다. 이렇게 진을 통과하고 있는데도 진동이 느껴질 정도면 외부에는 정말로 큰일이 벌어졌을 확률이 높았다.

'다른 사람들에게 좋지 않은 일이 벌어지지 않았으면 좋겠는데……'

단유강은 속으로 그렇게 중얼거리며 다시 걸음을 옮겼다. 어느새 빙판도 거의 끝나가고 있었다. 단유강은 직감적으로 진의 끝이 머지않았음을 느꼈다.

"드디어 끝에 도착했군."

단유강은 감회 어린 눈으로 눈앞을 가로막고 있는 거대한 철벽을 바라봤다.

"정말로 대단하네요. 대체 저런 철벽을 어떻게 만들었을까요?"

"저것도 진법이겠지. 내가 보아하니 보통 철로 만든 게 아닌 것 같은데 정말로 만들려면 얼마나 많은 돈이 필요한지 모르겠다. 아니, 천하를 뒤져도 이 정도 철을 모을 수 있을지나 모르겠다고 해야 하나?"

우원길의 말에 담교영이 그를 바라보며 의아한 표정을 지었다.

"대체 무슨 철인데요?"

"내가 알기로 이런 철은 딱 하나다."

우원길은 그렇게 말하고 뜸을 들였다. 그러자 단유강이 그의 말을 받았다.

"묵철(墨鐵)이지."

"묵철이요?"

"같은 무게의 금과 같은 가격이다. 같은 부피의 철과 비교하면 그 무게가 열 배에 달한다. 가치가 어느 정도인지 알겠지?"

담교영은 놀란 눈으로 다시 한 번 철벽을 바라봤다. 철벽의 크기는 눈으로도 확인이 안 될 정도로 거대했다. 폭은 물론이고, 높이도 마찬가지였다. 좌우로 아무리 눈에 힘을 주고 봐도 그 끝이 보이지 않았고, 목이 아플 정도로 고개를 젖히고 위를 올려다봐도 끝이 보이지 않았다.

"확인은 안 해봤지만 땅을 파도 아마 끝을 보기 어렵겠죠?"

"응, 아무래도 이 철벽은 원형을 이루고 있는 것 같아."

"원형이요?"

"더 정확히 말하자면 구(球)형이지."

담교영은 이해가 가지 않았다. 구형이라면 그 굴곡이 느껴져야 할 것 아닌가. 이 철벽은 아무리 세심히 살펴도 그저 평평하기만 했다.

"사실 우리가 서 있는 땅도 거대한 구체라면 믿을 수 있겠어?"

"예? 설마요!"

담교영은 믿을 수 없다는 듯 눈을 동그랗게 떴다. 단유강은 그녀의 표정이 귀여워 빙긋 웃었다.

"사람이 굴곡을 느낄 수도 없을 정도로 거대하다는 뜻이야."

단유강이 철벽을 힐끗 쳐다보며 말했지만 담교영은 여전히 믿을 수가 없었다. 그리고 그것은 우원길도 마찬가지였다. 단유강은 굳이 두 사람을 설득할 생각이 없었다. 사실 그럴 필요도 없었다. 지금 중요한 건 이 철벽을 어떻게 통과하느냐였다.

"자아, 그럼 좀 살펴볼까?"

이 거대한 철벽이 모두 묵철로 이루어져 있다는 건 불가능했다. 천하의 모든 묵철을 모아도 이 철벽을 이루는 묵철의 삼할도 되지 않을 것이다. 아니, 그보다 훨씬 적을 것이다.

'즉, 이건 진으로 만든 허상에 더 가깝다는 거지.'

완전한 허상은 아닐 것이다. 실제로 묵철이 섞여 있어야 훨씬 더 강력한 진을 만들 수 있다. 천기비동에 있는 대부분의 진이 그런 식이었다. 단유강은 이곳을 그저 지나오는 것만으로도 상당한 진전을 이루었다. 진법의 새로운 세계에 발을 들인 느낌이었다.

단유강은 철벽을 자세히 살폈다. 하지만 아무리 살펴도 그저 밋밋한 벽뿐이었다. 아무것도 발견할 수 없었다.

단유강은 기감을 더욱 끌어올렸다. 철벽 주변에 흐르는 기의 흐름을 더 자세히 파악하기 위함이었다. 단유강은 그렇게 기의 흐름을 관찰하면서 묘한 표정을 지었다. 기의 흐름이 뭔가 이상했다.

'이건 마치…….'

철벽 안쪽으로 기가 맹렬히 흐르고 있었다. 철벽 외부에는 거의 기가 흐르지 않았다. 마치 진짜는 철벽 안에 있다고 항변하는 듯했다.

한참 동안 기의 흐름을 파악하고 철벽 이곳저곳을 살피던 단유강이 한순간 눈을 번득였다.

"그렇군."

"알아내셨나요?"

담교영과 우원길이 기대에 찬 눈으로 단유강을 바라봤다. 단유강은 두 사람의 기대를 배반하지 않고 크게 고개를 끄덕였다.

"대충은."

단유강은 철판에 손바닥을 대고는 지그시 눈을 감았다. 근처로 흐르는 기의 흐름이 손에 잡힐 듯 느껴졌다. 그 순간 단유강의 손이 철판 안으로 쑥 밀려들어 갔다.

"헉!"

우원길과 담교영은 소스라치게 놀랐다. 그들이 보기에는 마치 철판이 환상이고 단유강이 그 환상을 통과한 것처럼 보였다.

"그, 그게 대체 어떻게 된 건가?"

우원길의 얼굴에는 혼란이 가득했다. 정말로 믿을 수가 없었다. 우원길은 떨리는 손으로 철벽을 짚었다. 그의 눈이 커다래졌다. 철벽은 그대로였다. 환상 따위가 절대 아니었다. 우원길은 다급히 단유강의 팔을 집어삼킨 곳으로 다가가 그 부분을 만져 보았다. 여전히 철벽은 그대로였다.

"마치 네 팔이 철벽과 붙어 있는 것 같구나."

우원길과 담교영은 설명을 원하는 눈으로 단유강을 바라봤다. 단유강은 빙긋 웃으며 간단히 설명했다.

"이건 아주 단순한 거야. 철벽을 그저 크게 보이도록 만든 거지."

"하지만 그렇다고 하기엔 너무……."

단유강의 말대로라면 철벽을 크게 보이도록 만든 건 환상에 가까울 것이다. 지금 이 상황은 환상이라고 하기엔 지나칠 정도로 실감났다.

"지금까지 우리가 지나온 길도 모두 마찬가지지. 다 이런 식으로 만들어진 거야. 진법의 도움은 약간, 그리고 그 실체는 진실이지."

단유강의 말을 듣고 실제로 눈앞에서 벌어진 일을 확인했음에도 두 사람은 좀처럼 이해할 수 없었다. 아니, 아직도 믿기 어려웠다.

"어쨌든 잡담은 나중에 하고 당면한 문제를 해결해 볼까?"

우우웅.

미약한 진동이 시작되었다. 그 진동은 철벽에서 시작되어 이내 온 세상으로 퍼져 나갔다. 진법을 이용해 만든 세상이 온통 뒤흔들리기 시작했다. 처음에는 미약했던 진동이 점점 거세지면서 나중에는 급기야 지진이라도 난 것처럼 흔들렸다. 그리고 담교영과 우원길은 세상이 무너지고 있다는 착각이 들 정도로 놀랐다. 아니, 정말로 세상이 무너졌다.

하늘이고 땅이고 철벽이고 모조리 조각조각 부서졌다. 거울이 깨진 것처럼 세상도 깨져 나갔다. 그리고 그렇게 깨진 세상은 이내 반짝이는 가루가 되어 흩날렸다.

새까만 어둠 속에 흐르는 빛 가루들이 마치 밤하늘에 흐르는 은하수 같았다.

담교영은 그 아름답고 장엄한 광경에 일순 정신을 빼앗겼다. 그리고 그 수유의 시간에 세상이 다시 세워졌다.

"아……!"

담교영은 놀란 눈으로 주위를 둘러봤다. 그리고 경악했다.

그녀의 바로 뒤에 있는 것은 자갈밭이었다. 길지도 않았다. 폭이 삼 장쯤 되는 자갈밭이 일 장가량 펼쳐져 있었다. 두어 걸음이면 통과할 수 있을 정도의 길이였다.

더 놀라운 것은 그 뒤였다. 자갈밭과 거의 비슷한 크기의 빙판이 펼쳐져 있었다.

"아아……!"

담교영은 다리에 힘이 살짝 풀려 비틀거렸다. 자신이 본 것이 무엇을 의미하는지 알아차린 것이다.

철벽에 도착하기 전 마지막 관문은 거대한 바위 지대였다. 바위를 타고 넘으며 이동하는 건 정말로 힘들었다. 그리고 그 바위 지대 전에 위치한 관문이 바로 끝없이 펼쳐진 빙판길이었다.

빙판 뒤로 그동안 일행이 겪어야 했던 모든 것들이 짧은 간격으로 늘어서 있었다. 모래밭도 있었고, 잡초와 작은 나무가 무성한 곳도 있었다. 그리고 아담한 웅덩이도 있었다.

"어, 어찌 이럴 수가……!"

담교영은 그제야 단유강이 한 말을 조금 이해할 수 있었다. 실체는 진실이라는 말이 바로 이걸 뜻하는 것이었다. 담교영의 고개가 바람 소리를 내며 돌아갔다. 그렇다면 철벽은?

단유강의 말대로 철벽은 구체였다. 더 정확히 말하자면, 반구였다. 땅에서 반구 형태의 철구가 볼록 튀어나와 있었다. 물론 크기는 그렇게 크지 않았다. 하지만 작지도 않았다. 통로를 가득 메우고 있었으니까 말이다.

"고작 저걸 그 거대한 철벽으로 보이게 만들었단 말인가? 이거, 보고 있으면서도 도저히 믿을 수가 없군."

우원길은 고개를 절레절레 저었다. 철구의 윗부분은 우원길 정도 되는 고수라면 한 번의 도약으로 뛰어넘을 수 있을 정도에 불과했다.

"게다가 여기가 동굴이었다니, 더 놀랍군."

조금 전까지는 분명히 맑은 공기가 느껴졌고 하늘도 푸르렀다. 한데 지금은 전혀 그렇지 않았다. 습기를 머금어 눅눅한 동굴의 공기가 폐부를 찔렀다.

"이제 어떻게 하면 되느냐? 보아하니 저 철구 안쪽이 목적지인 것 같은데, 아닌가?"

"맞습니다. 저 안쪽이 바로 진짜 천기비동입니다."

담교영과 우원길은 그 말을 듣고 가슴이 두근거렸다. 드디어 천기자의 유물을 볼 수 있게 된 것이다.

"그럼 뭘 망설이는 게냐, 어서 문을 열지 않고."

단유강은 그 말에 씁쓸한 표정을 지으며 고개를 저었다.

"여기까지입니다."

"뭐? 그게 무슨 말이냐?"

"제 한계는 여기까지란 뜻입니다. 더 이상은 제 능력 밖입니다."

우원길은 잠시 멍한 눈으로 단유강을 바라보다가 이내 그 말의 의미를 떠올리고는 씨익 웃었다.

"흥, 너무 머리를 굴리는 거 아니냐? 이 정도쯤이야 그냥 부숴 버리면 그만이지."

우원길이 당당히 철구 앞으로 다가갔다. 온전히 묵철로 이루어져 있다면 그 강도가 어마어마할 것이다. 하지만 아무리 강하다 해도 우원길은 화룡신검, 우내사존의 일인이다.

"하압!"

우원길의 몸이 새하얀 불꽃에 휩싸였다. 그 불꽃은 우원길의 몸을 휘감고 한바탕 춤을 추더니 이내 회오리치듯 유영하며 우원길의 주먹으로 모여들었다. 새하얀 섬광이 철구를 향해 그대로 날아갔다.

쩌엉!

"크윽!"

우원길은 불신 가득한 표정을 지은 채 뒤로 주춤주춤 물러났다. 방금 전 철구를 후려칠 때의 충격이 고스란히 몸에 남아 상당한 내상을 입혔다.

"쿨럭!"

우원길의 입에서 피가 쏟아져 나왔다.

"어르신! 괜찮으신가요?"

담교영이 깜짝 놀라 우원길을 부축했다. 우원길은 그런 담교영을 살짝 밀치며 고개를 저었다.

"괜찮다. 그나저나 이거, 아주 지독한 놈이로구나."

우원길은 질린 눈으로 철구를 바라봤다. 보통 철구가 아니었다. 단순히 묵철로 만들어진 철구라 생각했다가 낭패를 당했다. 엄청난 반탄력을 가지고 있었다.

우원길은 주저앉아 운기조식을 시작했다. 담교영은 그런 우원길을 잠시 걱정스런 눈으로 살피다가 다시 단유강에게 다가갔다.

"걱정할 거 없어. 저 영감님처럼 내상에서 자유로운 사람도 드무니까."

우원길은 화룡을 단전에 품고 있다. 화룡의 힘으로 운기조식을 한 번 하면 아무리 심한 내상이라도 단번에 낫는다. 화룡은 제대로만 다룰 수 있으면 혈도를 강력하게 탈바꿈시킬 수 있고, 몸 자체를 강화시킬 수도 있었다.

단유강은 철구를 유심히 살폈다. 모든 기감을 총동원해서 조사를 한 결과, 놀라운 사실 하나를 알아낼 수 있었다.

"반대쪽에 사람들이 있는 거 같은데?"

단유강의 말에 담교영이 눈을 크게 떴다. 단유강은 담교영의 눈을 잠시 바라보다가 말을 이었다.

"아무래도 우리랑 다른 길로 온 사람들은 저쪽으로 도착하는 모양이야."

담교영의 표정이 혼란스러워졌다. 단유강은 심각한 얼굴로 곰곰이 생각에 잠겼다. 천기자가 대체 왜 이런 식으로 비동을 만들었는지 이해할 수가 없었다.

'우리랑 저쪽 사람들이랑 분리하고 싶었나? 대체 왜?'

단유강은 고개를 갸웃거리며 다시 철구를 살폈다. 아무리 살펴봐도 철구에 펼쳐진 진을 해제할 방법은 없었다. 이 철구에 펼쳐진 진은 정확히 그것과 맞물리는 뭔가가 필요했다. 그것은 진이 될 수도 있었고, 아니면 다른 물건이 될 수도 있었다. 단유강은 그것이 과연 무엇일지 계속해서 탐구했다.

천기자의 진법은 과연 훌륭했다. 단유강은 철구를 살피는 것만으로도 진법의 능력이 점점 늘어나는 걸 깨달았다. 물론 그것을 자신의 것으로 체화하기 위해서는 따로 시간이 필요하겠지만, 어쨌든 굉장한 일이었다.

단유강은 그렇게 연구하며 철구에 펼쳐진 진과 맞물리는 진법을 하나하나 만들어 나가기 시작했다. 이것은 길고 지루한 일이었지만 단유강은 시간 가는 줄 모르고 그것에 매달렸다.

덕분에 힘든 것은 담교영과 우원길이었다. 가뜩이나 먹은 것도 없어 힘드니 그저 가만히 앉아서 단유강이 진을 풀어내기만을 기다렸다.

한참이나 진을 연구하던 단유강이 갑자기 눈을 빛내며 자리에서 일어났다.

"이거, 정말로 재미있는데?"

단유강의 입가에 의미심장한 미소가 어렸다. 우원길과 담교영은 반색을 하며 자리에서 벌떡 일어났다.

"알아내셨나요?"

단유강은 대답하지 않고 품에 손을 넣어 뭔가를 꺼냈다. 단유강이 항상 목에 걸고 다니는 것, 그것은 바로 음양해검이었다. 단유강의 것과는 모양도 색깔도 다르긴 하지만 담교영도 음양해검을 항상 가지고 다녔다.

"음양해검은 왜요?"

단유강은 담교영을 향해 손을 내밀었다. 담교영은 의아한 눈으로 단유강을 바라보다가 이내 그 의미를 알아차리고는 조심스럽게 목에 걸린 음양해검을 단유강에게 넘겼다.

단유강은 능숙한 솜씨로 두 검을 조립했다. 겹쳐서 빙글 돌리기만 하면 되니 아주 간단한 작업이었다. 조심할 점은 두 검을 한 치의 오차도 없이 포개야 한다는 것이지만, 단유강이 그런 실수를 할 리 없지 않은가.

완전한 음양해검을 만든 단유강은 흥미로운 눈으로 말했다.
"이게 뭔지 알겠어?"
"음양해검이죠."
"그래, 음양해검이지. 이게 뭐에 쓰는 검인지 알겠어?"
"글쎄요. 아직 생각해 본 적이 없어서……."
"난 처음 이 검을 받았을 때 이름에 대해서 꽤 심각하게 고민한 적이 있었어. 왜 하필이면 이름을 그렇게 지었을까? 해검이라니, 특이하잖아?"

담교영의 안색이 살짝 변했다.

"서, 설마……!"

"그 설마가 아마 맞을 거야. 이 음양해검은 천기비동으로 들어가는 열쇠임이 분명해."

"어, 어떻게 그럴 수가……!"

담교영이 놀란 얼굴로 음양해검을 쳐다봤다. 단유강은 씨익 웃으며 이번에는 음양해검을 살폈다. 역시 예상했던 대로 철구에 펼쳐진 진법과 비슷한 모양의 진이 그려져 있었다.

'이러니 그때 못 알아봤지. 천기비동을 통과하면서 진법에 대해 새롭게 생각하지 않았다면 아마 절대 못 알아봤을 거야. 설마 천기자는 이 모든 걸 예상하고 안배한 걸까? 만일 그렇다면 정말로 무서운 사람이로군.'

단유강은 음양해검의 문양과 철구에 펼쳐진 진이 제대로 맞물리는 지점을 찾아냈다. 음양해검을 살짝 비스듬하게 철구의 한부분에 갖다 대니 철구가 음양해검을 빨아들였다.

우우웅.

음양해검은 마치 원래부터 철구의 장식인 것처럼 파고들어 요요롭게 빛났다.

단유강은 심호흡을 한 후, 비스듬하게 기울어진 음양해검을 빙글 돌려 똑바로 세웠다.

구구구구궁!

철구를 중심으로 은은한 진동이 일어났다. 그리고 철구가 천천히 둘로 갈라졌다. 드디어 천기비동의 입구가 열리는 것이다.

화아악!

순간 지독한 냉기가 흘러나왔다. 완전히 열린 철구 안쪽은 냉기로 가득 차 있었다. 단유강은 거침없이 안으로 들어갔다. 담교영과 우원길은 기대에 가득 찬 눈으로 그 뒤를 따랐다.

천기비동 안은 예상했던 것과는 너무나 달랐다. 안에는 아무것도 없었다. 한가운데 어른 허리쯤에 올 정도 높이의 쇠기둥이 하나 있었는데, 그 위에 책자가 하나 놓여 있었다. 그게 전부였다.

"뭐야? 아무것도 없잖아? 그 고생을 했는데, 이건 뭐, 장난하는 것도 아니고······."

우원길은 들어오자마자 분통을 터뜨렸다. 담교영도 실망스런 눈으로 주위를 살폈다. 하지만 정말로 아무것도 없었다.

단유강은 아무렇지도 않은 얼굴로 책자가 있는 곳에 다가가 그것을 들어 올렸다.

"천기혈마록(天氣血魔錄)이라······."
"그게 뭐냐? 뭐 좀 쓸 만한 책인 것 같으냐?"
우원길이 호기심 어린 눈으로 단유강에게 다가가 물었다. 단유강은 책을 펼쳐 우원길이 잘 볼 수 있도록 들어 올렸다.
"뭐야, 그게? 아무것도 없는 빈 책자 아니냐?"
우원길의 표정이 더욱 실망스럽게 변했다. 단유강은 담교영 쪽으로 책을 돌렸다. 담교영도 우원길과 비슷한 반응이었다.
"제게도 빈 책자로 보여요."
단유강은 고개를 끄덕인 후 천기혈마록을 처음부터 찬찬히 훑어봤다. 그리고 이내 심각한 표정으로 책을 덮은 후 조심스럽게 품에 넣었다.
"뭐야, 그걸 볼 수 있는 거냐? 네게는 뭔가 다르게 보이는 모양이구나? 설마 진법이랑 관계가 있는 건 아니겠지?"
우원길의 눈에 살짝 욕심과 호기심이 어렸다. 하지만 단유강은 단호히 고개를 저었다.
"아닙니다."
"뭐야? 다시 줘봐라. 내가 직접 확인해 봐야겠다."
단유강은 우원길의 아이 같은 행동에 피식 웃으며 천기혈마록을 넘겼다. 우원길은 책자를 받아 든 후 연방 고개를 갸웃거리며 책을 샅샅이 뒤졌다. 하지만 아무런 성과도 얻을 수 없었다. 별의별 짓을 다 해봤지만 마찬가지였다. 심지어는 천기혈마록이라는 제목조차 보지 못했다.
결국 우원길은 이 책은 아무짝에도 쓸모없거나, 아니면 자신에게 인연이 닿지 않은 물건이라고 결론을 내렸다.

"에잉, 쓸모없는 것 같으니. 도로 가져가라!"

우원길이 휙 던져 준 책을 다시 받은 단유강은 그것을 품에 단단히 갈무리했다. 이것은 세상에 있어봐야 좋을 게 없는 책이었다. 자칫하면 상당한 재앙을 가져다 줄 수도 있는 무서운 물건이었다.

"이젠 어쩌죠?"

담교영의 물음에 단유강이 씨익 웃으며 철구의 막힌 부분으로 다가갔다.

"아무래도 이쪽으로 나가야 할 것 같아."

담교영이 의아한 표정을 지었다.

"그쪽에는 문이 없는데요? 왔던 길로 돌아가는 게 빠르지 않겠어요? 진도 다 해제된 것 같은데……."

진이 해제된 이상 돌아가는 건 금방이었다. 자신들이 들어온 입구가 이곳에서도 그냥 보일 정도였으니까. 하지만 단유강은 고개를 저었다.

"저쪽에 있는 사람들을 일단 만나봐야 할 것 같아. 아는 사람도 좀 있는 것 같고 말이야."

단유강은 묵철로 이루어진 벽에 손바닥을 갖다 댔다. 그러자 단유강의 손바닥을 중심으로 벽이 파문을 일으켰다. 마치 물에 돌을 던져 넣어 물결이 일어나는 듯한 모습이었다.

쩌저저저저!

한번 출렁인 묵철의 벽에 사방으로 거미줄 같은 금이 생겨났다.

쩡!

그리고 벽이 산산이 부서져 나갔다.

사마자문은 허탈한 눈으로 적사광을 바라봤다. 그야말로 혈교의 계책에 완벽하게 걸려들고 만 것이다.

"자네가 여긴 어쩐 일인가?"

적사광은 낭패한 표정을 감추지 못했다. 그 역시 충격이 컸다.

"군사님을 구하기 위해 왔습니다."

"허어, 어찌……."

사마자문은 적사광과 함께 온 무림맹 무사들을 둘러봤다. 천여 명에 달하는 수였다. 필시 밖에서 무슨 일이 벌어졌음이 분명했다. 아마 그것도 혈교의 수작이리라.

"군사님."

사마자문은 자신을 부르는 소리에 고개를 돌렸다. 그의 눈에 제갈미미의 모습이 보였다. 제갈미미는 여전히 생기가 넘쳤고, 당찬 표정으로 자신을 바라보고 있었다.

"네가 왔구나."

제갈미미는 진법에 관해서라면 제갈세가에서도 손꼽혔으니 그녀의 도움으로 이곳까지 왔을 것이다. 사마자문은 그나마 조금 희망이 생기는 듯했다.

"네가 보기엔 상황이 어떤 것 같으냐?"

"누군가 외부에서 화탄을 이용해 섬을 가라앉힌 것 같아요. 더 정확한 건 확인을 해봐야 알 수 있을 것 같아요."

제갈미미의 말에 사마자문이 씁쓸한 표정을 지었다.

"너도 그렇게 생각하는구나."

상황은 심각했다. 얼마 전 천기비동 내부가 거세게 흔들렸다. 마치 지진이라도 난 듯했다. 그리고 그 후, 놀라운 일이 벌어졌다. 끝도 없이 펼쳐졌던 철벽의 크기가 줄어든 것이다. 처음의 그 높이는 측량할 수조차 없이 높고 넓이는 수십 장에 달할 정도였는데, 이제는 눈으로 모든 걸 확인할 수 있을 정도로 줄어들었다. 천기비동을 이루는 진에 뭔가 변화가 생겼다는 뜻이었다.

그들이 있는 곳은 동공(洞空)이었다. 다행이 상당히 넓어 이천에 가까운 사람이 충분히 활동할 수 있었다.

제갈미미는 분위기가 처지지 않도록 밝은 목소리로 말을 이었다.

"제가 더 알아볼게요. 아마 어떻게든 나갈 수 있을 테니 염려 마세요."

"그래, 부탁하마."

제갈미미는 서둘러 제갈세가의 진법가들을 모았다. 그리고 먼저 이곳에 도착한 다른 문파의 진법가들도 모두 모았다. 그들 역시 상황이 심상치 않다는 것을 알기에 제갈미미의 지휘에 군소리없이 따랐다.

제갈미미는 그들과 함께 철벽을 통과하는 방법을 연구함과 동시에 현재 섬의 상황이 어떤지 파악해 나갔다. 철벽을 통과하는 방법은 전혀 진척이 없었지만 섬이 어떤 상황에 처했는지에 대해서는 조금씩 윤곽이 잡혔다.
 그리고 결론에 가까워질수록 제갈미미의 안색도 급격히 흐려졌다. 그들은 정말로 태호 바닥에 파묻힌 것이다.

 천기비동에 모인 자들 중 정신적으로 가장 심각한 타격을 입은 사람은 바로 만수평이었다. 만수평은 설마 교주가 이런 식으로 일을 꾸미리라고는 생각도 못했다.
 만수평은 자신이 이끌고 온 모든 수하들을 데리고 은밀한 곳으로 숨었다. 철벽이 있는 곳은 상당히 넓었고, 구조 또한 복잡했기에 숨을 만한 장소는 많았다.
 "혈의단은?"
 만수평의 물음에 옆에 있던 혈의단주가 조용히 대답했다.
 "제갈미미가 이끄는 진법가들과 함께 있습니다."
 만수평은 혈광이 흐르는 눈으로 고개를 끄덕였다. 어떻게 해서든 이곳에서 빠져나가야만 했다. 그래서 보란 듯 교주에게 돌아가 당당히 얼굴을 마주할 생각이었다. 교주를 떠올린 만수평은 몸을 부르르 떨었다. 교주는 그저 떠올리는 것만으로도 공포에 질리게 만드는 사람이었다.
 "일단 상황을 좀 더 지켜본다."
 만수평의 말에 혈의단주가 살짝 고개를 숙였다. 그리고 그의 손짓에 따라 남은 백의단과 흑의단이 은밀히 움직였다.

만수평은 멀찍이서 사마자문을 바라봤다. 앞으로 일이 어떻게 흘러갈지는 오로지 사마자문에게 달렸다.

"과연 제대로 사람을 이용할 수 있는지가 중요한데……."

천기비동을 빠져나가려면 희생은 필수다. 현재 천기비동은 호수 바닥에 파묻힌 상태다. 아무런 희생 없이 이곳에서 빠져나간다는 것은 있을 수 없는 일이었다.

'그나마 아직 이곳으로 물이 들어오지 않는다는 게 다행인가?'

호수에 가라앉았는 데도 불구하고 아직 물이 전혀 들어오지 않았다. 만일 물이 내부에 스며들었다면 모조리 수장당했으리라. 어쩌면 완전히 바닥에 파묻혔기에 물이 들어올 틈이 없는지도 몰랐다. 만일 그렇다면 더욱 절망적인 상황이었다.

"이제 어쩌면 좋겠느냐?"

사마자문의 물음에 제갈미미가 굳은 얼굴로 머뭇거렸다. 그 모습을 본 사마자문이 부드럽게 웃었다.

"네 표정을 보니 이미 답은 나온 모양이구나. 어느 정도의 희생이 필요한 게냐?"

"아직 확실치 않아요. 어쩌면 이곳에 있는 대부분을 희생해야 할지도 몰라요. 아니, 어쩌면 한 명도 살아남지 못할지도 몰라요."

사마자문의 눈빛이 깊게 가라앉았다. 그는 살짝 고개를 숙인 채 한참 동안이나 고민을 했다. 사실 선택의 여지가 별로 남지 않았다. 가장 큰 문제는 식량이었다. 사람 수는 많은데 먹을 것은 없었다. 물은 어찌어찌 구할 수 있었는데, 배를 채울 만한 건 없었다. 심지어는 이끼조차 없었다.

사마자문은 슬쩍 고개를 돌려 무림맹이 아닌 다른 방파에서 온 무인들을 살폈다. 그들은 벌써 한계를 지난 지 오래였다. 그들의 눈빛에는 항상 살기가 감돌았다.

'자칫하면 사람이라도 잡아먹을 듯한 얼굴이군.'

이대로 조금만 더 시간이 지나면 아마 저들 중 사파에 속하는 자들은 정말로 사람을 잡아먹으려 할지도 모른다. 그렇다면 더 늦기 전에 희생을 감수하고라도 모험을 감행하는 것이 옳을지도 모른다.

결국 사마자문은 고개를 끄덕였다.

"좋아, 그 계획이란 거 한번 들어보자."

제갈미미는 기다렸다는 듯 설명했다.

"가능성은 두 군데에 있어요. 하나는 저 철벽. 저걸 해제하면 또 다른 길이 나올지도 몰라요. 어쩌면 훨씬 안전한 길일 수도 있죠. 하지만 제 능력으로는 도저히 저걸 열지 못하겠어요."

사마자문은 안타까운 표정으로 제갈미미가 가리키는 철벽을 바라봤다. 저 철벽 때문에 대체 얼마나 많은 생명이 스러졌던가. 하지만 마음 한구석에는 저 철벽만 넘으면 천기자의 유물을 얻을 수 있다는 욕심이 아직도 남아 있었다. 사마자문은 스스로의 이율배반적인 마음에 고개를 절레절레 저었다.

"다른 방법은 무엇이냐?"

"정확히 들어온 역순으로 나가는 거예요. 그러면 처음 이곳으로 들어왔던 석문으로 갈 수 있어요."

사마자문이 고개를 갸웃거리며 물었다.

"그 석문은 이미 부서졌다고 하지 않았느냐? 그쪽 부근 동굴이 완전히 무너져서 아예 길이 없어졌다고 들었는데, 아니었느냐?"

"그쪽을 살피다가 다른 길을 발견했어요. 정말 천기자라는 사람은 천재예요. 천기비동의 진법들은 모두 살아 있어요. 상황에 맞춰서, 또 때에 맞춰서 계속해서 변화하고 있어요."

제갈미미는 그 말을 하며 경이로운 표정을 지었다. 그녀에게 있어서 천기자라는 존재는 결코 넘어설 수 없는 거대한 벽이었다. 마치 지금 눈앞에 보고 있는 저 철벽과도 같았다.

"처음 이곳에 들어올 때는 발견하지 못했는지 아니면 없었는지 모르겠지만, 지금은 그곳에 길이 있어요. 그 길을 통하면 아마 밖으로 나갈 수 있을 것 같아요."

"그럼 나가면 되지 않느냐?"

사마자문은 뭐가 문제인지 잠시 생각해 봤다. 하지만 딱히 문제가 될 만한 것이 없었다. 비동 자체가 바닥에 파묻혀 있다면 위를 뚫고 올라가면 그뿐이다. 이곳에 있는 사람들은 모두 무공을 익힌 사람들이다. 진법가들 중 몇은 조금 수준이 달리긴 하겠지만 고수가 도와주면 충분히 수면 위로 올라갈 수 있었다.

제갈미미가 난감한 표정을 지었다.

"그런데 그 입구가 너무 좁아요. 만일 입구를 뚫으면 그곳으로 물이 들어올 텐데, 사람들이 빠져나가는 속도보다 물이 들어오는 속도가 훨씬 빠를 거예요. 그러다가 수압을 견디지 못하면 비동 자체가 무너질 수 있어요. 그럼 남은 사람들은 물이 가득 들어찬 곳에 갇히게 되죠."

그제야 사마자문이 심각한 표정을 지었다. 확실히 보통 문제는 아니었다.

"아무래도 좀 더 생각을 해봐야겠구나."

사마자문과 제갈미미는 조용히 둘이서만 대화를 나눴지만, 그 얘기를 들은 사람들이 몇 있었다. 문제는 그들이 다른 사람의 안위를 생각할 자들이 아니라는 점이었다.

만수평은 회심의 미소를 지었다. 만일 제갈미미의 말이 사실이라면 충분히 가능성이 있었다. 만수평은 서둘러 수하들을 모았다. 어차피 혈의단을 다시 모으는 건 쉽지 않은 일이었으니, 과감히 포기하기로 했다.

만수평은 교주와 오랜 시간 함께해 왔기에 자연스럽게 교주와 닮아갔다. 이렇게 자신의 수하들을 도마뱀 꼬리 자르듯 단호히 잘라 버리는 건 교주에게 완전히 물들었다는 의미였다.

'혈의단주만 있으면 충분하지.'

만수평은 혈의단주에게 명령해 제갈미미의 말이 사실인지 확인하게 했다. 그리고 긍정적인 답을 들었다. 혈의단주도 충분히 입구를 뚫을 수 있다고 했다. 다만 입구에 거대한 바위가 얹혀 있다면 자칫 입구만 무너지고 아무런 성과를 얻지 못할 수도 있다는 점이 문제였다.

만수평은 과감히 그렇게 하라고 했다. 어차피 여기서 계속 있으면 죽는다. 확률이 높진 않지만 살아날 방법이 생겼는데 가만히 있을 수는 없지 않은가.

만수평은 혈의단주, 백의단주, 흑의단주를 앞세우고 남은 수하들을 모두 이끌고 비동의 입구로 향했다.

"여깁니다."

혈의단주의 말에 만수평은 그곳을 잠시 바라보다가 어서 하라는 듯 눈짓을 했다. 혈의단주는 만수평의 눈짓에 즉시 움직였다.

그는 능숙한 솜씨로 진을 풀어나갔다. 그리고 마지막 단계가 되기 전에 손을 멈췄다.

"이제 이곳이 열립니다. 물이 쏟아져 들어올 수 있으니 조심하십시오."

"알았으니 어서 해. 그리고 입구가 열리면 즉시 그곳으로 나가도록."

"존명."

혈의단주는 대답과 함께 마지막 작업을 마무리했다.

우르르르.

은은한 진동이 울리며 벽이 흔들렸다. 그리고 그대로 벽이 무너지며 물이 쏟아져 들어왔다. 제대로 입구를 연 것이다.

쏴아아아!

혈의단주는 지체하지 않고 즉시 몸을 날렸다. 수압이 엄청났지만 혈의단주는 온 내력을 몸에 휘감고 쏟아지는 물을 거슬러 올라갔다.

혈의단주가 밖으로 빠져나가자 백의단주와 흑의단주가 나갔고, 만수평이 그 뒤를 이었다. 그리고 남은 무사들이 황급히, 하지만 질서 정연하게 밖으로 나갔다. 결국 그들은 아무런 희생도 없이 모두 빠져나갈 수 있었다.

문제는 남은 사람들이었다.

우르르릉!

수압을 견디지 못하고 입구가 완전히 무너졌다. 덕분에 다시 동굴이 막혀 들어오는 물의 양은 줄었지만, 이제 모든 희망이 사라져 버렸다.

"음? 웬 물이지?"

제갈미미는 누군가의 말에 바람 소리가 날 정도로 빠르게 목을 돌렸다. 바닥에 흐르는 물이 보였다. 그녀의 얼굴이 창백하게 질렸다.

"서, 설마!"

제갈미미는 있는 힘껏 달렸다. 일단 자기 눈으로 확인을 해야만 했다. 얼마 지나지 않아 그녀는 동굴이 무너진 곳에 도착할 수 있었다. 그곳까지 가려면 몇 가지 진을 통과해야 하지만, 하도 여러 번 왕복했기에 이제는 익숙하게 헤쳐 나갈 수 있었다.

"맙소사!"

동굴이 무너진 곳은 크고 작은 바위로 길이 꽉 막혀 있었다. 그리고 그 틈새에서 쉴 새 없이 물이 흘러나왔다. 그 양이 제법 만만치 않아 이대로라면 얼마 지나지 않아 내부가 완전히 물에 잠길 것이 분명했다.

"큰일이야!"

제갈미미는 황급히 왔던 길로 돌아갔다. 그러면서 대체 왜 이런 일이 벌어졌는지 머리가 터지도록 생각하고 또 생각했다.

철벽이 있는 동공에 도착한 제갈미미는 사마자문부터 찾았다. 사마자문은 철벽 근처에서 다른 진법가들과 함께 철벽을 없앨 방법을 의논하고 있었다. 진법에 대해서는 도움이 안 되겠지만, 꼭 진법으로만 철벽을 넘어갈 필요는 없었기에 사마자문은 자신이 가진 다양한 방면의 지식으로 도움을 주었다.

제갈미미는 사마자문에게 다가가 조용히 그를 불렀다. 사람들이 많은 곳에서 그 이야기를 했다간 단번에 공황 상태로 빠져들 것이다. 그럼 완전히 끝장이었다. 이곳에 있는 거의 이천에 가까운 무림인들이 난동을 부릴지도 모른다.

사마자문은 제갈미미를 따라 조용한 곳으로 향하며 바닥에 흐르는 물을 발견했다. 사마자문의 눈이 화등잔만 해졌다. 그것만 보고도 충분히 현 상황을 이해할 수 있었다.

"어떻게 된 일이냐?"

"비동 입구가 무너졌어요. 나갈 길이 완전히 막혀 버린데다 무너진 입구를 통해서 물이 계속 들어오고 있어요. 지금이야

물이 들어오는 속도가 늦어서 조금 시간이 있지만, 그곳마저 무너지면 순식간에 잠기고 말 거예요."

사마자문은 심각한 표정으로 제갈미미를 바라봤다. 지금으로선 선택의 여지가 별로 남지 않았다. 벌써 바닥이 물로 흥건하다. 눈치가 빠른 사람은 알아차리고도 남을 만한 상황이었다.

"어떻게 하면 좋겠느냐?"

"방법은 여전히 같지만 가능성이 훨씬 희박해졌어요."

사마자문이 눈을 빛내며 바라보자 제갈미미가 설명을 덧붙였다.

"무너진 부분을 치워 버리고 탈출하는 방법이 남았는데, 이곳에 있는 사람의 수가 너무 많아요. 백 명 정도라면 모를까, 이천에 가까운 사람들이 탈출하기에는 시간이 너무 모자라요."

제갈미미는 거기까지 말한 후 잠시 숨을 고르고 다시 차분히 말을 이었다.

"가장 큰 문제는 무너진 부분이 어떻게 변했는지 알 수 없다는 점이에요. 그곳의 진이 변화했으면 탈출하는 와중에 모조리 진에 휩쓸려 죽을 수도 있어요."

사마자문의 표정이 더욱 심각해졌다. 실로 이러지도 저러지도 못하는 상황이었다. 하지만 어떤 쪽이든 결정을 내려야만 했다.

"후우, 더 늦기 전에 무너진 곳을 치우고 빠져나가는 게 좋겠군."

"희생이 클 거예요."

"어쩔 수 없지 않느냐. 철벽을 뚫으려고 시간을 보내는 사이 이곳이 완전히 물에 잠기면 그야말로 그냥 죽을 수밖에 없으니 말이다."

제갈미미가 어렵게 고개를 끄덕였다. 사마자문의 말이 옳다. 이제는 희생이 어쩌고를 생각할 겨를이 없었다. 제갈미미는 그렇게 고민하는 와중에도 대체 왜 갑자기 일이 이렇게 되었는지에 대한 의문을 접지 않았다.

'누군가 그쪽을 통해서 나가지 않았다면 이렇게 될 수가 없어.'

제갈미미가 생각에 잠겨 있는 사이, 사마자문은 어느새 사람들이 모여 있는 곳으로 향했다. 그리고 그들을 모았다. 몇몇은 벌써 사마자문이 무슨 말을 하려는지 눈치를 챘다. 하지만 그들 역시 섣불리 움직이면 다 끝장이라는 것을 알기에 굳이 나서지 않았다.

사람들이 모두 모인 것을 확인한 사마자문이 천천히 입을 열었다.

"비동의 입구가 무너지면서 그쪽으로 물이 새어 들어오고 있소."

사마자문의 말은 커다란 충격파가 되어 좌중을 한차례 휩쓸었다. 사방에서 웅성거리며 소란이 일어났다. 사마자문은 그 모습을 잠시 지켜보다가 슬쩍 고개를 돌려 적사광을 바라봤다.

적사광은 있는 힘껏 손뼉을 쳤다.

쩡!

적사광의 손에서 만들어진 음파는 거대한 내공을 싣고 동공 내부를 뒤흔들었다. 그 기파에 놀란 사람들이 소란을 접고 입을 다문 채 놀란 눈으로 적사광과 사마자문을 바라봤다.

"방법은 두 가지가 있소. 어떻게든 저 철벽을 없애는 것과 무너진 동굴의 잔해를 치우고 그쪽을 통해 나가는 방법이오. 다만, 그곳에 있는 진이 어떻게 되었는지 장담하지 못하오. 큰 희생이 따를 수도 있소."

사마자문의 말이 끝난 뒤 한동안 침묵이 계속되었다. 그들은 눈앞에 닥친 절망적인 상황에 어쩔 줄을 몰랐다. 판단력이 흐려졌다.

그렇게 침묵이 이어져 가던 와중에 한 사람이 벌떡 일어나 물었다.

"한데 동굴의 잔해를 치운 후에 과연 누구부터 빠져나가는 것입니까?"

사내의 말은 좌중에 다시 한 번 파장을 가져왔다. 생각해 보면 늦으면 늦을수록 위험하다. 이곳이 물로 가득 찬다면 그저 버티는 것만으로도 내공과 체력을 야금야금 잃어버릴 테니까 말이다.

"제비를 뽑겠소."

사마자문의 말에 사내는 살짝 감탄한 표정으로 자리에 앉았다. 지금 이곳에서 가장 큰 힘을 가진 것은 무림맹이다. 무림맹은 천 명이 훨씬 넘었다. 다른 무인들을 모두 합해봐야 무림맹의 삼 할도 채 되지 않았다. 한데도 힘을 과시하지 않고 공평하게 제비를 뽑겠다고 하니 조금 놀랐다.

"제비를 뽑을 시간이 좀 모자랄 것 같은데요?"

제갈미미가 심각한 얼굴로 바닥을 바라보며 말했다. 그러자 모든 사람들의 시선이 바닥으로 향했다. 어느새 물이 무릎까지 차올랐다. 바닥에 조금 흐를 뿐이었는데 갑자기 이렇게 되었다는 건 무너진 부분에 뭔가 문제가 생겼다는 뜻이다.

콰아아아!

모든 사람의 고개가 동시에 돌아갔다. 마치 해일이 몰려오듯 동공 끝에 있는 동굴에서 물이 쏟아져 나오기 시작했다. 이대로라면 동공을 모두 채우는 데 반 시진도 걸리지 않을 것 같았다.

"서둘러야 해요!"

제갈미미가 외쳤다. 하지만 대부분의 사람은 그 순간 느끼고 있었다, 더 이상의 희망은 없다는 사실을. 물은 동굴을 가득 메우며 쏟아지고 있었다. 그곳을 통해 밖으로 나가는 건 아무래도 쉽지 않아 보였다.

이 동공을 모두 채우기 전까지 수십 명이나 그곳을 통과해 목적한 곳에 도착할 수 있을까? 아니, 그 이전에 동굴은 진으로 꽉 채워져 있었다. 저토록 거칠게 흐르는 물을 뚫고 과연 그 진을 헤쳐 나갈 수 있을까?

대부분의 사람들이 섣불리 움직이지 않는 건 바로 그 때문이었다. 진에 대해 해박한 사람이 길을 뚫어주지 않으면 아무도 그곳을 통과할 수 없었다. 그리고 이곳에 있는 진법가들 중 저렇게 거친 물살을 뚫고 갈 수 있는 사람은 아마 제갈미미밖에 없을 것이다.

사람들의 시선이 자연스럽게 제갈미미에게로 향했다. 그녀는 진법가이기 이전에 청룡단의 부단주였다. 충분히 이 상황을 헤쳐 나갈 능력을 가졌다.

하지만 제갈미미는 그렇게 생각하지 않았다. 그녀는 심각한 얼굴로 물이 쏟아져 들어오는 동굴을 노려보기만 했다. 그녀로서도 더 이상 방법이 없었다. 진을 헤쳐 나가는 건 생각 외로 섬세한 일이었다. 아무리 그녀라 하더라도 저런 물살을 뚫고 진을 돌아볼 자신이 없었다.

"이제 어떻게 할 건가?"

사마자무우 차분한 목소리로 물었다. 제갈미미는 힘없이 고개를 저었다. 이제는 발악이라도 해보는 수밖에 없었다. 막무가내로 동굴을 뚫고 갈 수밖에 없었다. 물론 성공할 가능성은 거의 없었다.

그렇게 사람들이 절망의 바다에서 헤어 나오지 못하고 있을 때, 어디선가 뭔가 깨지는 소리가 은은히 들려왔다.

쩌정!

제갈미미는 처음엔 자신이 잘못 들은 줄 알았다. 그것은 분명히 철벽이 있는 곳에서 나는 소리였다. 제갈미미는 고개를 돌려 철벽을 바라봤다. 그리고 놀란 눈을 감추지 못했다. 철벽에 거미줄 같은 금이 가고 있었다.
 "아아! 처, 철벽이……!"
 제갈미미의 말에 그녀의 근처에 있던 사람들이 일제히 철벽을 바라봤다. 그리고 그들 역시 놀란 표정을 지었다. 그리고 마치 전염이라도 되듯 모든 사람들이 철벽을 바라봤다. 그들은 놀람과 희망이 뒤섞인 기묘한 표정을 지었다.
 쩌저저저적!
 철벽에 생겨난 금이 점점 많아졌다. 그리고 굵어졌다. 그리고 마침내,
 쩡!
 철벽이 산산이 부서졌다. 그렇게 부서진 철벽의 잔해들은 사방으로 날아갔다. 그리고 가루가 되어 흩어졌다. 아니, 빛이 되어 흩어졌다.
 샤아아아!
 거짓말처럼 철벽이 사라졌다. 그렇게 거대했던 철벽이 잔해조차 남기지 않고 사라졌으니 두 눈을 뜨고 계속 지켜보았음에도 도저히 믿기지가 않았다.
 그렇게 철벽이 사라진 자리에 세 사람이 서 있었다. 제갈미미는 그들의 모습을 보고는 하마터면 눈물을 흘릴 뻔했다.
 "단 대주님!"
 제갈미미의 외침에 단유강이 그녀를 바라보고는 빙긋 웃었다. 그리고 주위를 휘휘 둘러보고는 가볍게 중얼거렸다.

"이거, 아주 급박한 상황처럼 보이는데?"

"그러게요. 그런데 여기서 빠져나갈 방법은 있는 거죠?"

담교영이 옆에서 놀라울 정도로 담담하게 물었다. 단유강은 고개를 갸웃거렸다.

"글쎄, 뭐, 확실치는 않지만 해볼 만한 게 있긴 하지."

단유강은 그렇게 말하고는 제갈미미를 향해 손짓을 했다. 제갈미미는 사마자문, 적사광과 함께 서둘러 단유강에게 다가갔다. 그리고 그제야 단유강의 뒤쪽에 어마어마한 존재감을 뿌리며 서 있는 사람을 발견했다.

"이, 이분은……."

사마자문은 당황해서 중얼거렸다. 아직 한 번도 본 적은 없지만 보자마자 알 수 있었다. 무림맹의 모든 정보를 한 손에 쥐고 있는 사람이 바로 사마자문이다. 당연히 우내사존에 대한 보고서는 수십 수백 장도 넘게 받아왔다.

우원길은 자신을 보며 당황하는 사마자문을 보며 왠지 기분이 좋아졌다.

사마자문은 황급히 우원길을 향해 포권을 취했다.

"무림맹 군사 사마자문이 어르신을 뵙습니다."

우원길의 나이는 상당하다. 사마자문이 어르신 대접을 해줄 만했다. 하지만 주변에 있던 다른 사람들은 그렇게 생각하지 않았다. 우원길의 겉모습은 고작 이십대에 불과했다. 더구나 최근에 화룡을 제대로 제어하게 되면서 얼굴에 윤기가 흘러 더 젊어 보였다. 사마자문이 그런 청년에게 저렇게 공손히 인사하는 것을 이해하기 어려웠다.

 사마자문 옆에 서 있던 적사광은 놀란 눈으로 사마자문과 우원길을 번갈아 쳐다봤다. 하지만 그의 기억 속에 우원길의 얼굴은 들어 있지 않았다. 그런 그의 귓가에 제갈미미가 살짝 언질을 했다.

"저분이 화룡신검이세요."

 적사광의 눈이 화등잔만 해졌다. 그는 즉시 포권을 취했다. 화룡신검은 우내사존이라는 이유 하나만으로도 충분히 존경받을 자격이 있는 사람이었다.

"무림맹 청룡단주 적사광이 어르신께 인사드립니다."

 적사광의 뒤를 이어 제갈미미도 인사를 했다. 우원길은 그들의 인사를 받으며 기분 좋게 고개를 끄덕였다.

"그래, 이렇게 만난 것도 인연인데, 여기서 나가거든 같이 술이나 한잔하지."

 우원길은 그렇게 말한 후, 단유강을 바라봤다. 당연히 단유강이 알아서 이들을 밖으로 인도해 줄 거라는 믿음이 한가득 담긴 눈빛이었다.

"그나저나 어쩌다 이렇게 된 거지?"

 단유강은 제갈미미에게 그렇게 물으며 주위를 스윽 둘러봤다. 그리고 눈에 이채를 띠었다. 이곳에 있어선 안 되는 자들이 있었다. 극도로 기감이 발달한 단유강은 단번에 그들을 파악할 수 있었다. 바로 혈의단이다.

 무릎을 넘어섰던 물은 다시 수위가 일시적으로 낮아졌다.

단유강이 철벽을 깬 덕분에 반대쪽으로도 물이 흘러가고 있었다. 단유강이 들어온 쪽이 물이 흘러오는 동굴보다 넓어 들어온 물보다 더 많은 양이 나가니 자연스럽게 수위가 낮아진 것이다.

덕분에 여유가 생긴 제갈미미는 안도의 한숨을 내쉬며 상황을 설명했다. 그 설명을 모두 들은 단유강은 나직이 혀를 찼다.

"쯧쯧, 같은 편까지 내팽개치고 도망갔군."

단유강의 말에 수십 명의 사내들이 움찔 반응을 보였다. 지극히 짧고 미약한 반응이었지만 단유강의 눈을 속일 수는 없었다.

"그게 무슨 말인가요?"

제갈미미가 눈을 동그랗게 뜨고 물어봤다. 단유강의 말에는 엄청난 의미가 내포되어 있었다. 만일 정말로 자신의 예상대로라면 완벽하게 놀아난 것이다.

"알고 있으면서 뭘 물어?"

제갈미미는 일순 무릎에 힘이 빠져 몸을 휘청거렸다. 단유강은 그런 그녀를 물끄러미 쳐다보며 말을 이었다.

"방금 내가 뭐라고 했지?"

제갈미미는 그 순간 정신이 번쩍 들었다. 단유강은 방금 같은 편까지 내팽개쳤다고 했다. 그렇다면 이곳에 미처 도망가지 못한 혈교의 잔당들이 남아 있다는 뜻이다.

"대, 대체 누구죠, 그 사람들이? 아니, 그보다 단 대주님은 대체 어떻게 그런 걸 알고 계신 거죠?"

"딱히 어려운 일도 아니야. 나처럼 기감에 민감한 사람은 한 번 봤던 특이한 기의 흐름은 잘 잊지 않는 법이거든. 혈교의 혈의단인가 뭔가 하는 놈을 예전에 한 번 본 적이 있는데, 여기 그 비슷한 놈들이 서른셋이나 있네."

단유강의 말에 혈의단원들이 소스라치게 놀랐다. 단유강은 자신들이 혈의단이라는 것까지 알고 있었다.

단유강은 그들의 반응을 보며 씨익 웃었다. 그리고 즉시 몸을 날렸다. 일순 단유강의 신형이 안개처럼 흩어졌다. 그리고 어느새 서른세 명의 혈의단이 단유강 앞에 마혈이 제압된 상태로 널브러졌다.

"이, 이들인가요?"

제갈미미는 혈교의 지독한 음모에 치를 떨었다. 이들이 어떤 자들인지 알아본 것이다. 이들은 자신을 적의문이라 소개했다. 물론 의혹이 없었던 것은 아니지만, 당면한 문제 앞에서 그런 의혹은 사소한 것이었다.

장내에 모인 모든 무인들은 씁쓸한 얼굴로 바닥을 뒹구는 혈의단을 쳐다봤다. 그들은 결국 혈교에게 처음부터 끝까지 농락당한 것이다.

혈교가 공개한 천기비동에 와서 혈교의 안내로 여기까지 왔고, 또 혈교의 음모로 이렇게 호수 밑바닥에 갇힌 후, 다시 혈교가 무너뜨린 동굴 덕분에 수장당할 위기에 처했다.

분위기가 순식간에 침울해지자 단유강은 손뼉을 쳤다.

짝! 짝!

경쾌한 손뼉 소리가 동공 안을 휘감았다. 사람들은 청아한 기운이 자신의 몸을 가볍게 쓰다듬고 지나가자 마음이 차분히 가라앉는 것을 느꼈다. 그들은 경이에 찬 눈으로 단유강을 바라봤다.

"자자, 이제 대충 정리가 되었으니 밖으로 나가야죠. 어쨌든 상황은 그렇게 좋지 않습니다. 하지만 길이 아예 없는 건 아니니까 크게 걱정하지 않아도 됩니다."

단유강은 그렇게 말해 사람들을 안심시킨 후, 본격적인 말을 시작했다.

"이제 제가 비동의 중심부를 위로 들어 올릴 겁니다. 지금 우리는 호수 바닥에 있다는 걸 염두에 두십시오. 비동이 바닥을 뚫고 호수에 진입하는 순간, 물이 쏟아져 들어올 겁니다. 절대 당황하지 말고 기다려야 합니다. 물이 완전히 채워지면 그때 헤엄쳐서 호수 위로 올라가면 됩니다. 쉽죠?"

단유강의 설명에 모두가 고개를 끄덕였다. 당황하지만 않으면 아무도 다칠 일이 없었다.

단유강은 그들이 각오를 다지는 모습을 보며 고개를 끄덕였다. 그리고 바닥에 누운 혈의단을 보며 중얼거렸다.

"자아, 이제 이놈들을 어떻게 처리하느냐가 문제인데……. 설마 살려준다고 해도 혈교에 대해서 뭔가 말해주지는 않겠지? 자기들을 두 번이나 버리긴 했지만 그래도 혈교인데 말이야."

단유강의 의미심장한 말에 혈의단원들의 눈이 시뻘개졌다.

그들의 눈에는 살기가 번들거렸다. 사실 그들은 지독한 배신감에 몸서리치고 있었다.

단유강의 말대로 혈교는 자신들을 두 번 버렸다. 한 번은 비동에 밀어 넣고 화탄을 터뜨렸을 때다. 아마 혈교에서 원한 건 비동 자체가 산산조각 나서 모조리 죽는 것일 것이다. 하지만 천기비동의 대단함 덕분에 그들은 결국 살아났고, 덕분에 두 번이나 버림을 받았다.

"우리가 아는 건 별로 없소."

누군가의 말에 단유강이 빙긋 웃었다.

"그래도 우리보다는 많이 알 거 아냐? 안 그래?"

단유강은 그렇게 말하고는 손을 휘저어 그들의 마혈을 풀어주었다.

"앞으로 잘해보자고. 참고로 내가 원하는 건 딱 하나야. 암혈의 위치지."

혈의단원들의 눈에 살짝 놀람이 어렸다. 설마 단유강이 암혈에 대해서 알고 있을 줄은 몰랐던 것이다.

"우리가 알고 있던 암혈은 이미 사라졌다고 들었소."

"황산에 있는 거 말이지?"

"그렇소."

혈의단은 또 놀랐다. 단유강이 대체 얼마나 알고 있는 건지 궁금해질 지경이었다.

"다른 암혈에 대해서는 전혀 몰라?"

"너무 포괄적인 것만 알고 있어서 도움이 안 될 거요."

단유강이 씨익 웃었다.

"아냐. 그 정도면 충분해. 일단 여기를 나간 다음에 다시 얘기해 보자고."

단유강의 말에 혈의단은 퍼뜩 정신을 차렸다. 어느새 물이 다시 차올라 수위가 허벅지에 이르렀다.

"어서 서둘러 주세요! 더 시간을 끌면 늦어요!"

제갈미미의 외침에 단유강이 고개를 끄덕였다.

"아직 여유있으니까 걱정하지 마."

단유강은 그렇게 말하고는 천기혈마록이 놓여 있던 철 기둥을 쓰다듬었다. 그리고 그것을 힘껏 눌렀다.

콰득!

뭔가가 깨지는 소리가 들리며 철 기둥이 깊숙이 박혀들었다. 물에 잠겨 있었기에 그것에 얼마나 깊이 들어갔는지, 또 어떤 작용을 하고 있는지 아무도 볼 수가 없었다. 하지만 분명히 뭔가가 변화하고 있다는 것은 알 수 있었다.

우르르르르.

천기비동 전체가 진동하기 시작했다.

콰르릉!

굉음과 함께 바닥이 서서히 올라갔다. 사람들은 갑작스런 상황에 깜짝 놀랐다. 그리고 단유강의 말이 떠올라 새삼 놀랐다. 비동을 들어 올릴 거라더니, 정말로 그렇게 되었다.

구구구궁.

진동과 함께 올라간 것은 바닥뿐만이 아니었다. 천장도 함께 올라가고 있었다. 그리고 어느 순간, 천장이 서서히 열리기 시작했다. 열린 천장 사이로 보이는 것은 정말로 놀라운 광경이었다.

"무, 물이……!"

열린 천장으로 물이 보이고 있었지만 투명한 막에 막혀 전혀 쏟아지지 않았다. 심지어는 사방으로 흩어지는 물고기까지 보였다.

"아아……!"

그 경이로운 광경에 모든 사람들이 입을 벌리고 천장을 바라봤다. 그 모습을 보던 단유강이 단호히 소리쳤다.

"모두 정신 차리고 입을 다물어!"

단유강의 말에 모두 찬물을 뒤집어쓴 듯 정신이 번쩍 들었다. 그들은 다시 결연한 표정으로 입을 꾹 다물었다. 그리고 그 순산 천장을 감싸고 있던 막이 사라지며 그대로 물이 쏟아져 들어왔다.

쏴아아아!

물이 가진 힘은 엄청나다. 그것도 저렇게 많은 양의 물은 더더욱 어마어마한 힘을 발휘한다. 지금 상황을 그대로 방치하면 이 중 성취가 낮은 사람들은 그대로 압사해 버릴 가능성이 있었다.

단유강은 양손을 들어 올렸다.

우우우웅.

단유강의 손바닥을 중심으로 웅대한 기운이 넓게 퍼져 나갔다. 그것은 마치 조금 전까지 천장을 막고 있던 막과 비슷했다. 그 기운이 위로 둥실 떠올랐다. 실로 눈 깜빡할 사이에 벌어진 일이었다.

출렁.

물이 쏟아지다가 단유강이 만든 기막(氣膜)에 걸려 요동쳤다. 그 기막은 물의 압력을 오래 버티지 못했다. 하지만 쏟아지는 위력을 대부분 흡수하는 데에는 충분하다 못해 넘쳤다.

촤아악!

기막이 찢어지며 그대로 물이 쏟아졌다. 사람들은 단유강 덕분에 충분히 준비를 한 상태로 물벼락을 맞았다. 그리고 물이 완전히 채워진 후에 그들은 유유히 천장을 통해 헤엄쳐 나갔다.

가장 먼저 물 위로 떠오른 사람은 당연히 우원길이었다. 그리고 그 뒤를 이어 적사광이 떠올랐고, 나머지 사람들이 속속 떠올랐다. 그들은 태호 한가운데에서 고개만 달랑 내민 채 사방을 둘러봤다. 눈부신 햇살이 그들의 머리 위로 쏟아졌다.

"하아, 살았구나."

제갈미미는 안도의 한숨을 내쉬었다. 그리고 고개를 휘휘 돌려 모두를 살려준 영웅을 찾았다. 그리고 멀리 떨어진 곳에서 마치 유령처럼 솟아오르는 단유강의 모습을 볼 수 있었다.

단유강은 담교영을 양팔로 가볍게 든 채로 스르륵 물 위로 올라와 마치 평지를 밟은 것처럼 안정된 자세로 섰다. 제갈미미는 놀란 눈으로 그 광경을 뚫어져라 바라봤다.

단유강은 주위를 휘휘 둘러봤다. 이천에 달하는 사람들이 물 위로 머리만 내밀고 떠 있는 모습에 빙긋 한 번 웃은 후, 저들을 태울 배가 있는지 확인했다. 다행히 조금 멀리 떨어진 곳이긴 했지만 배가 둥둥 떠다녔다. 단유강의 신형이 빠르게 배를 향해 나아갔다.

근처에 떠 있는 배는 여덟 척이었다. 적사광이 무림맹 무사들과 함께 타고 온 배들 중 일부였다. 대부분의 배는 다시 무림맹으로 돌려보내고 열 척만 남겼는데, 그중 두 척을 탈취당하고 여덟 척이 남은 것이다.

일단 급한 대로 여덟 척의 배에 최대한 태울 수 있을 만큼 사람들을 태웠다. 이천 명에 가까운 사람을 그리 크지도 않은 배 여덟 척에 모두 태울 수는 없었기에 어쩔 수 없었다.

단유강은 그렇게 조치를 취한 후, 몸을 날려 뭍으로 향했다. 그곳에서 되도록 많은 배를 한꺼번에 구해와 이들을 태울 생각이었다.

그렇게 단유강이 열심히 움직인 덕분에 천기비동에서 빠져나온 자들은 모두 무사히 태호를 벗어날 수 있었다.

사마자문과 적사광을 비롯한 무림맹의 주요 인물들과 천기비동에 먼저 갇혔던 무림인들 중 황보관웅처럼 중요한 사람들, 그리고 우원길과 단유강, 담교영이 한자리에 모여 가볍게 음식을 먹고 있었다.

그동안 천기비동에서 너무 오랫동안 고생하고 굶주렸기 때문에 적당한 영양 보충을 해야만 했다. 그들은 천천히 음식을 먹으며 이번 일에 대해 논의했다.

"우선 구해줘서 고맙네. 자네가 아니었다면 우린 모두 그곳에서 뼈를 묻었을 걸세."

사마자문이 부드럽게 미소 지으며 단유강을 향해 살짝 고개를 숙였다. 그러자 근처에 있던 다른 사람들도 저마다 단유강을 향해 고개를 숙이며 감사를 표했다.

모두의 인사가 끝나자 사마자문이 좌중을 둘러보며 다시 입을 열었다.

"내일이 되면 나는 맹의 사람들을 이끌고 돌아갈 생각이오. 혈교의 강시들이 천하를 어지럽히고 있는데 여기서 시간을 끌 수는 없으니 말이오."

사마자문의 말에 모두 침중한 기색으로 미미하게 고개를 끄덕였다. 그들 역시 마찬가지였다. 자파로 돌아가 혈교와 맞서 싸울 준비를 해야만 한다.

사마자문은 잠시 뜸을 들이다가 이번에는 단유강을 보며 말했다.

"그래서 단 공자께 부탁이 있네. 들어주시겠나?"

"일단 말씀해 보십시오."

"천기비동에서 우리 몰래 도망갔던 자들에 대해 좀 알아봐 줬으면 하네. 그들이 우리 맹의 배 두 척을 탈취해 달아났다고 하더군."

사마자문의 말에 사람들이 이상한 표정으로 그를 바라봤다. 마치 무림맹의 배를 훔쳐간 사람을 잡아오라는 것처럼 들렸기 때문이다. 또, 자신들을 천기비동에 수장시키려던 자를 찾아 복수를 부탁하는 모양새로도 비쳤다. 어느 모로 보든 간에 무림맹 군사인 사마자문의 입에서 나올 만한 말은 아니었다.

하지만 단유강은 선선이 고개를 끄덕였다.

"그렇게 하겠습니다. 어차피 제가 하려던 일이었습니다."

"정말로 고맙네. 결과를 알아내면 무림맹에 꼭 한 번 들러주겠나?"

이번에도 단유강은 대수롭지 않다는 표정으로 그러겠다고 대답했다. 사람들은 모두 의아한 표정을 감추지 못했다. 마치 돌아가는 모양새가 단유강이 무림맹에 들어가겠다고 하는 것처럼 보였다.

"그럼 전 먼저 일어나겠습니다."

단유강은 자리에서 일어나 밖으로 나갔다. 사마자문은 굳이 그것을 만류하지 않고 가볍게 고개를 숙여 인사를 했을 뿐이었다. 사람들은 그 광경을 묘한 눈으로 지켜봤다. 그들의 눈에 객잔에서 나가는 단유강, 우원길, 그리고 담교영의 모습이 보였다. 그들의 뇌리에 각종 상념이 휘몰아쳤다.

밖으로 나온 단유강에게 가장 먼저 말을 건 것은 우원길이었다. 우원길은 방금 전 사마자문과의 대화가 전혀 이해되지 않았다.

"너무 손해를 보는 게 아니냐?"

"무슨 손해 말입니까?"

"내가 보기엔 꼭 네놈이 무림맹 밑으로 들어가겠다고 하는 것 같았다."

"잘못 보신 겁니다."

"사마자문의 부탁을 들어주겠다고 한 이유가 뭐냐?"

"무림맹의 배를 탈취한 자들이 과연 누구라고 생각하십니까?"

"글쎄, 혈교 놈들 아니었나?"

"맞습니다. 한데 혈교 놈들이 왜 굳이 배 두 척만 탈취하고 나머지는 그냥 내버려 뒀을까요?"

우원길은 순간 말문이 막혔다. 생각해 보면 그럴 이유가 없었다. 적사광 같은 고수의 이목에도 걸려들지 않을 정도로 대단한 놈들이다. 인정하긴 싫지만, 그들이 작정하고 한꺼번에 덤비면 아무리 자신이라도 승패를 장담할 수 없을 것이다.

그 정도라면 그곳에서 대기하고 있던 무림맹 사람들을 몰살시킬 수도 있었을 것이다. 시간도 얼마 걸리지 않을 테니 부담도 없었을 것이다. 한데도 그렇게 하지 않았다.

"이미 지독한 배신을 당한 자들입니다. 과연 그들이 혈교로 돌아갈까요? 그리고 혈교에 협조적으로 나올까요?"

우원길의 눈이 커졌다.

"절대 아닐 겁니다. 아마 혈교와 해볼 만하다 싶으면 찾아갈 것이고, 그렇지 않다면 숨을 겁니다. 그리고 나름대로 힘을 키우겠죠."

우원길은 알았다는 듯 고개를 끄덕였다. 더 이상 그들은 혈교라고 할 수 없다. 혈교의 잔당이 만든 또 다른 세력이었다. 하지만 아직 결론은 나지 않았다.

"사실 전 지금 세상에 드러난 혈교의 전력이 전부라고 생각하치 않습니다."

우원길의 눈이 커지자 단유강이 씨익 웃으며 말을 덧붙였다.

"그들을 잘 살펴보면 혈교의 진짜 본체에 다가갈 수 있지 않겠습니까?"

단유강의 말에 우원길과 담교영이 동시에 탄성을 흘렸다. 확실히 그렇다. 다만 그들이 숨어버린다면 시간이 오래 걸린다는 단점이 있긴 했다.

단유강은 그런 두 사람을 보며 빙긋 웃었다. 사실 다른 목적도 하나 있었다. 그들은 어떻게 해서든 암혈로 향할 가능성이 컸다. 이것은 살아남은 혈의단으로부터 얻은 정보 중 하나였다. 그들을 이끄는 사람이 바로 혈교의 군사인 만수평이라는 건 단유강이 얻은 소득 중 가장 큰 것이었다.

第十章
혈교대전

태룡전

항주에서 시작된 혈교의 공세는 엄청난 기세를 타고 천하 곳곳으로 퍼져 나갔다. 혈교는 오로지 강시들로만 공격을 했다. 물론 강시만 있는 것은 아니었다. 붉은 옷에 '혈(血)'자를 새긴 자들이 함께했다. 그리고 그들의 중심에는 혈룡이 있었다. 혈룡은 스스로를 혈교의 교주라 칭했다.

 항주를 중심으로 절강 전체를 박살 낸 혈룡은 다음 목표로 안휘를 잡았다. 안휘에는 남궁세가가 있고, 수많은 중소 문파들이 존재한다. 혈룡은 그들은 단 한 명도 남기지 않고 싹 쓸어버릴 계획이었다.

 혈룡의 계획은 소문을 타고 천하로 퍼져 나갔다. 혈교의 정보망이 어찌나 대단한지 일단 혈룡이 한번 마음먹고 퍼뜨리기로 작정한 소문은 며칠이 지나지 않아 모르는 사람이 없을 정도였다.

그렇게 혈교가 준동하는 와중에 가장 큰 피해를 입은 것은 무림맹의 천망단이었다. 절강에 있던 천망단은 물론이고, 안휘와 강소, 산동을 비롯해 복건과 강서에 있던 천망단까지 모조리 궤멸되고 말았다. 그리고 그것은 무림맹에게 있어서는 엄청난 타격이었다.

"맹주님! 군사님께서 돌아오셨습니다!"

혁무길은 황급히 달려온 무사가 외친 말에 안도의 한숨을 내쉬며 의자에 깊이 몸을 기댔다. 이번에는 정말로 끝이라고 생각했다. 한데 너무나도 다행히 군사가 무사히 돌아온 것이다.

무사의 외침이 끝난 지 얼마 지나지 않아 사마자문이 서둘러 맹주의 집무실에 들어섰다. 그는 혁무길을 향해 정중히 포권을 취하며 인사했다.

"다녀왔습니다, 맹주님."

"정말로 고생 많았네."

혁무길은 하마터면 눈물이 날 뻔했다. 하지만 꾹 눌러 참았다. 이곳에는 지금 그와 사마자문만 있는 것이 아니었다. 적사광을 비롯한 무사단의 단주들도 사마자문을 뒤따라 집무실로 들어섰다.

"맹주님께 귀환을 보고드립니다."

적사광이 대표로 절도있게 포권을 취하며 말하자 혁무길이 크게 고개를 끄덕였다.

"어서들 오게. 정말로 수고 많았네. 자, 그러고 서 있지 말고 앉지."

혁무길의 말에 모두 적당한 자리를 찾아 앉았다. 한동안 침묵이 감돌았다. 그 침묵을 깬 것은 혁무길이었다.

"사지에서 돌아온 사람들을 또 고생의 구렁텅이에 밀어 넣는 것 같아 기분은 좋지 않네만, 어쩔 수 없지. 혈교가 지금 어쩌고 있는지는 다들 알고 있나?"

사마자문이 즉시 대답했다. 그는 이미 오는 도중 혈교의 행보와 그것이 무림맹에 어떤 영향을 미쳤는지 상당 부분을 파악한 상태였다.

"혈교가 조만간 안휘의 남궁세가를 공격할 거라는 소문을 들었습니다."

혁무길이 굳은 표정으로 고개를 끄덕였다.

"의도적으로 소문을 냈네. 우리를 끌어들이겠다는 뜻이지."

"상황이 좋지 않습니다. 일단 최선은 안휘에 있는 모든 문파들을 대피시키는 것입니다. 근방의 천망단이라도 남아 있다면 뭔가 조치를 취하겠지만, 지금으로선 어쩔 수가 없습니다."

혁무길은 섣불리 말을 꺼내지 못했다. 그 지역의 천망단이 모조리 녹아버린 것이 문제였다. 완전히 캄캄했다. 그저 혈교가 흘리는 소문 외에는 무림맹으로 유입되는 정보가 거의 없다시피 했다.

"그곳은 분명히 함정입니다. 무림맹을 끌어들여 완전히 무너뜨리겠다는 속셈입니다. 아마 우리가 무사히 살아 돌아왔다는 것도 벌써 알려졌을 것입니다."

사마자문은 그게 제일 안타까웠다. 정보 통제를 더 확실히 해서 자신들이 무사히 생환한 사실을 숨겼어야만 했다. 무림맹에 각 방파들까지 합하면 모두 이천에 달하는 막대한 수였다. 그 정도 전력을 감추고 있다면 혈교에게 제대로 뒤통수를 칠 수도 있었다. 한데 당시에는 너무 정신이 없어서 미처 그것을 처리하지 못했다. 그야말로 통한의 실수였다.

"그래도 어쩔 수가 없지 않나. 함정인 줄 알지만 가야만 하네. 안휘의 문파들이 과연 우리 말을 듣고 몸을 피하겠나? 더구나 남궁세가가? 맥없이 당한 건 항주 하나만으로 족하네."

사마자문은 눈을 질끈 감았다. 맹주의 말이 옳았다. 남궁세가가 몸을 피할 리 없다. 그들은 멸문을 각오하고 혈교와 싸울 것이다.

'그 뒤로는 파죽지세겠지.'

혈교는 절강을 정리하면서 별다른 피해를 입지 않았다. 절강에 이렇다 할 문파가 없었던 것도 한 이유지만, 그들은 너무나 강했다. 그런 강력한 힘이 기세를 탄다면 아무도 막아낼 수 없을 것이다. 남궁세가의 무너짐은 그런 의미까지 담고 있다.

한동안 심각한 표정을 짓고 있던 사마자문은 이내 눈을 뜨며 맹주인 혁무길을 똑바로 바라봤다. 그리고 좌중을 한 번 둘러본 후, 결연한 표정으로 입을 열었다.

"천마신교에 선을 대보는 것은 어떻겠습니까?"

사마자문의 말에 모두 해연히 놀란 표정으로 그를 바라봤다. 사마자문은 묵묵히 그들의 시선을 받아들였다. 사실 이곳에 장로들이 있었다면 말도 꺼내지 않았을 것이다. 그들이 반대할 것이 뻔하니까. 하지만 지금 이곳에 있는 사람들은 그래도 비교적 생각이 유연한 자들이었다.

"과연 그들을 믿을 수 있겠습니까?"

"중요한 건 혈교를 막아내는 거 아니겠나? 혈교가 우리를 친 다음 목표가 어디일 것 같은가? 천마신교도 그것을 모르지 않을 테니 아마 도움을 주긴 줄 거라 생각하네."

지난번 마인 소탕 때 겪은 바로, 천마신교는 그동안 생각했던 것과는 많이 다른 듯했다. 어쩌면 상당히 긍정적인 결과를 도출해 낼 수도 있을 것 같았다.

혁무길은 굳은 표정으로 생각하다가 이내 사마자문을 바라보며 입을 열었다.

"예전 비룡단이라고 했나? 그들을 이용할 수 있겠는가?"

"물론입니다, 맹주님."

"좋아, 한번 연락을 해보게. 이대로 혈교에 끌려 다니기만 할 수는 없지 않은가."

맹주의 결단에 방 안에 있던 모든 사람들이 놀랐다. 특히 백호단주와 현무단주의 놀람은 이루 헤아릴 수 없을 정도였다.

"자, 장로님들은 어찌하시렵니까? 아마 이 사실을 알게 된다면 가만히 계시지 않을 것입니다."

현무단주의 말에 사마자문이 빙긋 웃었다.
"그러니 비밀로 해야지. 자네들도 입을 꾹 다물고 있게. 그나마 장로들이 천기비동에서 돌아온 이후 몸을 추스르느라 정신이 없으니 다행이군."
현무단주와 백호단주는 대답도 못하고 그저 입만 뻥긋거렸다. 어쨌든 이미 엎질러진 물이요, 떠나간 배였다.
"그럼 그렇게 알고 일을 추진하겠습니다. 자네들은 조만간 있을 싸움에 대비해 충분히 준비를 해놓게."
적사광이 사마자문의 말에 대표로 대답했다.
"그렇게 하겠습니다. 그럼 전 이만."
적사광은 백호단주와 현무단주를 이끌고 집무실에서 나가 버렸다. 이렇게 가만히 앉아 있는 시간조차 아까웠다. 혈교와의 대결전에서 승리를 쟁취하려면 준비해야 할 것들이 너무나 많았다.
무사단의 단주들이 모두 나가자 혁무길은 그 뒷모습을 흐뭇한 표정으로 바라봤다.
"제법 대단하지 않은가."
"무림맹의 미래 아닙니까. 아마 무림맹은 훨씬 더 커질 것입니다."
사마자문은 뒷말을 속으로 삼켰다. '살아남기만 한다면'이라는 말은 차마 맹주 앞에서 할 수 없었다.

"대주님, 미고현에는 안 가봐도 되나요?"

담교영이 걱정스런 눈으로 묻자 단유강은 대수롭지 않다는 듯 고개를 끄덕였다.

"문노가 알아서 잘하고 있을 거야. 그리고 우리가 간다고 달라지는 것도 별로 없고. 이제 천망단은 슬슬 그 녀석들이 알아서 해야지."

단유강의 의미심장한 말에 담교영이 놀란 눈으로 그를 바라봤다. 그리고 우원길은 눈살을 찌푸렸다.

"뭐냐, 마치 멀리 갈 사람처럼? 설마 혈교 일이 끝나면 떠날 생각인 게냐?"

우원길의 물음에 단유강은 대답하지 않았다. 하지만 분위기는 충분히 읽을 수 있었다. 담교영은 안타까운 눈으로 단유강을 바라봤다.

단유강은 걸음을 서둘렀다. 사로잡은 혈의단을 이용해 그들이 알고 있는 대부분의 정보를 빼냈다. 그리고 그 정보를 잘 분석해 만수평을 비롯한 의단들이 어디로 갔을지 대략 유추했다. 지금 단유강이 향하는 곳이 바로 거기였다.

"대주님, 정말로 그들이 해남에 갔을까요?"

"거의 확실해. 그리고 거기에 분명히 암혈이 있을 거야."

단유강은 혈의단의 정보만 가지고 결론을 내리지 않았다. 단유강은 자신이 가진 모든 정보망을 총동원했다. 그리고 그들이 광동 지방으로 향하는 걸 목격한 사람을 발견했다.

해남은 광동 아래에 있다. 단유강은 그 정보를 들은 후 즉시 결론을 내렸다. 암혈은 해남에 있다고 말이다.

단유강과 담교영이 암혈과 혈교의 군사 만수평에 집중하고 있을 때, 우원길은 조금 다른 생각을 하고 있었다.

"한데 정말로 괜찮겠느냐? 지금 혈교 때문에 난리가 아닌데, 네놈이 도와주면 정말로 쉽게 상황이 끝나지 않겠느냐?"

우원길의 말에 단유강이 단호히 고개를 저었다.

"지금 만수평이 왜 암혈로 간다고 생각하십니까?"

"글쎄, 난 암혈이 뭔지도 잘 모르겠다. 대체 그게 뭐냐?"

"다른 세상과의 통로입니다. 괴물이 득시글거리는 곳이죠."

우원길이 눈을 빛냈다.

"하면, 네 말은 혈교의 군사가 그 괴물을 이용할 거란 얘기로구나."

"그렇습니다. 아마 무리한 수를 써서라도 힘을 얻을 겁니다. 자기 수하조차 쓰레기 버리듯 하는 놈입니다. 그런 놈이 힘을 얻어서 좋을 게 없지 않겠습니까. 혈교주만 해도 만만치 않을 텐데."

우원길의 표정이 침중해졌다. 문득 천기비동에 갈 때 만나 싸운 검무극이 떠올랐다. 그는 분명히 자신보다 강했다. 혈교주가 그런 자를 얼마나 더 많이 키워냈을지 감조차 잡을 수 없었다. 모르긴 해도 열 명은 훨씬 넘을 것이다.

그럼 정작 혈교주의 힘은 또 얼마나 대단할 것인가. 생각하면 할수록 암울해졌다. 그것도 모자라 혈교의 군사라는 놈은 괴물을 이용해 힘을 키울 생각을 하고 있으니 천하의 앞날에 먹장구름이 끼어도 잔뜩 낀 셈이었다.

"그 괴물들을 과연 상대할 수 있겠느냐? 그분을 모셔오는 게 낫지 않겠느냐?"

우원길이 말하는 그분이 바로 종칠이라는 것을 잘 아는 단유강이 쓴웃음을 지으며 고개를 저었다.

"그분은 돌아가셨습니다. 아마 다시 안 오실 겁니다."

"그게 무슨 말이냐? 천수를 다 하셨단 말이냐? 벌써? 상당히 정정해 보이던데……."

단유강은 자신의 말에 오해의 소지가 있다는 것을 깨닫고는 말을 다시 했다.

"집으로 가셨습니다. 다시는 세상에 나올 일이 없을 겁니다."

우원길이 아쉬운 표정을 지었다.

"그것참, 아깝구나. 꼭 다시 뵙고 싶었는데……."

종칠과 다시 만나서 조금만 더 배움을 청하면 정말로 완전히 화룡을 얻을 수 있을 것 같았기에 더더욱 아쉬웠다. 하지만 이미 떠난 배를 어쩌랴.

"혹시 그분이 사는 곳을 아느냐? 괜찮다면 내가 찾아가 보고 싶다만……."

단유강이 난감한 표정으로 고개를 저었다.

"불가능합니다."

우원길은 단유강의 말을 얼른 이해하지 못했다. 모른다는 것도 아니고 불가능하다니, 대체 그게 무슨 뜻이란 말인가. 우원길은 잠시 고개를 갸웃거렸지만 이내 그냥 모른다는 걸 잘

못 말했다고 여겼다.

"그거, 참으로 안타깝구나. 쯧쯧."

우원길이 나직이 혀를 차자 단유강은 내심 안도하며 걸음을 조금 더 서둘렀다. 덕분에 일행이 나아가는 속도는 거의 뛰는 것이나 다름없을 정도로 빨라졌다.

"조금 더 서두르죠. 생각해 보니 시간이 그리 많을 것 같지 않네요."

단유강의 말에 우원길과 담교영이 고개를 끄덕여 동의했고, 단유강은 즉시 경공을 전개했다. 만수평 일행이 천기비동을 빠져나간 때와 단유강 일행이 천기비동을 빠져나온 때의 차이가 그렇게까지 큰 것은 아니지만, 만만히 따라갈 수 있을 정도는 아니었다. 서두르지 않으면 상황이 조금 더 곤란해질 수도 있었다.

'뭐, 암혈을 통해 힘을 얻으려면 시간이 필요할 테니까, 심각하게 늦을 일은 없겠지만.'

단유강은 기왕이면 암혈이 이 세상에 더 영향을 끼치기 전에 해결하고 싶었다.

세 사람의 신형이 마치 바람처럼 빠르게 해남을 향해 나아갔다.

남궁세가의 가주, 남궁만천은 굴욕에 찬 표정으로 이를 악물었다. 그의 눈은 시뻘겋게 충혈되어 금방이라도 피를 뚝뚝 흘릴 것만 같았다.

"크흑, 다른 문파들에게는 모두 연락을 끝냈느냐?"

남궁현민이 고개를 살짝 숙이며 대답했다. 그의 표정 역시 과히 좋지 않았다.

"끝냈습니다."

"그들은 어쩌고 있나?"

남궁만천이 이번에는 남궁적산을 바라보며 물었다. 남궁적산 역시 남궁현민과 비슷한 표정을 짓고 있었다.

"아직 안휘에 들어오지 않았습니다. 그들은 뭔가를 기다리고 있습니다."

무엇을 기다리고 있는지는 자명하다. 그들은 무림맹이 이곳에 오기만을 기다리고 있었다. 분명히 뭔가 함정을 준비했을 것이다.

"내 결정이 틀렸다고 생각하느냐?"

남궁만천의 말에 남궁현민과 남궁적산이 동시에 고개를 숙였다.

"가주님의 명에 따를 뿐입니다."

남궁만천은 남궁적산을 가만히 바라봤다. 어느 순간 벽을 훌쩍 뛰어넘더니, 이제는 남궁만천보다도 오히려 훨씬 강해져 버렸다. 창궁단의 단주라는 자리에만 묶어놓기엔 너무나 아까운 인재였다.

"자네 생각은 어떤가? 내가 과연 옳은 판단을 한 것 같은가? 솔직히 말해주게."

남궁적산은 망설임없이 대답했다.

"옳은 판단을 내리셨습니다. 치욕은 순간일 뿐입니다. 결국 우리 남궁세가는 혈교의 심장에 칼을 박아 넣게 될 것입니다."

남궁만천은 그제야 조금 표정을 풀었다. 남궁적산의 확신에 찬 어조를 들으니 그의 가슴에도 호기가 치밀어 올랐다.

"좋아, 오늘 밤에 계획대로 한다. 더 시간을 끌 필요가 없으니까."

"명에 따릅니다."

남궁적산과 남궁현민은 그렇게 대답하고는 밖으로 나갔다. 바야흐로 안휘성에 풍운이 불기 시작했다.

다음날, 혈룡은 자신이 이끄는 강시들을 데리고 천천히 안휘성 안으로 진입했다. 그의 목표는 남궁세가였다. 그리고 나머지 자잘한 문파는 혈룡의 수하들인 혈룡대가 각자 적절한 수의 강시를 이끌고 부술 것이다.

무림맹이 움직였다는 정보를 어제 입수했다. 이제 남궁세가를 지워도 소문만 통제하면 무림맹은 결국 이쪽으로 오게 되어 있었다. 그러면 충분히 준비한 함정을 제대로 먹여줄 계획이었다.

혈룡은 느긋하게 남궁세가로 향했다. 급할 것이 없었다. 어차피 남궁세가를 정리하는 데 필요한 시간은 극히 짧았다.

"그나저나 교주님은 대체 왜 내게 교주 행세를 시키신 걸까?"

혈룡은 문득 그것이 궁금해졌다. 명령을 받았고, 혈교주가 세운 대계 중 하나였기에 군소리없이 따르고 있긴 하지만 아직 그 안에 내포된 의미는 몰랐다.

"뭐, 무슨 상관인가, 어차피 교주님께서 다 알아서 하실 것을."

혈룡은 고개를 저어 상념을 털어버렸다.

그렇게 혈룡이 남궁세가를 향해 가고 있을 때, 미리 출발했던 혈룡대원 하나가 급히 달려오는 모습이 보였다. 그는 자신이 끌고 갔던 강시들까지 고스란히 가지고 돌아오는 중이었다.

"벌써 끝냈나? 하긴 당연한 일이긴 하지."

강시들을 이용하면 웬만한 중소 문파 따위는 순식간에 끝장낼 수 있다. 혈룡은 그렇게 대수롭지 않게 생각했다. 하지만 혈룡대원이 가져온 소식은 그렇게 만만치 않았다.

"사라졌습니다!"

혈룡이 눈살을 찌푸렸다.

"사라져? 무슨 말인지 똑바로 고해라."

"제가 치러 갔던 문파의 놈들이 몽땅 사라졌습니다."

혈룡의 눈썹이 꿈틀거렸다.

"그게 무슨 소리냐!"

"미리 도망이라도 간 것 같습니다. 그래서 다시 정보를 모았는데, 남궁세가까지 도망간 모양입니다."

혈룡의 얼굴이 사정없이 일그러졌다. 명백한 실책이었다. 남궁세가는 명예와 자존심이 있기에 죽음을 각오하고 덤빌 거라 생각했다. 한데 그 예상이 완전히 비틀어진 것이다.

"버러지 같은 놈들이군. 고작 한다는 게 도망이라니."

혈룡은 그렇게 말하며 분을 삭였다. 아무것도 아닌 놈들에게 제대로 뒤통수를 맞았다고 생각하니 머리가 끓어올랐다.

"그놈들 어디 있는지 알아내라. 당장!"

"존명!"

혈룡대원은 자신에게 불똥이 떨어지기 전에 서둘러 움직였다. 어차피 정보를 모으는 건 그리 어렵지 않았다. 혈교의 정보망은 천하 곳곳에 깔려 있으니 말이다.

혈룡은 제자리에 멈춰 서서 거세게 발을 굴렀다.

쿵!

발 구름 한 번에 바닥이 움푹 파였다. 마치 화탄이라도 터진 것처럼 큰 반경의 구덩이가 생겨났다. 혈룡은 분을 참지 못해 몇 번이나 더 발을 굴러댔다.

"맹주! 어떻게 이러실 수가 있소! 우리에겐 일언반구도 없이 천마신교를 부르다니!"

장로들의 거센 반발에도 혁무길은 그저 담담한 신색을 유지했다. 어차피 저질렀다. 비룡단을 이용해 천마신교와 접촉하는 것에 성공했고, 천마신교에서 혈교와의 싸움에 힘을 빌려주기로 혼쾌히 약속했다.

"혈교의 힘은 막강하오. 우리만으로는 결코 이번 일을 막아낼 수 없소."

"하지만 천마신교 역시 마찬가지 아니오? 그들을 어찌 믿고……."

"믿고 안 믿고의 문제가 아니오. 이젠 사느냐 죽느냐의 문제요. 조금 전 남궁세가로부터 연락을 받았소. 남궁세가는 안휘를 버리고 물러났다고 하오."

장로들은 그 말에 입을 다물고 놀란 표정을 감추지 못했다. 설마 남궁세가가 그냥 물러날 줄은 생각도 못했다.

"피해는 어느 정도라고 하오?"

"혈교와 부딪치기 전에 안휘의 모든 문파를 이끌고 물러났기에 피해는 없다고 했소. 남궁세가가 이런 치욕을 감내하는 이유를 진정 모르겠소?"

상황이 생각보다 심각하다는 걸 느낀 장로들은 더 이상 입을 열지 않았다.

"하지만 아무리 그래도 천마신교는……."

"천마신교의 힘이 없으면 결코 혈교를 이길 수 없소. 게다가 혈교는 지금 모든 힘을 보인 게 아닐 수도 있소."

혁무길의 말에 장로들의 눈이 화등잔만 해졌다. 지금 보여준 힘만 해도 감당이 어려울 지경인데 그게 전부가 아니라면 정말로 큰일 아닌가.

"그 말씀, 확실하신 거요?"

"칠 할 이상 확신하오. 그러니 이 일에 대해 더 이상 왈가왈부하지 맙시다. 지금은 혈교를 상대하기 위해 힘과 머리를 한데 모아야 할 때요."

혁무길은 그 말을 끝으로 더 이상 입을 열지 않았다. 장로들도 바보는 아니었는지라 어쩔 수 없는 상황이라는 걸 충분히 이해했다. 여전히 마음에는 들지 않지만 그래도 이번에는 인정을 하는 수밖에 없었다.

'천하의 힘을 박박 긁어 싸우면 이길 수야 있겠지만……'

그렇게 되면 미래가 없다. 무림맹은 몰락한 상황에 천마신교만 멀쩡하다면 뒤에 벌어질 일은 자명하다. 또한 그렇게 해서 싸움에 이겼는데, 혈교의 잔당이 나타나면 그 또한 곤란하다.

이래저래 천마신교의 개입은 정해진 수순이었다.

그렇게 무림맹은 정신없이 움직이고 있었다. 남은 힘을 모두 모아 남궁세가와 안휘성 문파들이 결집한 곳을 향해 나아갔다. 바야흐로 혈교대전의 시작이 다가오고 있었다.

혈교주는 의외라는 듯 흑영을 쳐다봤다.

"살아남아? 그게 정말이냐?"

"그렇습니다. 교의 정보망에 그들이 해남으로 향하는 것이 걸려들었습니다."

해남이라는 말에 혈교주의 안색이 살짝 변했다.

"뭘 노리는지 알겠군."

해남에는 암혈이 있다. 그리고 해남의 암혈은 그 규모가 황산의 것과는 비교도 할 수 없을 정도로 거대하다. 그 힘을 이용해 자신에게 대항할 방법을 찾으려 하는 것이다.

"훗, 가소롭군."

혈교주는 입가에 비웃음을 걸었다. 해남의 암혈을 지키고 있는 것은 흑피괴인(黑皮怪人)이다. 혈교주에는 미치지 못하지만 고작 만수평 따위가 어찌해 볼 수 없는 존재였다.

흑영은 혈교주가 만수평을 지나치게 깔보는 것 같아 조심스럽게 자신의 의견을 말했다.

"만수평도 그곳을 누가 지키고 있는지 알고 있습니다. 한데도 그쪽으로 간다는 것은 뭔가 복안이 있다는 뜻 아니겠습니까?"

흑영의 말에 혈교주가 턱을 쓰다듬으며 눈을 빛냈다.

"흐음, 복안이라……."

생각해 보면 만수평은 상당히 뛰어난 수하였다. 상황이 이렇게 되어버린 꼴이 되긴 했지만, 사실 되도록 끝까지 함께 갈 생각이었다. 그런 만수평이 아무 생각 없이 해남으로 갔을 리는 없었다.

"일리가 있구나. 하면 그놈이 무슨 생각을 하는지 한번 추측해 봐라."

혈교주가 만수평의 대안으로 준비한 것이 바로 흑영이었다. 혈교주의 판단에 흑영은 결코 만수평보다 못하지 않다. 더구나 흑영은 만수평보다 훨씬 강하다. 묵피괴인의 힘을 이었으니 당연하다.

"만수평은 지금 자신의 수하들을 흡수하며 해남으로 빠르게 이동 중입니다. 비문위가 벌써 합류했고, 남아 있던 혈의단과 백의단, 흑의단도 속속 합류 중입니다."

혈교주가 계속하라는 듯 바라보자 흑영은 잠시 호흡을 가다듬은 후 말을 이었다.

"아무래도 진법을 이용하려는 것 같습니다. 만수평에게는 아직 남아 있는 비장의 진법이 있습니다."

"비장의 진법?"

혈교주의 눈에서 혈광이 쭉 뿜어져 나왔다. 만수평이 알아낸 진법은 모조리 혈교주에게 있다. 만수평은 혈의단을 키우며 진법에 대해 심층적으로 연구했고, 그 연구 결과가 모두 혈교에 고스란히 남아 있었다. 한데 비장의 진법이 따로 있다는 건 처음부터 자신을 믿지 않았다는 뜻 아닌가.

"넌 그걸 어찌 아는 게냐?"

"만수평이 최근 그 진법에 대해 교에 남겼기 때문입니다. 아직 미완의 진법입니다."

"만수평이 그걸 완성시켰을 가능성은?"

"거의 없습니다. 아무래도 그의 수하들을 모두 버릴 작정으로 보입니다."

"수하들을 버린다?"

"그 진법은 인간의 생명을 바탕으로 펼치는 진법입니다. 그래서 완성이 더뎠습니다. 아마 만수평이 이번에 모험을 걸 듯합니다."

혈교주가 흥미롭다는 듯 자리에서 일어섰다.

"성공한다면 과연 만수평이 원하는 만큼 힘을 얻을 수 있겠느냐?"

"혈기를 이용해 잠력을 폭발시키는 것을 기본으로 하는 진법입니다. 아마 진을 성공적으로 펼치기만 하면 그곳을 지키는 흑피괴인도 버티지 못할 것입니다."

혈교주가 섬뜩하게 웃었다.

"재미있군. 하지만 불쾌해. 그따위 놈에게 암혈을 넘겨줄 수야 없지."

혈교주의 몸에서 진득한 살기가 일어났다. 혈교주는 이미 혈기를 이용해 얻을 수 있는 힘의 한계에 도달한 상황이었다. 더 큰 힘을 얻으려면 다른 방법이 필요했다.

"우리도 암혈로 간다. 그놈에게 하늘이 얼마나 높은지 알려줘야지."

"존명."

흑영의 모습이 꺼지듯 사라졌다. 혈교주가 직접 움직이는 일이다 보니 준비할 것이 상당히 많았다.

혈교주는 흑영이 사라진 자리를 가만히 바라보다가 나직이 중얼거렸다.

"이제 슬슬 나도 암혈의 힘을 얻을 때가 되었지. 큭큭큭."

혈교주의 음산한 웃음소리가 장내를 가득 메웠다.

안휘와 하남의 중간쯤에 위치한 평원에 살기가 휘몰아쳤다. 그 살기의 중심에는 혈룡이 서 있었다. 혈룡은 세상을 모두 날려 버릴 듯한 기세로 살기를 뿜어냈다. 그런 혈룡의 뒤에 수천에 달하는 강시들이 도열해 있었고, 좌우로는 혈룡의 진짜 수하라 할 수 있는 혈룡대 오십이 긴장한 얼굴로 서 있었다.

"무림맹 놈들, 쥐새끼처럼 빠르게도 움직였군."

남궁세가에게 한 방을 먹은 덕분에 그간 준비한 함정이 아예 쓸모없게 변해 버렸다. 혈룡은 진법을 이용한 거대한 함정을 준비했는데, 써보지도 못하고 그곳에서 나와야 했다.

남궁세가를 비롯한 안휘성의 방파들은 하남과 안휘의 중간쯤에서 혈룡을 기다리고 있었다. 혈룡은 본래 바로 호북으로 가 무한에 있는 무림맹을 공격하려 했지만, 뒤에 남궁세가와 안휘의 떨거지들을 남겨두고 갈 수는 없었다. 그래서 할 수 없이 이곳으로 온 것이다.

사실 남궁세가와 무림맹 사이에 긴밀한 연락과 협조가 있었기에 펼칠 수 있는 작전이었다. 남궁세가는 이곳에서 혈교와 맞서 싸우는 척하며 시간을 끌고, 그 틈에 무림맹 본대가 몰려와 협공을 하겠다는 계획이었다.

그 계획은 잘 이루어지는 듯했지만 마지막에 와서 삐끗해 버렸다. 혈룡의 움직임이 너무 빨랐다. 그래서 처음 예상했던 시간보다 하루 정도 일찍 부딪칠 위기에 처했다.

혈룡도 그 사실을 대강 짐작하기에 그렇게 서둘렀던 것이다.

"더 기다릴 필요가 없다. 가서 다 쓸어버리도록!"

혈룡의 명이 떨어짐과 동시에 수천의 강시들이 빠르게 몰려갔다. 가장 앞에 혈강시들이 있었고, 그 뒤를 철강시들이 따라갔다. 혈강시가 워낙 빨라 철강시들은 그 속도를 미처 쫓아가지 못했다. 하지만 그것이 꽤 적절한 효과를 발휘했다. 혈강시가 무인지경으로 적을 휩쓸 때, 수천의 철강시가 짓쳐들어 적을 완전히 와해시키곤 했다.

이번 싸움도 마찬가지의 결과가 될 것이라 예상했다. 적어도 혈룡과 혈룡대는 그렇게 생각했다.

하지만 결과는 그렇게 녹록치 않았다.

꽈앙!

거대한 폭음과 함께 강시와 남궁세가가 충돌했다. 다른 중소 문파의 무사들은 차마 그 싸움에는 끼어들지 못했다. 하지만 미리 계획한 대로 남궁세가가 전해준 검진을 펼치며 철강시를 맞이할 준비를 했다.

쩌저저저저정!

남궁세가의 검진은 훌륭했다. 비록 시간이 적어 요체를 모두 파악하지는 못했지만 그것만으로도 잠깐 동안 철강시의 돌격을 막아낼 수 있었다.

혈룡은 그 광경을 보며 나직이 혀를 찼다.

"쯧쯧, 버러지들이 발악을 하는구나."

혈룡의 말이 끝나기 무섭게 혈룡대 오십이 순식간에 그들 사이로 쏘아져 나갔다.

"크악!"

"아아악!"

연달아 비명이 울려 퍼지며 자칫 고착화될 뻔한 전선이 급격히 허물어져 갔다. 아무리 남궁세가라지만 혈강시를 등에 업은 혈룡대까지 막아낼 수는 없었다.
 남궁세가의 가주, 남궁만천의 눈가에 진득한 절망이 어렸다.
 '이대로 남궁세가가 끝나는 것인가?'
 그렇게 절망에 빠져 검을 휘두르던 남궁만천의 눈에 기묘한 것이 보였다. 철강시로 이루어진 적의 진형 한구석이 빠르게 무너지기 시작한 것이다.
 '이게 어찌 된 일이지?'
 그렇게 무너지는 진형의 뒤로 엄청나게 많은 사람이 보였다. 그들은 모두 같은 옷을 입고 있었다. 그 옷을 통해 그들이 누구인지 대번에 알 수 있었다.
 "천망단!"
 천망단이었다. 사천과 섬서 등지에 자리를 잡았다는 천망단이 어떻게 지금 이곳에 나타났는지는 모르겠지만, 그들의 등장은 남궁세가로서는 꺼졌던 희망의 불씨를 다시 피울 수 있었다.
 "모두 힘을 내라! 지원군이 왔다! 강시의 목을 쳐라!"
 남궁만천이 내공을 가득 담아 외쳤다. 그 외침에 남궁세가는 물론이고, 다른 문파의 무사들까지 힘을 냈다. 사기가 급속도로 올라갔다.
 전황이 새로운 국면으로 접어들었다.

"으왁! 이놈들, 뭐야! 너무 강해!"

제갈무군은 엄살을 피우며 검을 휘둘렀다. 하지만 그의 말과는 달리 그리 어렵지 않게 혈룡대를 상대하고 있었다. 혈룡대의 무위는 상상키 어려울 정도로 대단했지만 그래도 일대일이라면 어찌어찌 상대가 가능했다.

다른 사람들도 마찬가지였다. 제갈무군처럼 단독으로 움직이는 사람은 하후량, 하후령 형제와 연백철뿐이었는데, 하후량, 하후령 형제는 제갈무군보다 훨씬 여유롭게 혈룡대를 상대했고, 연백철은 완전히 압도하고 있었다.

네 사람은 집요하게 혈룡대만을 노렸다. 전황을 다시 변화시키려면 혈룡대를 모두 없애야 한다는 걸 너무나 잘 알고 있었다. 공격을 하기 전에 미리 제갈무군이 전황에 대해 파악을 끝냈기 때문이다.

혈룡대의 수가 빠르게 줄어들었다. 제갈무군과 하후량, 하후령 형제가 그들의 일부를 막는 동안 연백철은 마치 양 떼 속에서 사자가 날뛰듯 혈룡대원을 격살하고 있었다.

그것을 가만히 두고 볼 혈룡이 아니었다.

"이 버러지 같은 놈들!"

혈룡의 외침에 사방이 웅웅거렸다. 실로 어마어마한 공력이었다. 일순 싸움의 흐름이 흐트러졌을 정도였다. 혈룡은 그렇게 외친 후 즉시 위쪽으로 몸을 날렸다. 혈룡의 목표는 연백철이었다.

연백철은 자신을 향해 날아오는 혈룡을 보고는 얼굴이 딱딱하게 굳었다. 그냥 보기에도 혈룡은 엄청난 고수였다. 자신이 감히 상대하기 어려울 것 같았다. 연백철의 시선이 다급히 하후량, 하후령 형제에게 닿았다.

혈룡이 떨어진 것은 그 순간이었다. 혈룡은 그대로 검을 휘둘러 연백철의 정수리를 쪼개왔다.

쩌엉!

거대한 기파가 동심원을 그리며 사방으로 퍼져 나갔다.

"크윽!"

그 기파에 대부분의 사람들이 견디지 못하고 비틀거렸다. 그것은 적아를 가리지 않았다. 심지어는 혈강시마저도 움찔거렸을 정도였다.

하지만 연백철은 놀랍게도 거의 피해가 없는 듯했다. 물론 아예 손해를 안 본 것은 아니었다. 아주 가볍지만 내장이 살짝 진탕했다. 하지만 그게 전부였다.

그렇게 연백철이 혈룡의 검을 막는 사이 하후량과 하후령이 달려들었다. 그리고 제갈무군이 남궁세가주가 있는 곳으로 몸을 날렸다.

여전히 혈룡대는 서른 가까이 남아 있었고, 혈강시를 비롯한 강시들도 난폭하게 날뛰고 있었다. 하지만 싸움이 일방적으로 흘러가지는 않았다. 천망단 때문이었다.

천망단의 천망검진은 예전보다 훨씬 정교해지고 강력해졌다. 방어는 물론이고, 공격에 있어서도 상당히 뛰어난 검진이었다. 천망검진이 펼쳐지며 뻗어나가는 기파는 강시들 전체에 영향을 미쳤다. 덕분에 강시들을 힘겹게 상대하던 안휘의 문파들은 숨 돌릴 여유를 얻을 수 있었다.

문제는 아직까지 살아남은 혈룡대였다. 남궁세가의 고수들과 제갈무군이 어찌어찌 막고는 있었지만 조만간 파탄이 날 듯했다.

제갈무군은 긴장한 눈으로 연백철과 혈룡이 대치한 곳을 바라봤다. 그 싸움에서 만일 연백철이 지기라도 하면 끝장이었다. 한데 이길 가능성이 거의 없어 보였다. 혈룡에게서 뿜어져 나오는 기파는 정말로 엄청났다. 제갈무군의 머리가 팽팽 돌아가기 시작했다.

'일단 하루만 시간을 벌면 된다고 했지?'

여기서 싸움을 끝내고 후퇴할 수 있다면 하루를 벌 수 있다. 사실 더 이상 여유가 없었다. 강시는 지치지 않지만 사람은 지친다. 조만간 정말로 심각한 사태에 직면하게 될 것이다.

제갈무군은 초조한 얼굴로 시간을 가늠했다. 그와 백설영이 함께 머리를 싸매고 준비한 한 수가 언제 펼쳐질지 예측해야만 했다.

제갈무군은 주변 상황과 처음 약속했던 시간을 대충 파악한 후, 근처에서 힘겹게 싸우고 있는 남궁만천에게 다가갔다. 그리고 전음으로 뭔가를 의논했다. 남궁만천은 싸우는 와중에도 고개를 끄덕여 제갈무군의 말에 동의를 표했다.

남궁만천의 표정에 긴장감이 어렸다. 그는 주변의 무사들에게 계속 전음을 보냈다. 그가 신호를 보내면 즉시 물러나도록 지시를 내렸다. 그 지시는 안휘의 다른 무사들에게까지 빠르게 퍼져 나갔다.

제갈무군은 대충 상황이 정리되자 마지막으론 남은 연백철 쪽을 바라봤다. 그쪽 상황은 상당히 심각했다.

연백철과 하후량, 하후령이 천망검진을 이뤄 상대하는 데도 혈룡에게 계속 밀리기만 했다. 천망단이 펼치는 천망검진의 영향권 아래에서 셋이 합공을 하는 데도 혈룡을 상대하기에는 한참 부족했다.

그나마 연백철이 몸에 상처가 나는 것을 두려워하지 않고 저돌적으로 밀어붙였기에 아직 목숨을 부지하고 있는 것이지, 그렇지 않았다면 벌써 셋 다 목숨을 잃었을 것이다.

'젠장, 문노가 왔으면 좋잖아.'

문노는 미고현을 지켜야 한다며 남았다. 만일 문노가 따라 왔다면 싸움이 이렇게 힘겹지 않았을 것이다. 혈룡이 비록 강한 것은 사실이지만 문노에 비하면 어린애나 다름없었다.

제갈무군이 그렇게 연백철과 혈룡의 싸움을 지켜보고 있을 때, 혈룡이 짜증난다는 듯 마구 검을 휘두르며 소리쳤다.

"크아아악! 이놈들! 밤에 왔다면 한칼에 죽을 것들이!"

혈룡의 움직임이 더욱 거칠어졌다. 사실 그것은 연백철 등에게 더욱 호기로 작용했다. 정교함이 떨어져 오히려 방어하기가 더욱 수월했다.

제갈무군은 그 모습에 살짝 안도하며 고개를 갸웃거렸다.

밤에 왔으면 단번에 죽을 거라니. 하면 밤에 더 강해진다는 뜻 아닌가.

'이상한 놈이로군. 그나저나……'

제갈무군은 눈을 빛냈다. 드디어 시간이 되었다. 제갈무군의 등이 긴장으로 축축하게 젖었다. 제갈무군은 한순간 남궁만천을 바라보며 한 손을 번쩍 들었다. 그리고 그와 동시에 남궁만천이 크게 기합을 외쳤다.

"하아아압!"

단전의 모든 내공을 쏟아부어 만들어낸 외침이었다. 그의 외침에는 항마의 기운이 살짝 어려 있었다. 덕분에 강시들에게 미약하나마 타격을 입힐 수 있었다.

그 틈을 타서 모든 무사들이 일제히 뒤로 물러났다. 그것은 천망단도 마찬가지였다. 심지어는 연백철 일행도 그렇게 했다. 연백철은 그 와중에 가슴과 옆구리, 그리고 허벅지에 언제 잘려져 나가도 이상하지 않을 정도로 깊은 상처를 입어야만 했다.

그들이 물러남과 동시에 하늘에서 뭔가가 쏟아져 내렸다.

쐐애애액!

콰콰콰콰콰콰광!

그것은 새까만 철시였다. 철시는 바닥에 떨어짐과 동시에 폭발을 일으켰다. 철시 끝에 화탄이 매달려 있는 것이다.

"이놈들!"

혈룡이 분노해서 외쳤다. 하지만 철시는 끊임없이 쏟아졌다. 그리고 처음 터진 철시들 때문에 사방이 자욱한 흙먼지로 뒤덮였다.

꽈과과과광!

아무리 철강시가 강하다 하지만 이렇게 지속적으로 화탄의 공격을 받으면 타격을 입지 않을 수 없다. 그리고 그렇게 타격을 입은 상태에서 공격을 받으면 더 쉽게 무너진다.

혈룡은 이를 갈며 외쳤다.

"으드득! 물러나라!"

결국 혈룡은 철시의 공격 범위에서 물러날 수밖에 없었다. 어느새 남궁세가를 비롯한 무사들은 아무도 남아 있지 않았다.

"꽁지가 빠져라 도망쳤군. 쥐새끼 같은 놈들."

혈룡은 주위를 살펴봤다. 강시들 중 태반이 화탄에 맞아 타격을 입었다. 하지만 옷이 너덜거리긴 해도 싸우는 데 큰 문제가 있을 것 같지는 않았다. 혈룡의 얼굴이 살짝 어두워졌다. 혈룡대의 피해가 생각보다 컸다. 혈룡대는 이제 스물셋밖에 남지 않았다.

"이놈들, 절대 용서하지 않는다."

혈룡의 눈에 스산한 살기가 어렸다.

第十一章

반격

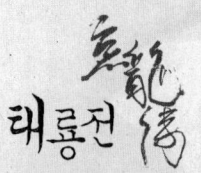

천망단과 남궁세가를 도와준 것은 당가였다. 당가를 끌어들이고자 계획을 세운 것은 백설영과 제갈무군이었지만, 사실상 당가를 움직이게 한 것은 설계도 한 장이었다.

당가는 기묘한 경로로 설계도를 한 장 얻었는데, 그것을 연구한 결과가 바로 오늘 보여준 천폭뢰(千爆雷)였다. 당가는 천폭뢰의 힘을 과시할 필요가 있었고, 때마침 혈교가 준동을 했다.

여러 사람과 단체의 이익과 입장이 맞물려 오늘의 상황을 만든 것이다. 어쨌든 당가의 도움으로 그들은 하루를 벌었고, 그렇게 번 귀중한 시간으로 무림맹이라는 강력한 아군을 얻을 수 있었다.

당가는 다시 돌아갔다. 이미 가져온 모든 천폭뢰를 다 썼다. 더 이상은 있어봐야 도움이 되지 않기에 일찌감치 빠지기로 했다.

무림맹까지 가세하니 그 군세가 어마어마했다. 무림맹에서는 놀랍게도 맹주인 혁무길이 직접 참여했다. 혁무길은 십대고수의 정점에 위치한 사람이다. 그런 고수가 참여했으니, 승리의 가능성이 더 커졌다고 할 수 있었다.

혁무길은 사마자문과 함께 천망단에서 온 연백철과 제갈무군을 만나고 있었다.

"오랜만이구나."

사마자문이 제갈무군을 보고 한 말이었다. 제갈무군은 어색하게 웃으며 포권을 취했다.

"그간 강녕하셨습니까."

"덕분에 남궁세가가 살아남았다 들었다. 수고했구나."

"그저 할 일을 했을 뿐입니다."

사마자문은 주위를 잠시 둘러보다가 물었다.

"천망단주는 오지 않았느냐?"

제갈무군이 쓸쓸한 표정을 지었다.

"천기비동에 가신 후 아직 연락이 없습니다. 뭐, 객사하실 분은 아니니 걱정 안 하셔도 될 겁니다."

사마자문은 의아한 표정을 지었다. 그리고 그때 그들이 있는 곳으로 제갈미미가 다가왔다.

"오라버니!"

"헉!"

제갈무군의 반응에 제갈미미가 사납게 눈을 치켜떴다.

"그건 무슨 뜻이죠? 설마 제가 나타나면 안 되는 상황이었나요?"

"그, 그럴 리가 있겠느냐. 그보다 넌 언제 이리로 온 거냐? 미고현에 있지 않았던가?"

제갈미미는 잠시 어이없다는 표정을 짓다가 이내 빽! 소리쳤다.

"제발 하나뿐인 여동생한테도 관심을 좀 주세요! 백 소저만 붙들고 사정하지 말고요!"

"사, 사정을 하다니, 그 무슨 어, 얼토당토않은 소리란 말이냐!"

제갈무군이 기겁을 하자 제갈미미가 토라진 듯 고개를 홱 돌렸다. 그녀는 그렇게 잠시 제갈무군을 구박하다가 생각났다는 듯 고개를 돌려 사마자문을 바라봤다.

"참, 군사님. 그분은 안 오셨나요?"

"연락도 없었다는구나."

"그럼 아직도 모르겠네요. 거기서 뭘 얻었는지……."

사마자문이 고개를 끄덕였다. 그의 표정은 무겁기 그지없었다. 천기비동에서 겪은 일은 충격이었다. 그런 힘이 누군가에게 넘어간다면 앞으로 어떤 일이 벌어질지 예측조차 할 수 없었다.

"그곳이 부서질 때, 안에는 아무것도 없었다. 소문에서처럼 천기자의 모든 것이 있는 건 아닐 것 같구나."

"아무래도 그렇겠죠."

제갈미미는 심각한 표정으로 고개를 살짝 숙였다. 그런 제갈미미 옆으로 제갈무군이 바짝 다가섰다.

"천기비동에서 우리 대주님이 뭔가 한 건 하셨나 보지?"

제갈미미가 대번에 눈살을 찌푸렸다.

"아시면서 뭘 확인하세요?"

단유강에 대한 소문은 확실하게 퍼지고 있었다. 천망단주 단유강이 무림맹을 비롯한 수많은 무림인들을 천기비동에서 구하고 천기자의 유물을 얻었다는 소문이 천하를 강타하고 있었다.

제갈미미가 은근한 눈으로 제갈무군을 바라보며 말했다.

"그러니까 나중에 오라버니께서 한번 알아봐 주세요. 대체 천기비동에서 뭘 얻었는지 말이에요. 오라버니도 궁금하지 않으세요?"

제갈무군은 뺨을 긁적이며 시큰둥하게 대답했다.

"글쎄."

제갈미미의 아미가 상큼 치켜 올라갔다. 제갈무군은 움찔 놀라며 얼른 자리를 피했다.

"하여간……."

제갈미미는 도움이 안 된다고 중얼거리려다가 입을 다물었다. 제갈무군이 알려준 폭뢰연환진 덕분에 자신과 세가의 진법이 얼마나 발전했는가. 제갈무군은 할 만큼 했다.

"에잇."

제갈미미는 애꿎은 돌멩이를 걷어차며 분풀이를 했다.

사마자문은 두 사람이 티격태격하는 모습을 보며 부드럽게 웃었다. 그러다가 이내 조만간 있을 결전에 대해 심각한 표정으로 계획을 세웠다.

'천마신교가 제때 도착을 해줘야 할 텐데……'

내일 싸움의 최대 변수는 천마신교였다. 천마신교에서는 이번 일에 흔쾌히 힘을 보태기로 했다. 예전에 한 번 무림맹과 함께 일을 했던 곽진웅이 이번에도 온다는 연락을 받았다. 곽진웅이라면 충분히 제몫을 할 것이다.

문제는 그들이 언제 이곳에 도착하느냐 하는 것이다. 한창 싸우고 있을 때 적의 허를 찌르며 나타나는 게 가장 좋았다. 하지만 그것은 사마자문이 원한다고 해서 마음대로 되는 건 아니었다.

'부디 시기가 맞았으면 좋겠군. 너무 늦지만 않으면 충분히 승산이 있으니까.'

현재 혈룡의 힘과 세력은 결코 만만치가 않다. 비록 혈룡대가 많이 죽고 강시들도 꽤 부쉈지만, 여전히 그들의 힘은 강력했다. 게다가 그들이 전부가 아닐 수도 있었다. 분명히 새로운 세력이 그들에게 가세할 것이다.

'그걸 알아내야 하는데……'

그걸 알아내야 하는데 이 부근의 정보가 말라붙어서 그들에 대해 알아낼 수 있는 것이 전혀 없었다.

사마자문이 그렇게 고민하고 있을 때, 누군가 그에게 다가왔다. 온몸에 크고 작은 상처로 도배하다시피 한 사내, 연백철이었다.

"군사님을 뵙습니다."

연백철이 먼저 포권을 취하며 인사하자 사마자문이 빙긋 웃으며 마주 포권을 취했다.

"어서 오게. 몸은 좀 어떤가?"

"많이 괜찮아졌습니다. 조금만 더 몸을 추스르면 다음 싸움에서도 한 팔 거들 수 있을 것 같습니다."

"다행이군."

지금은 고수가 하나라도 더 필요한 실정이다. 혈룡대나 혈강시는 웬만한 고수가 아니라면 싸워볼 수조차 없다.

"한데 날 찾아온 이유가 뭔가?"

"아, 이것을 전해 드리러 왔습니다."

연백철이 서찰 하나를 내밀었다. 사마자문은 의아한 눈으로 그것을 받아 들었다.

"이게 뭔가?"

"백 소저, 그러니까 우리 천망단의 정보를 총괄하는 사람이 드리는 것입니다."

정보라는 말에 사마자문의 눈이 빛을 발했다.

"고맙게 받겠네."

사마자문은 즉시 서찰을 개봉했다. 그리고 그것을 단숨에 읽은 후, 심각한 표정으로 연방 고개를 끄덕였다.

'골치 아프게 되었구나. 역시 예상대로야. 새로운 세력이 있었군.'

서찰에는 혈교의 동향에 대해 자세히 적혀 있었다. 혈룡의 등장에서부터 그의 행보, 그리고 근방에 있는 모든 수상한 움직임에 대해서 조사한 후 그것을 정리한 내용이었다.

그 정보대로라면 강시를 제외한 혈교의 또 다른 세력이 혈룡의 강시 부대와 합류하거나 돕기 위해 이동 중이었다.

'아마 지금쯤이면 근방에 도착했겠군. 벌써 합류를 했거나 아니면 호시탐탐 기회를 노리고 있겠지. 이거, 점점 더 상황이 어려워지는구나.'

사실 혈룡이 이끄는 강시 부대만 상대하라고 하면 충분한 승산이 있었다. 천마신교까지 합세하면 압도적으로 승리를 따낼 수도 있었다. 하지만 이젠 그것이 불투명해졌다.

"후우, 정신 바짝 차려야겠군."

사마자문은 그렇게 중얼거리며 맹렬히 머리를 굴렸다. 그의 뇌리에서 수많은 계획이 세워지고 지워지기를 반복했다.

그렇게 점점 밤이 깊어갔다.

단유강 일행은 어느새 광동의 끝자락에 도착했다. 여기서 해남까지 가려면 이제 배를 타고 바다로 나가는 수밖에 없었다.

"쯧, 단가상단이 여기까지 들어왔으면 배를 구하는 건 일도 아닐 텐데."

단유강이 투덜거리자 담교영이 옆에서 빙긋 웃었다. 수소문을 해보니 혈교의 군사라는 만수평이 이곳에서 배를 타고 떠난 지 하루가 채 안 되는 것 같았다. 그 정도라면 아직 암혈을 가지고 뭔가를 하기에는 빠듯한 시간이다.

문제는 단유강 일행이 배를 구하기 어렵다는 점이었다.

"정말로 이상하군. 안 그러냐? 해남도로 가는 배만 이렇게 없다는 게 말이야. 해남도가 작은 섬도 아니고."

우원길이 투덜거리자 단유강은 심각한 얼굴로 주위를 둘러봤다. 우연히 이렇게 된 건 절대 아니었다. 누군가 수작을 부렸다. 아마도 그 누군가는 만수평일 확률이 높았다.

'방법이야 많겠지. 돈을 풀어서 매수를 해도 되고, 실제로 가능한 배편을 모조리 동원하는 방법도 있고.'

단유강은 태호에서처럼 바다 위를 달려서 해남도까지 가는 것을 심각하게 고려했다. 아마도 그렇게 되면 우원길은 남겨두고 떠나야 할 것이다. 이곳에서 해남도까지의 거리는 칠십 리가 넘는다. 단유강이라면 아무런 문제가 없지만 우원길은 그렇지 않다.

담교영이야 단유강이 안고 건너면 되지만 우원길까지 그렇게 데려갈 수는 없지 않은가.

'이래저래 배를 구하는 게 상책인데……'

암혈이 눈앞에 있다고 생각하니 왠지 마음이 조급해졌다. 단유강은 심호흡을 통해 마음을 가라앉혔다. 급할수록 돌아가라는 말이 있다. 빨리 먹는 밥이 체하는 법이다. 단유강은 그것이 무엇을 의미하는지 누구보다 잘 알고 있었다.

단유강 일행이 그렇게 배를 구하기 위해 온갖 곳을 헤집고 돌아다니고 있을 때 누군가가 단유강 일행에게 은밀히 접근했다.

"배를 찾고 있다 들었소."

단유강이 눈을 빛내며 말을 건 사람을 바라봤다. 약간 음침하게 생긴 중년인이었는데, 눈빛에 살기가 감도는 것이 상당히 위험한 일을 주로 하는 사람이 분명했다.

"구할 수 있습니까?"

"돈이 좀 많이 들 거요."

"당장 출발할 수 있습니까?"

사내가 씨익 웃었다. 그리고 단유강과 우원길, 담교영을 찬찬히 뜯어봤다. 사내의 눈가에 음흉한 웃음이 감돌았다.

"일단 따라오시오."

사내는 단유강 일행을 어딘가로 데려갔다. 단유강은 묵묵히 사내의 뒤를 따라갔다. 사내는 항구에서도 꽤 외진 곳으로 향했다. 바다에 인접해 있긴 하지만 배를 대기에는 좀 곤란해 보이는 곳이었다. 그리고 인적도 거의 없었다.

"언제까지 가야 배가 나오는 거지?"

단유강은 사내의 분위기가 달라진 순간 말을 걸었다. 말투도 자연스럽게 바뀌었다. 굳이 상대를 존중해줄 필요를 느끼지 못했다. 어딜 가나 이런 쓰레기들이 존재하는 법이다.

"이제 다 왔으니 걱정하지 말라고. 흐흐흐."

사내는 그렇게 말하며 돌아섰다. 그리고 여기저기에서 험상 궂은 사람들이 튀어나왔다.

"이야, 이거 완전히 횡재했네. 저렇게 예쁜 여자는 처음 봐."

대머리가 번들거리는 거구의 사내가 바위 뒤에서 튀어나오며 큰 소리로 말했다. 사내의 시선이 담교영에게서 떨어질 줄을 몰랐다.

담교영은 살짝 눈살을 찌푸렸다. 하지만 굳이 경거망동하지 않았다.

단유강 일행을 여기까지 끌고 왔던 사내가 뒤돌아 단유강을 똑바로 쳐다보며 손을 내밀었다.

"일단 돈부터 내놓고 시작하자고. 보아하니 돈도 많을 것 같은데 말이야. 참고로 내 기분을 거스르지 않으면 목숨은 살려서 보내줄 수도 있어."

"크헤헤헤, 그러면 뭐 하냐? 어차피 눈깔은 뽑을 거 아냐. 그게 더 비참하다. 차라리 죽여라."

사내들이 와자하게 웃으며 서로 떠들어댔다. 그들의 말 중 절반은 음담패설이었고, 나머지 절반은 살인이나 사람을 병신으로 만드는 것을 놀리며 내뱉는 욕설이었다.

단유강은 잠시 그들이 하는 양을 지켜보다가 나직이 말했다.

"그래서 배는 어디 있지? 네놈들 해적 아니었나?"

단유강의 말은 나직했지만 모두의 귓가에 똑똑히 들렸다.

그 순간 단유강을 여기까지 데려온 사내는 뭔가 잘못되었다는 것을 직감적으로 느꼈다. 하지만 그가 뭔가 움직이거나 말을 꺼내기도 전에 소리없는 기운이 날아와 마혈과 아혈을 제압했다. 사내의 눈이 화등잔만 해졌다.

"호오, 우리가 해적인 건 또 어떻게 알았대? 이거, 꽤 똑똑한 놈일세."

대머리사내가 끈적거리는 눈으로 담교영을 샅샅이 핥듯이 훑어보며 앞으로 다가왔다. 그는 등에 매달려 있던 커다란 몽둥이를 꺼냈다. 두께가 어른 팔뚝만 한 쇠몽둥이였는데, 윗부분에 쇠침이 빼곡히 박혀 있어 한 번 맞으면 살아남기 어려울 듯했다.

사내는 쇠몽둥이를 위협하듯 붕붕 휘두르며 말했다.

"빨리빨리 돈들 내놓으라고. 이걸로 머리를 곤죽으로 만들어 버리기 전에 말이야. 아, 거기 예쁜 소저는 이리로 오도록. 일단 내가 먼저 시식을 해야 하니까. 불만없지?"

대머리사내는 눈을 부라리며 주위를 휘휘 둘러봤다. 그가 이 패거리의 두목인 듯 다른 사내들은 아무도 입을 열지 못하고 그저 고개를 끄덕였다.

살기로 시뻘겋게 달아오른 대머리사내의 눈빛이 단유강과 우원길을 향해 뻗어나갔다. 사내의 살기는 보통이 넘었다. 만일 마공이나 사공을 익혔다면 단기간에 대성할 수도 있을 듯했다.

"말로 하니까 우스워 보여? 아무래도 한 놈 조지고 시작을 해야겠는걸?"

 대머리사내는 이죽거리며 단유강에게 다가갔다. 일단 한 놈을 박살 낸 다음, 나머지 한 놈을 협박해서 더 많은 돈을 가져오게 할 속셈이었다. 그렇게 하면 일이 좀 커지긴 하지만 기회를 봐서 도망가면 그만이었다. 그들은 언제든 도망갈 준비가 되어 있었다.

 "기생오라비 같은 얼굴이 마음에 안 드는데? 일단 얼굴부터 문대주마."

 부웅!

 쇠봉둥이가 단유강의 얼굴을 향해 날아갔다. 하지만 사내는 눈치챘어야만 했다. 그가 아무리 협박을 하고 위협을 해도 단유강의 표정이 전혀 변하지 않았다는 사실을 말이다. 그리고 그런 사람들에게는 뭔가 믿는 구석이 있다는 것도 말이다.

 턱.

 대머리사내의 눈빛이 거세게 흔들렸다. 그가 자신있게 휘두른 쇠몽둥이가 어느새 단유강의 손아귀에 들어가 있었다. 어떻게 빼앗겼는지도 몰랐다. 그저 휘둘렀을 뿐인데 자신의 손에 있던 몽둥이가 사라졌다.

 "어어……?"

 "쯧쯧, 그렇게 어설프게 휘두르니까 이렇게 되는 거야. 다들 잘 보라고. 쇠몽둥이를 휘두를 때는 말이야……"

 쉭!

 몽둥이를 휘두르는 게 아니라 마치 날카롭게 벼린 검을 휘두를 때 나는 소리가 울렸다.

푹!

순간 대머리사내의 머리가 사라져 버렸다. 그곳에 있는 사람들은 몽둥이가 움직이는 것도 보지 못했다.

"이렇게 휘둘러야 하는 거야. 잘 봤지? 다음에는 똑바로 부탁해."

단유강은 그렇게 말하고 몽둥이를 획 던졌다. 단유강이 던진 몽둥이가 멀찍이 떨어진 사내에게 날아갔다. 그 사내는 얼결에 몽둥이를 받았다.

콰직!

사내의 가슴이 함몰되었다. 사내는 몽둥이를 잡았지만 날아오는 몽둥이의 힘을 버텨낼 수 없었다. 느릿하게 날아가던 몽둥이는 사내의 손까지 함께 뭉뚱그려서 그의 가슴으로 파고들었다.

"끄어어……!"

가슴이 함몰된 사내가 기이한 신음을 흘리다가 그대로 고개를 꺾었다. 절명한 것이다.

"어라? 그것도 못 받아? 그럼 도망도 못 가겠네? 가면 다 죽을 테니까 말이야."

단유강은 돌멩이 대여섯 개를 위로 던졌다 받으며 나직이 중얼거렸다. 그 말이 의미하는 바를 모르는 사람은 이곳에 아무도 없었다.

"뭐, 너무 억울해하지 말라고. 그동안 마음대로 잘살아왔잖아? 그 대가를 받는 거라고 편하게 생각해. 쓸데없는 짓만 안 하면 죽이진 않을게. 방금 죽은 두 놈은 피 냄새가 좀 심해서 내가 견딜 수가 없었으니까 이해들 하라고."

대수롭지 않게 말하는 단유강의 모습에 해적들은 공포로 몸을 부들부들 떨었다. 생각해 보니 그들의 두목인 대머리사내는 지독한 짓을 서슴없이 하던 사람이었다. 나쁜 놈이란 바로 그런 자를 두고 하는 말이었다.

그리고 가슴이 박살 나 죽은 사내는 대머리사내에게 아부를 떨며 갖은 패악을 일삼던 자였다. 대머리사내에 비해 전혀 떨어지지 않을 정도로 나쁜 놈이었다.

"뭐 해? 배로 안내해야지. 설마 배가 없다느니 하는, 목 날아갈 소리는 하지 않겠지?"

해적들에게 단유강의 말은 배가 없으면 모두 목을 날려 버리겠다는 협박으로 들렸다. 해적들 중 하나가 황급히 정신을 차리고 외쳤다.

"있습니다! 바로 근처에 있습니다! 그러니 살려주십시오!"

단유강이 시큰둥한 표정으로 손을 휘휘 저었다.

"살려준다고 했잖아. 자, 가자고."

해적들은 우르르 모이더니 배가 있는 곳으로 단유강 일행을 안내했다. 단유강은 느긋하게 그 뒤를 따랐고, 우원길과 담교영은 단유강이 보여준 의외의 모습에 살짝 놀란 눈을 했다.

커다란 바위 몇 개를 돌아가자 꽤 그럴듯한 배가 보였다. 배 위에도 해적들이 상당수 있는 듯했지만 그런 자들이야 몇이 있든 상관없었다. 해적들은 조각배 몇 척을 끌고 왔다. 노를 저어 큰 배가 있는 곳까지 가야 하는 모양이었다.

해적들이 조각배를 끌고 와 단유강 일행 앞에 대령했지만 단유강은 심드렁한 표정으로 그것을 힐끗 보고는 담교영을 번쩍 안아 올렸다. 담교영의 눈이 커졌다. 하지만 이내 얼굴을 붉히며 단유강의 목을 살짝 끌어안았다. 단유강이 뭘 하려는지 눈치챈 것이다.

"가죠, 영감님."

단유강이 몸을 훌쩍 날렸다. 파도가 꽤 거칠었지만 단유강에게는 태호의 잔잔한 물결이나 바다의 거친 파도나 별 차이가 없었다.

촤악, 물을 튕기며 달려가는 단유강의 모습을 해적들이 넋을 잃고 바라봤다. 우원길은 눈살을 한 번 찌푸리고는 몸을 날렸다. 우원길도 단유강 못지않은 솜씨로 바다를 달려 배로 향했다.

그제야 해적들은 자신들이 무슨 짓을 저지르려고 했는지 깨달았다. 바다를 뭍처럼 뛰어다니는 자들이 그냥 사람일 리 없었다. 그들은 해신이나 신선일 것이다.

해적들은 저마다 다투어 바닥에 납작 엎드려 절을 했다. 바다에 사는 사람들에게 가장 무서운 것은 해신의 분노다. 그들은 해신이 부디 자신들에게 노하지 않기를 바라며 절을 하고 또 했다.

좌악!

단유강의 몸이 하늘로 솟구쳤다. 그리고 그의 발을 따라 물줄기가 쭈욱 따라왔다. 마치 해룡이 솟아오르는 듯한 모습이었다.

그 광경을 목격한 뭍에 있던 해적들이 역시 해신이었다고 외치며 절하는 속도를 더 빨리했다. 그리고 배에 타고 있던 해적들 역시 마찬가지였다. 해룡이 솟아올라 갑판 위에 내려서는 모습에 모두 놀라 아무런 반응을 보이지 못했다.

좌악!

우원길이 날아올라 갑판 위에 내려섰다. 우원길 역시 단유강과 마찬가지로 바닷물을 끌고 왔다. 조금 다른 점은 우원길은 화룡의 영향 때문에 바닷물이 증발해 수증기를 잔뜩 끌고 왔다는 것이다.

어찌나 수증기가 많았는지 순식간에 배가 수증기에 휩싸였다. 물론 금세 사라져 버렸지만 해적들의 눈에는 우원길이 안개를 부리는 것처럼 보였다.

갑판 위에 있던 해적들이 저마다 넙죽 엎드렸다.

단유강은 그 모습을 보며 일이 잘 풀린다고 여겨 기분 좋은 미소를 지었다.

"자, 시간이 없다. 해남도로 출발!"

단유강의 외침에 해적들이 후다닥 일어나 배를 움직일 준비를 했다. 닻을 올리고 돛을 활짝 폈다. 단유강은 손을 휘저어 바람을 만들었다. 돛이 팽팽하게 펴지며 배가 쏜살같이 나아갔다.

해적들은 그 모습을 보고 더더욱 경이로운 시선으로 단유강을 바라봤다.

그렇게 단유강은 해남도로 향했다.

'드디어 암혈을 메울 수 있겠군.'

단유강의 눈빛이 점점 깊어졌다.

칠흑같이 어두운 밤, 일단의 무리가 은밀히 이동하고 있었다. 그들은 혈룡의 명을 받아 남궁세가와 천망단이 숨은 곳을 찾기 위해 나선 혈룡대였다.

달도 뜨지 않아 한 치 앞이 보이지 않았지만 그들에게는 이미 그 정도의 어둠은 아무런 의미가 없었다. 낮은 자세로 몸을 날리며 바람 소리조차 흘러 나가지 않도록 조심하며 움직이던 그들은 이내 희미한 불빛을 발견하고 서서히 속도를 줄였다.

[아무래도 저쪽에 진을 치고 있는 것 같다.]

혈룡대원은 전음으로 대화를 나누었다. 조금이라도 방심하면 끝장이었다. 다른 사람은 몰라도 연백철은 두려웠다. 거침없이 혈룡대를 죽이던 연백철의 날카로운 눈빛은 아직도 그들의 뇌리에 생생히 남아 있었다.

[어떻게 할까? 가까이 가봐야 하나?]

[당연하지. 확실한 정보를 가져가지 않으면 우리는 대주님께 죽는다.]

[그야 그렇지. 그러면 대표로 두 명만 움직이자고. 많이 가

봐야 들킬 위험만 늘어나니까.]

[그러자고.]

혈룡대는 두 명을 재빨리 추렸다. 두 명의 혈룡대원이 지금까지보다 훨씬 더 조심스럽게 불빛이 보이는 곳을 향해 움직였다.

[그나저나 정말 멀리도 왔군. 과연 여기까지 강시들을 이끌고 조심해서 올 수 있을까?]

[뭐, 들키면 할 수 없지. 다른 건 몰라도 밤의 대주님은 아무도 막을 수 없어.]

남은 혈룡대원은 모두 고개를 끄덕였다. 그 말에는 동의하지 않을 수 없었다. 혈룡은 밤이 되면 낮보다 몇 배나 더 강해진다. 즉, 낮에 보여준 실력이 전부가 아니라는 뜻이다.

[뭐, 들키지 않고 기습을 할 수 있다면 희생이 훨씬 줄어들 테니 좋겠지. 무림맹만 부숴야 하는 게 아니라 아직 웅크리고 있는 다른 문파들도 상대해야 하니까. 구대문파의 힘이 그리 녹록하진 않을 거야.]

혈룡대원들은 그렇게 얘기를 나누며 정찰을 나간 두 사람이 돌아오기만을 기다렸다. 하지만 시간이 꽤 지났는데도 그들은 돌아올 생각을 하지 않았다. 그제야 뭔가 이상한 낌새를 느낀 혈룡대원들이 다급히 몸을 일으켰다.

그리고 그 순간 사방에서 눈부신 빛이 쏟아져 나왔다.

"크윽! 들켰다!"

혈룡대원들은 즉시 도망가려 했다. 여기서 싸우다 죽는 건 말 그대로 개죽음이었다. 그들이 막 몸을 날리려는 순간 사방에서 비수가 쏟아졌다.

쩌저저저정!

혈룡대는 자신에게 날아오는 비수를 쳐내며 이를 악물었다. 비수에 실린 기운이 실로 만만치 않았다.

"미리 준비를 하고 기다린 보람이 있군. 상대가 아예 머저리가 아니라 다행이야."

앞으로 나선 것은 제갈무군이었다. 지금 이 함정을 만든 사람이 바로 제갈무군이었다. 제갈무군의 진법 실력은 예전 흑마성교와의 싸움 때보다 몇 단계나 상승했다.

지금 이곳에는 제갈무군이 속성으로 설치한 진이 잔뜩 깔려 있었다. 혈룡대는 지금 그 진에 갇힌 상태였다. 진의 생로는 단 하나. 그리고 그 생로는 한 사람이 가로막고 있었다.

"으득, 이 비열한 놈들."

혈룡대원 하나가 이를 갈며 중얼거렸다. 제갈무군은 그 말을 듣고 과장되게 놀라는 표정을 지었다.

"다른 사람은 몰라도 네가 그런 말을 할 줄은 몰랐는데? 백철아, 슬슬 시작하자!"

제갈무군의 외침에 지금까지 생로를 막고 있던 연백철이 천천히 걸음을 옮겼다. 연백철은 정확히 생로로 통하는 길을 막으며 걸었다.

혈룡대원들은 연백철을 쓰러뜨리지 않으면 이곳을 떠날 수 없다는 사실을 본능적으로 느끼고 있었다. 그들은 즉시 몸을 날렸다.

"하아압!"

쩡!

혈룡대원이 휘두른 검이 연백철의 검에 튕겨 나갔다. 연백철은 대번에 드러난 빈틈으로 빠르게 검을 밀어 넣었다.

슈각!

혈룡대원 하나가 쓰러졌다. 그 뒤를 이어 모든 혈룡대원이 연백철을 향해 달려들었다.

싸움은 그리 오래지 않아 끝났다. 연백철은 아무런 상처도 없이 혈룡대를 몰살시켰다. 이 모든 것이 진의 효용이었다. 연백철이 위치한 곳은 진이 끌어낸 기운을 받아들이는 자리였고, 혈룡대원들이 위치했던 곳은 알게 모르게 기운을 빼앗기는 자리였다.

즉, 혈룡대는 자신들의 기운을 받아서 사용하는 연백철과 싸운 셈이었다. 덕분에 연백철은 크게 힘을 들이지 않고 혈룡대를 잡을 수 있었다.

"이제 싸움 하나가 끝났군."

제갈무군이 굳은 얼굴로 중얼거렸다. 그리고 근심이 가득한 눈으로 한쪽을 바라봤다. 연백철은 제갈무군보다 훨씬 전부터 안색이 변해 그쪽을 바라보고 있었다.

"아무래도 저쪽에서 머리를 조금 더 굴린 모양이야."

제갈무군이 인상을 썼다. 수많은 강시들이 다가오고 있었다. 혈룡대는 미끼였다. 그리고 제갈무군과 연백철이 그 미끼를 문 것이었다.

연백철은 단전에서 내력을 잔뜩 끌어올렸다.

"습격이다!"

연백철의 외침에 고요하던 무림맹의 진영이 거세게 들끓었다. 무림맹 역시 그냥 쉬고 있지 않았다. 언제라도 싸울 수 있도록 만반의 준비를 갖추고 있었다.

순식간에 진형을 갖춘 무림맹 무사들이 그들을 향해 짓쳐들어 오는 강시들을 맞이해 거세게 검을 휘둘렀다.

혈룡은 느긋하게 걸으며 주위를 휘휘 둘러봤다. 혈룡이 찾는 것은 한 사람이었다. 죽이려 했는데 죽이지 못한 사람, 바로 연백철이었다.

"거기 있었군. 큭큭큭."

혈룡은 이내 연백철을 발견하고 걸음을 옮겼다. 여전히 느긋한 걸음이었다. 사방에서는 싸우느라 정신이 없었다. 강시들과 무림맹 무사들, 거기다가 남궁세가가 이끄는 안휘의 무사들까지 어우러져 혼란의 극을 보여주고 있었다.

얼마 전에 혈룡에게 합류한 자들은 만수평이 만든 조직에 속한 무사들이었다. 혈룡의 입장에선 떨거지였다. 그들도 지금 저 싸움에서 혼란의 한 축을 담당하고 있었다.

혈교주가 직접 키운 다른 무사들, 혈검대나 혈천대 같은 강력한 자들은 지금 천마신교 쪽을 한창 공략 중일 것이다. 그들의 힘이라면 천마신교도 아무런 문제가 없었다.

"그놈들보다 뒤처질 수야 없지."

혈룡은 그들에게 경쟁 의식을 불태웠다. 결국 혈교는 천하를 장악하게 될 것이다. 그리고 지금 얼마나 큰 공을 세우느냐에 따라 그렇게 세상에 군림할 혈교에서 얼마나 중요한 위치에 서느냐가 결정될 것이다.

혈룡은 혈검대나 혈천대에 뒤처질 생각은 전혀 없었다. 그러기 위해선 이 싸움을 압도적으로 이겨야만 한다. 연백철을 처참히 죽이는 것은 압도적인 싸움의 시작이 될 것이다.

정신없이 검을 휘두르다가 연백철도 어느새 혈룡의 시선을 느끼고 몸을 돌렸다. 연백철은 세상이 모두 지워지고 그 안에 자신과 혈룡만 남은 것 같은 느낌이 들었다. 연백철의 얼굴이 굳어졌다. 혈룡은 정말로 거대한 벽이었다.

'과연 넘을 수 있을까?'

한 가지 다행인 점은 불가능하다는 생각이 들지 않는다는 것이다. 문노나 단유강을 보고 있을 때면 가능성이라는 생각도 들지 않는다. 하지만 혈룡은 아니었다. 연백철의 눈에 자신감이 차올랐다. 혈룡과 자신의 차이는 명백했다. 하지만 두렵지는 않았다.

"하아압!"

연백철이 먼저 달려들었다. 혈룡은 그런 연백철을 가소롭다는 듯 쳐다보다가 가볍게 검을 휘둘렀다.

꽈앙!

연백철의 몸이 실 끊어진 연처럼 뒤로 날아갔다. 꼴사납게 바닥에 처박히려는 순간, 연백철이 몸의 균형을 잡으며 간신히 바닥에 내려섰다. 얼굴이 살짝 창백해졌지만 큰 타격을 입지는 않은 듯했다.

"호오, 꽤 쓸 만한 놈이로구나."

혈룡은 감탄했다. 밤이 되어 힘이 넘쳐나는 자신의 일격을 받아내고도 멀쩡한 것을 보니 보통이 넘었다. 얼마 전에 싸웠을 때보다 더 강해진 것 같았다.

"좋아, 조금 더 즐겁게 놀 수 있겠구나."

혈룡이 검을 들어 올린 순간, 거대한 살기가 연백철을 향해 쏘아졌다. 연백철은 이를 악물고 그 살기를 견뎌냈다. 온몸이 부들부들 떨렸다. 이대로라면 검을 휘두르지도 못하고 죽을지도 모르겠다는 생각이 들었다.

그 순간, 갑자기 몸에 가해지던 압력이 급격히 줄어들었다. 연백철은 깜짝 놀라 혈룡을 바라봤다. 그러자 크게 일그러진 혈룡의 얼굴이 보였다.

연백철은 다급히 주위를 둘러봤다. 천망단이 보였다. 천망단은 연백철과 혈룡을 넓게 감싼 채 천망검진을 펼치고 있었다. 그 천망검진의 축이 되는 곳에 제갈무군과 하후량, 하후령이 서서 검을 곤추세우고 있었다.

연백철의 마음 한구석에서 뭔가가 울컥 치밀어 올랐다. 연백철은 쿵쾅거리는 심장을 가만히 진정시키며 서서히 검을 들어 올렸다. 연백철의 검극이 혈룡을 겨눴다.

혈룡은 자신을 똑바로 바라보는 연백철의 눈이 마음에 들지 않았다. 마치 자신만 옳고 넌 틀리다고 하는 것 같아 더더욱 기분이 나빠졌다.

"그 눈을 뽑아주지."

혈룡이 몸을 날렸다. 사방에서 휘몰아치는 기운이 그의 몸을 감쌌지만, 그는 아랑곳하지 않고 연백철에게 모든 힘을 집중했다.

연백철은 굳은 얼굴로 검을 움직였다. 천망검법이었다. 연백철의 검에서 올올이 뽑아져 나온 천망검법은 순식간에 열세 초식을 뿌렸고, 혈룡과 부딪치기 직전에 새로운 초식에 접어들었다.

쨔르릉!

경천동지할 위력의 충격이 사방으로 퍼져 나갔다. 연백철과 혈룡을 중심으로 터져 나간 기의 폭발은 천망단을 그대로 휩쓸었다. 천망단은 자신의 안위는 도외시하고 모든 힘을 연백철을 위해 쏟아부었기 때문에 완전히 무방비한 상태로 그 충격을 고스란히 받을 수밖에 없었다.

"쿨럭!"

여기저기서 피를 토하는 소리가 들려왔다. 천망단은 마치 낙엽처럼 이리저리 바닥을 뒹굴었다. 단번에 천망검진이 와해된 것이다.

제갈무군과 하후량, 하후령도 마찬가지 상황이었다. 그들은 온몸이 피투성이가 된 채로 연백철과 혈룡이 있는 곳을 바라봤다.

 연백철과 혈룡은 똑바로 서서 서로를 바라보고 있었다. 충돌 전과 달라진 것은 위치밖에 없었다.

 푸화악!

 연백철의 온몸에서 피가 터져 나왔다. 그의 몸에는 거미줄 같은 상처가 빼곡히 들어차 있었다. 그 상처에서 동시에 피가 뿜어져 나오는 광경은 참혹하기 그지없었다.

 제갈무군의 안색이 창백해졌다. 천망단까지 몽땅 동원해서 혈룡 하나를 상대했는데도 못 이겼다면 더 이상 희망이 없었다.

 점점 절망에 빠져드는 제갈무군의 눈에 혈룡의 몸이 서서히 앞으로 기울어지는 것이 보였다.

 "아……!"

 혈룡이 바닥에 쓰러졌다. 그리고 피투성이가 된 연백철이 제갈무군을 향해 비척비척 걸어왔다. 제갈무군은 서둘러 몸을 일으켰다. 타격이 보통이 아니었기에 일어나는 것도 쉽지 않았다.

 제갈무군은 이를 악물고 연백철에게 다가갔다. 연백철의 몸이 힘없이 무너졌다. 제갈무군은 재빨리 손을 뻗어 연백철이 쓰러지기 전에 그를 부축할 수 있었다.

 천망단원들이 하나둘 자리에서 일어났다. 그들 중에는 목숨을 잃은 사람들도 있었다. 그리고 대부분은 심각하게 다쳤다. 하지만 슬퍼하거나 몸을 추스를 여유도 없었다. 싸움은 아직 끝나지 않았다.

혈교와 무림맹의 싸움은 처음에는 비등했지만 차츰 무림맹이 밀리기 시작했다. 문제는 체력이었다. 강시들은 체력의 소진이 없다. 그나마 강시의 수가 점점 줄어 숫자로 압박을 하고 있긴 하지만 그나마도 파탄 직전이었다.

혈룡이 연백철과 천망단에 의해 죽었지만, 그것은 다시 말하면 천망단이라는 막강한 힘을 혈룡이 홀로 막은 것과도 같았다.

무림맹과 남궁세가만으로는 결코 강시들과 혈교의 무사들을 모두 막아낼 수 없었다. 혈교의 무사들은 혈룡대보다는 못했지만 상당히 강했다.

그렇게 무림맹에 조금씩 밀려서 파탄이 드러난 순간, 일단의 무리가 혈교의 뒤를 쳤다. 그들은 막강한 힘을 바탕으로 단숨에 혈교의 진형을 반으로 갈라 버렸다.

무림맹주 혁무길은 그들이 누구인지 대번에 알아봤다. 천마신교였다.

천마신교는 이번 일에 무려 오백이나 되는 마인들을 보냈다. 그들을 이끄는 자는 곽진웅이었다. 혁무길은 이를 악물고 강시들을 향해 몸을 날렸다.

전체적인 사기가 급속도로 올라갔다. 그러자 무사들이 없던 힘을 내기 시작했다. 천마신교까지 가세해 뒤를 고스란히 내준 혈교의 무리는 점차 무너져 가기 시작했다.

그렇게 혈교대전이 끝을 향해 치달아갔다.

第十二章
해남도의 암혈

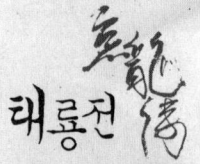

단유강은 해남도에 내려서자마자 암혈을 찾았다. 기감을 활짝 열고 조금이라도 의심스러운 기운을 찾아봤다. 하지만 암혈의 위치는 생각보다 쉽게 발견되지 않았다.
"좀 이상하군."
단유강은 일단 남쪽으로 이동했다. 그러면서 기감을 더욱 날카롭게 다듬었다. 단유강은 눈까지 지그시 감은 채 묵묵히 걸음을 옮겼다. 그 모습이 어찌나 경건한지 우원길과 담교영은 한마디도 하지 않고 조심스럽게 뒤를 따랐다.
어느새 날이 어두워졌다. 경공을 펼쳐서 달렸으면 꽤 많이 내려왔겠지만, 단유강이 워낙 신중하게 움직였기에 그리 많이 이동하지는 못했다.

밤이 되었는데도 단유강은 이동을 멈추지 않았다. 어차피 마을에 들를 생각도 없었기에 적당히 이동하다가 노숙을 할 계획이었다.

결국 밤이 아주 깊어서야 단유강이 걸음을 멈췄다. 그들은 대충 노숙을 준비했다. 불도 피웠고, 그럴듯한 음식도 만들었다. 처음 해남에 도착하면서 작은 솥과 식재료들을 얼마간 사왔기에 꽤 먹을 만한 음식이 만들어졌다.

식사까지 마치고 나자 단유강은 가부좌를 틀고 앉아 기감을 더욱 갈고닦았다. 어차피 잠을 잘 생각은 아예 없었다. 예전 한창 수련에 목숨을 걸 때는 한 달간 한숨도 못 자고 끊임없이 싸운 적도 있었다. 고작 하루 이틀 버티는 건 일도 아니었다.

담교영은 단유강이 가부좌를 틀고 앉아 눈을 감자 근처에 몸을 뉘었다. 그리고 단유강의 얼굴을 빤히 바라봤다. 이렇게 가만히 보고만 있어도 내심 가슴이 콩닥콩닥 뛰었다.

우원길이 그런 두 사람을 보더니 못 볼 걸 봤다는 듯 혀를 차며 고개를 홱 돌려 버렸다. 담교영은 우원길의 행동에 화들짝 놀라 고개를 푹 숙였다. 어느새 그녀의 얼굴이 홍시처럼 달아올랐다.

가만히 눈을 감고 있던 단유강은 멀찍이서 느껴지는 기이한 파동에 눈을 번쩍 떴다. 그리고 그 순간 엄청난 기운의 파동이 밀려왔다.

쿠오오오!

단유강이 자리에서 벌떡 일어났다. 담교영과 우원길도 깜짝 놀라 일어났다. 이런 엄청난 기운은 처음이었다.

"가죠."

단유강이 먼저 몸을 날렸다. 그러자 우원길과 담교영이 서둘러 그 뒤를 따랐다. 그들이 향하는 곳은 오지산(五指山)이 있는 쪽이었다.

오지산 깊은 곳, 한 사내가 온몸에 퍼지는 희열을 주체하지 못하고 부들부들 떨고 있었다.

"크으으으, 결국 성공했구나. 크흐흐흐."

그는 만수평이었다. 오지산에 있는 암혈로 찾아와 그곳에서 흘러나오는 막대한 기운과 막 암혈에서 튀어나오던 흑피괴인을 이용해 어마어마한 힘을 얻을 수 있었다.

이곳을 지키던 흑피괴인은 진법의 힘을 이용해 물리쳤다. 그리고 그의 힘도 얻었다. 이것은 흑피괴인의 특성이었다. 흑피괴인은 피를 통해 생명력과 힘을 흡수하고, 또 피를 통해 그 힘을 나눠 줄 수 있었다. 즉, 흑피괴인을 잡아 그 피를 몽땅 마시면 그가 가진 힘을 얻을 수 있었다.

물론 그 힘을 온전히 얻으려면 몇 가지 조건이 필요하다. 하나는 힘을 얻는 사람이 흑피괴인과 똑같은 몸이 되어야 한다는 점이다. 그것은 막 암혈에서 튀어나온 흑피괴인을 통해 해결했다.

이유는 모르지만, 암혈에서 튀어나온 괴물은 바로 형체를 갖추지 못한다. 그때 그의 몸과 겹친 사람이 있다면 괴물과 융

합을 이룬다.

만수평은 진법을 이용해 흑피괴인을 죽인 후 암혈의 힘을 얻으려 했다. 한데 그 순간 흑피괴인 하나가 암혈에서 튀어나왔다. 만수평은 더 생각할 것도 없이 흑피괴인의 몸에 달려들었다.

그렇게 흑피괴인의 몸을 얻은 만수평은 처음에 해치운 흑피괴인의 피를 모조리 마셨다. 심지어는 그의 심장까지 씹어 삼켰다. 그 결과, 그는 막대한 힘을 얻게 되었다.

"큭큭큭큭, 이 정도면 교주가 와도 두려울 게 없다. 크하하하핫!"

만수평은 어두운 기운이 끊임없이 흘러나오는 암혈을 바라봤다. 이것만 장악하고 있으면 앞으로 더 많은 힘을 얻을 수 있을 것이다.

"흑피괴인이 하나 더 나왔으면 좋겠군. 그 피를 마시면 또 얼마나 더 강해질까. 큭큭큭."

만수평은 힘에 취해 자신의 성격이 상당히 변했다는 것도 인지하지 못했다. 만수평은 혈광이 번득이는 눈으로 양팔을 벌리고 암혈에서 흘러나오는 어둠의 기운을 한껏 받아들였다.

"아주 놀고 있네."

만수평은 뒤에서 들려온 소리에 소스라치게 놀라 돌아섰다. 그리고 가만히 서서 자신을 한심하게 바라보는 단유강을 발견할 수 있었다.

"크윽, 뭐냐, 네놈은?"

만수평은 살짝 긴장하며 기운을 은밀히 끌어올렸다. 만수평은 교주가 자신을 잡기 위해 사람을 보냈다고 추측했다. 비록 자신이 흑피괴인 둘의 힘을 흡수하긴 했지만, 교주는 그동안 얼마나 많은 흑피괴인을 빼돌려 힘을 축적했는지 알 수 없다.

사실 교주 직속의 무사들이 어떤 식으로 힘을 얻었는지 만수평은 꽤 자세히 알고 있었다. 교주는 암혈에서 나오는 흑피괴인이나 혈인을 이용해 수하들의 힘을 키워왔다. 그들의 피는 확실히 대단했다.

'그래도 승산은 내게 있다.'

흑피괴인은 그렇게 자주 볼 수 있는 괴물이 아니었다. 만수평이 알기로 이곳 암혈에서 나온 흑피괴인은 다섯을 넘지 않았다. 거의 일 년에 하나 꼴로 나온 셈이다. 그중 둘을 자신이 가졌으니 교주의 수하들 중에 자신보다 강한 사람은 없을 것이다.

거기까지 계산하고 나니 자신감이 쭉쭉 차올랐다. 만수평은 손에 잔뜩 모았던 기운을 뭉쳐 단유강을 향해 던졌다.

쉬익!

콰득!

단유강은 손을 들어 가볍게 쥐는 것만으로 만수평이 쏘아 보낸 기운을 산산이 부숴 버렸다. 만수평은 그 광경에 깜짝 놀랐지만 틈을 두지 않고 계속해서 기운을 던졌다.

퍽! 퍽! 퍽!

단유강은 파리라도 쫓는 것처럼 손을 휘휘 저었다. 그리고 그때마다 만수평이 던진 기운이 모래처럼 부서졌다.

만수평은 절망에 휩싸였다. 마치 교주를 눈앞에 둔 듯한 착각이 일었다. 항상 교주 앞에만 서면 공포로 몸이 오그라들었는데, 지금 그런 현상이 몸에 나타나고 있었다.

"크으윽!"

만수평은 결국 더 이상 움직이지 않고 단유강을 노려보기만 했다. 이제 더 이상 선택의 여지가 없었다. 단유강이 움직이면 자신에게 남는 건 죽음뿐이었다.

"교주가 보냈나?"

단유강은 빙긋 웃기만 했다. 상황을 유추하는 건 아주 간단했다. 혈교주는 만수평을 천기비동에서 버렸다. 그리고 만수평은 그곳에서 탈출했다. 교주에게 반감을 갖는 건 당연했다.

"교주가 그렇게 두려워?"

단유강의 말에 만수평이 발악적으로 소리쳤다.

"당연하지! 교주는 인간이 아니다! 그 사람은 인간을 초월했어! 마선이다! 어찌 한낱 인간에 불과한 내가 그를 두려워하지 않을 수 있겠느냐!"

조금 전에는 잠시 자신이 그를 넘어섰다고, 그의 공포를 극복했다고 생각했다. 하지만 그건 착각에 불과했다. 만수평은 교주의 힘을 넘어서지도, 또 그가 주는 공포를 극복하지도 못했다.

만수평은 힘이 빠진 듯 쭈그리고 앉아 양팔로 자신의 몸을 감쌌다. 그리고 온몸을 부들부들 떨었다.

단유강은 그런 만수평을 보며 살짝 착잡한 표정을 지었다. 만수평은 그저 교주에 대한 공포만으로 망가져 버렸다.

 단유강은 나직이 혀를 차며 만수평을 지나쳐 걸어갔다.

 암혈은 황산에서 봤던 것보다 훨씬 크고 어두웠다. 밤이었는데도 주위보다 더 어둡다는 것이 극단적으로 느껴질 정도였다.

 단유강은 암혈에 더 가까이 다가갔다. 그리고 눈살을 찌푸렸다. 생각했던 것보다 훨씬 크고 깊었다. 단유강은 근처에 널브러져 있는 검은 시체를 발견했다. 단유강의 눈이 더욱 깊이 가라앉았다.

 "뭐야, 묵피괴인이네? 이것까지 나올 정도면 대체 얼마나 구멍이 큰 거야?"

 묵피괴인이라는 말에 만수평이 슬그머니 고개를 들었다. 그리고 눈이 살짝 빛났다. 단유강의 말 덕분에 공황 상태에서 살짝 빠져나올 수 있었다.

 '묵피괴인? 흑피괴인이 아니라? 하면 교의 사람이 아니란 말인가?'

 만수평은 단유강을 바라보며 조심스럽게 몸을 일으켰다. 그 순간 단유강이 갑자기 돌아섰다. 만수평은 기겁하며 뒤로 한 발 물러났다.

 "너, 넌 대체 누구냐!"

 단유강이 묘한 표정으로 만수평을 쳐다봤다.

 "뭐야? 지금까지 내가 누군지도 모르고 싸웠던 거야? 단유강이라고 이름은 들어봤겠지?"

"다, 단유강? 네가 바로 단유강이란 말이냐?"

"그래. 잘 아는 모양이네?"

단유강은 그렇게 말하며 기세를 피워 올렸다. 만수평은 그 기세를 온몸으로 받으며 다시 부들부들 떨기 시작했다. 간신히 억누른 공포가 다시 떠오른 것이다.

단유강은 또 만수평을 죽일 생각이 사라져 버렸다. 지나칠 정도로 불쌍한 표정과 자세를 하고 있어 손을 쓸 마음이 들지 않았다.

"뭐, 급한 것도 아니고 도망갈 일도 없을 테니까."

단유강은 그렇게 중얼거리며 다시 돌아섰다. 이번에는 확실히 암혈을 메워야 했다. 암혈에서 흘러나오는 어둠의 기운이 점점 늘어나고 있었다. 이대로 몇 년만 더 지나면 이 세상 자체를 위협하게 될지도 모른다.

"쯧, 황산 때와는 좀 많이 다르네."

단유강은 암혈을 향해 한 발 더 다가섰다. 황산에 있던 암혈은 크기도 작고 깊이도 얕아 간단히 메울 수 있었지만, 이곳에 있는 것은 그렇지 않아서 조금 복잡했다.

"제일 기분 나쁜 건 여기에 손을 넣어야 한다는 거지. 제길."

암혈이 너무 크고 깊어서 직접 손을 넣고 힘을 흡수하지 않는 한 메우기가 어려웠다. 힘을 흡수할 때도 세심히 조절을 해야 하기 때문에 꽤 복잡한 박자로 기운을 흘리고 흡수하는 걸

반복해야만 했다.

"할 수 없지. 내가 뿌린 씨니까."

단유강은 암혈에 팔을 쑥 밀어 넣었다. 소름이 끼칠 정도로 기분이 나빴다. 형언할 수 없이 더러운 곳에 손을 넣는 기분이었다.

우우우웅.

암혈이 나직이 진동했다. 그리고 더 이상 암혈에서 어둠의 기운이 흘러나오지 않았다. 암혈은 지금 단유강의 팔과 맹렬히 싸우느라 기운을 흘릴 여력이 없는 것이다.

그렇게 얼마나 지났을까. 암혈의 크기가 점점 작아지기 시작했다. 그렇게 작아진 암혈의 크기가 사람 머리통만 해졌을 때, 단유강이 손을 쑥 뺐다.

"휴우, 대강 정리가 끝났군."

단유강은 암혈을 향해 손바닥을 뻗었다. 단유강의 손이 새하얗게 빛나기 시작했다. 그리고 그 빛이 손에서 불쑥 튀어나왔다. 새하얗게 빛나는 광구(光球)가 서서히 암혈로 이동했다.

암혈에서는 다시 조금씩 어둠의 기운이 흘러나오고 있었지만 광구에 닿는 족족 스러졌다. 이내 광구가 암혈에 닿았다. 그리고 서서히 잠겨들어 갔다.

파직! 파직! 파지지직!

광구와 암혈이 만나며 뇌전이 사방으로 튀었다. 암혈의 크기가 작기에 상대적으로 광구와 암혈의 싸움은 작을 수밖에 없었다.

츠츠츠츠.

광구가 회전을 시작했다. 그러면서 자신의 영역을 점차 넓혀갔다. 그렇게 영역을 넓히며 암혈을 완전히 잡아먹은 광구에서 번쩍 빛이 일었다.

"휴우, 끝났네."

단유강은 홀가분한 얼굴로 다시 돌아섰다. 만수평은 여전히 두려움에 떨며 팔로 스스로를 쭈그리고 앉아 있었다.

"아주 상쾌한 날이야. 그나저나 교영이랑 영감님은 좀 늦네."

단유강이 그렇게 중얼거린 순간, 거대한 기운이 단유강이 있는 곳을 덮쳤다. 단유강은 깜짝 놀라 하늘을 바라봤다. 밤하늘 위에 누군가가 떠 있었다.

'뭐야? 여기까지 다가왔는데 내가 몰랐다고?'

단유강은 긴장하며 하늘에서 서서히 내려오고 있는 사람을 노려봤다. 그는 천천히 아래로 내려오며 가볍게 손을 휘저었다.

퍼억!

만수평이 그대로 터져 나갔다. 말 그대로 한 줌 핏물로 변해 버렸다. 실로 무시무시한 힘이었다.

"쯧쯧, 아까운 짓을 했어. 암혈을 없애다니. 조금만 더 빨리 왔으면 좋았을 것을."

혈교주였다. 그는 땅에 내려서서 주위를 느긋하게 둘러봤다.

"혼자인가? 의외로군. 혼자서 우리 군사를 처리하다니 말이야. 보아하니 우내사존은 아닌 것 같고……. 네가 단유강인가?"

단유강이 눈을 빛냈다.

"호오, 날 아네?"

"그래. 꽤 관심이 있었다. 네 주변에 아주 유력한 놈들이 많아서 말이야."

단유강이 흥미로운 눈으로 혈교주를 쳐다봤다.

"세상에 가끔 인간의 힘으로 어찌지 못하는 자들이 나타난다는 걸 난 아주 잘 알고 있거든. 넌 그럴 가능성이 있는 자들 중 하나였으니 당연히 관심을 가졌지."

"그래? 그래서 보니까 어때? 사람이 상대할 수 있을 것 같아?"

혈교주가 섬뜩하게 웃었다.

"사람이 상대하기에는 좀 버거울 것 같군."

단유강이 씨익 웃자 혈교주의 몸에서 폭발적인 기운이 휘몰아쳤다.

"하지만 나도 이미 그 반열에 올라섰다. 아무리 봐도 내가 질 것 같지 않은걸? 크하하핫!"

"그래? 평가가 좀 박하네."

그 말과 동시에 단유강이 몸을 날렸다. 단유강의 몸이 순식간에 혈교주 앞에 도착해 어느새 검을 휘두르고 있었다.

서걱!

혈교주는 자신의 앞섶이 잘려 나간 걸 보며 미소를 지었다. 조금만 늦었어도 가슴이 그대로 갈라졌을 것이다. 짜릿한 느낌이 척추를 타고 올라갔다. 긴장감과 흥분감이 온몸을 부드럽게 적셨다.

"기분이 좋아졌다. 다섯 등분으로 잘라주지."

혈교주는 그렇게 말하며 검을 뽑았다. 그는 정말로 즐거워 어쩔 줄 몰라 하는 얼굴로 검을 휘둘렀다.

쿠콰광!

단유강이 있던 자리에서 거대한 폭발이 일어났다. 일반적인 검기나 검강으로 낼 수 있는 위력이 아니었다.

혈교주는 단유강이 자신의 공격을 피했다는 것을 직감적으로 느끼고는 그대로 몸을 날렸다.

쩡!

혈교주의 검과 단유강의 검이 부딪치며 사방으로 기파가 퍼져 나갔다.

파드드드드득!

이불을 걷어내듯 바닥이 밀려 올라갔다. 근처에 있던 바위들이 박살 났고, 나무들이 뿌리째 뽑혀 날아갔다.

쩡! 쩡! 쩡!

단유강과 혈교주의 검이 연달아 부딪쳤다. 두 사람은 한 치도 물러서지 않고 검을 휘둘렀다. 검이 부딪칠 때마다 기파가 동심원을 이루며 물결처럼 퍼져 나갔다. 그리고 그렇게 퍼져 나간 기파는 주변 지형을 완전히 바꿔놓았다.

단유강이 하늘로 날아올랐다. 그리고 혈교주도 몸을 솟구쳤다. 두 사람은 하늘에서 다시 격돌했다.

꽝! 꽝! 꽝! 꽝!

검이 맞부딪치는 소리라고는 전혀 생각할 수 없는 굉음이 연달아 울렸다. 그리고 그렇게 굉음이 울릴 때마다 여전히 주변이 처참하게 부서져 나갔다.

땅에서 싸울 때보다는 조금 나았지만, 그래도 두 사람이 만들어내는 기파의 영향은 정말로 어마어마했다.

"굉장하군!"

혈교주는 기쁜 듯 웃으며 검을 마구 휘둘렀다. 단유강은 그 검을 일일이 막아내며 혈교주와 비슷한 미소를 지었다.

"나도 오랜만에 힘을 좀 쓰겠는데?"

단유강의 검이 지금까지보다 조금 더 빠르고 강하게 움직였다.

쩌저정!

"크윽!"

혈교주는 갑자기 변한 단유강의 검에 크게 당황했다.

"히, 힘을 감추고 있었나?"

"그럴 리가. 너무 오랫동안 힘을 억누르고 살았더니 모조리 힘을 뽑아내는 게 더뎌졌을 뿐이야."

혈교주의 얼굴이 크게 일그러졌다.

"그래도 결국 이기는 건 나다!"

혈교주의 몸이 새빨갛게 달아올랐다. 마치 온몸으로 피를 흘리는 것 같았다. 그러자 혈교주가 휘두르는 검의 위력도 단유강과 마찬가지로 조금 더 올라갔다.

쩡! 쩡! 쩡!

"으윽!"

단유강도 당황했다. 혈교주가 지금까지 여력을 남기고 싸웠다는 뜻 아닌가.

하지만 조금 시간이 지나면서 단유강은 상황을 냉정히 파악할 수 있었다. 혈교주는 지금 자신의 피를 태워 힘을 만들어내고 있었다. 혈교주의 몸을 가득 채웠던 혈기가 조금씩 사라져가는 것이 느껴졌다.

단유강은 끝까지 혈교주의 검을 받아주었다.

그렇게 얼마나 지났을까. 어느새 두 사람은 하늘에서 내려와 땅을 디딘 채 검을 휘두르고 있었다. 혈교주의 검은 여전히 위력적이었다. 심지어는 점점 더 강해지고 있었다.

단유강은 자신이 조금씩 밀린다는 것을 알았지만 여전히 담담한 표정으로 검을 휘둘렀다.

쩌어어엉!

지금까지 울렸던 것과는 비교도 할 수 없을 정도로 커다란 울림이 산을 뒤흔들었다. 그리고 그에 걸맞은 기파가 산을 진짜로 흔들었다.

우르르르르.

단유강은 흔들리는 땅을 밟고 굳건히 서서 검을 비스듬히 내렸다. 혈교주는 단유강의 검을 받아낸 자세 그대로 더 이상 움직이지 않았다.

"후우우."

단유강이 길게 숨을 뽑아냈다. 그러자 혈교주의 몸이 가루가 되어 서서히 흩어지기 시작했다. 그렇게 흩어진 가루가 밤하늘로 스며들어 갔다.

단유강은 눈을 지그시 감았다. 방금 전 싸움의 여운이 아직 채 사라지지 않았다. 그렇게 얼마나 서 있었을까. 누군가 다가오는 기척이 느껴졌다.

단유강은 천천히 눈을 떴다. 그리고 그를 향해 달려오는 담교영을 향해 부드럽게 미소 지었다.

혈교와의 싸움은 혈교의 멸망으로 끝났다. 스스로 혈교주라 지칭한 혈룡을 척마검협 연백철이 죽였고, 무림맹과 천마신교가 힘을 모아 혈교의 무사들을 소탕하는 걸로 싸움이 마무리되었다.

혈교 덕분에 무림맹과 천마신교와의 관계에 변화가 왔다. 천마신교는 여전히 신강과 청해를 벗어나지 않았지만, 무림맹과 부분적으로 교류를 시작했다.

천마신교도 혈교의 정예들에 의해 공격을 받았기에 사실상 타격이 심각했는데, 무림맹과의 관계 개선으로 인해 숨 돌릴 여유를 얻을 수 있었다.

사천당가는 혈교대전에서 천폭뢰라는 막강한 무기를 선보여 그 위상을 천하에 드날렸다. 더 이상 사천의 패자가 당가라는 데 이의를 제기하는 사람은 아무도 없었다.

　마지막으로 천망단은 새로운 단주를 맞이했다. 사천에서 벗어나 감숙 쪽에 새로운 근거지를 마련한 천망단은 천망상단으로 이름을 바꾼 단가상단과 천망검법과 천망검진이라는 희대의 절기를 바탕으로 막강한 영향력을 발휘했다.

종장

태룡전

"크흠, 나 어때? 괜찮겠어?"

평소의 그답지 않게 긴장한 기색이 역력한 제갈무군의 모습에 백설영은 자기도 모르게 피식 웃었다.

"거, 웃으니까 몸서리치게 예쁘네."

"농담은 그만하고 나가봐요. 신임 단주를 기다리는 수많은 단원들 눈이랑 목 다 빼놓지 말고요."

"어라? 농담도 할 줄 알았네?"

제갈무군의 눈이 화등잔만 해지자 백설영이 그의 옆구리를 힘껏 꼬집었다.

"끄어어!"

"자, 장난은 그만하고 나가봐요."

백설영이 꼬집은 손을 떼지 않고 앞으로 밀자 제갈무군은 꼴사납게 비틀거리다 바닥을 뒹굴고 말았다.
　그것이 제갈무군이 천망단의 새로운 단주가 된 날, 단원들에게 처음 선보인 모습이었다.

　해가 져 하늘은 어두워졌지만 천하제일루라 일컬어지는 화룡루는 환하기만 했다. 그 화룡루의 최상층은 우내사존 중 최고의 자리를 몇 년째 굳건히 지키고 있는 화룡신검 우원길이 머무는 거처였다.
　그곳은 가고 싶다고 아무나 갈 수 있는 곳이 아니었다. 평소에도 그곳은 오직 우원길 홀로 머무는 공간이었다.
　한데 오늘은 그곳이 꽤 많은 사람들로 북적였다.
　"에잉, 징글징글한 놈들. 어째 날짜를 잊는 놈이 하나도 없나."
　우원길이 투덜거리자 그를 마주 보는 자리에 앉은 연백철이 빙긋 웃으며 말했다.
　"어떻게 이날을 잊겠습니까. 그건 영감님도 마찬가지면서 왜 우리한테만 뭐라고 하십니까. 하하하."
　우원길이 못마땅한 표정으로 연백철을 노려봤다.
　"어라? 이놈 봐라? 그래, 같은 우내사존이라 이거냐? 어디 한번 또 해볼까?"
　연백철이 대번에 손사래를 쳤다.
　"하하, 왜 이러십니까. 오늘 같은 날에는 조용히 지내야지요."

"끄응."

우원길은 결국 침음성을 흘리며 고개를 돌려 버렸다.

"그나저나 정말로 오래됐네요. 벌써 이십 년인가요?"

백설영의 말에 방 안에 있는 사람들이 아련한 표정을 지었다. 그러고 보니 벌써 이십 년이나 지났다. 그가 사라진 지 말이다.

그 이십 년 동안 정말로 많은 것이 변했다.

십 년 전에 연백철은 무림맹주의 자리에 올랐다. 그리고 얼마 전 제갈무군이 천망단의 새로운 단주가 되었다.

천망단은 그동안 단주 없이 운영되어 왔다. 백설영이 총관을 맡아 단을 이끌다시피 했고, 하후량과 하후령이 호법을 맡아 많은 일을 처리했다. 하지만 단주 자리는 끝까지 비워놓았다.

"그나저나 넌 무슨 바람이 불어서 이십 년 동안이나 참은 걸 한순간에 뒤집은 게냐? 어차피 그렇게 안 해도 네가 단주나 다름없었지 않느냐."

우원길의 물음에 제갈무군이 묘한 표정을 지으며 품에서 뭔가를 꺼냈다. 작은 서찰이었다.

"그게 뭐냐?"

제갈무군은 대답하지 않고 서찰을 우원길에게 내밀었다. 우원길은 시찰을 받아 그것을 펼쳤다. 서찰에는 아주 간단한 말 한마디가 쓰여 있을 뿐이었다.

천망단 제이대 단주. 제갈무군.

우원길은 의아한 표정으로 제갈무군을 바라봤다.
"이게 뭐냐?"
"며칠 전 아침에 일어나니 제 머리맡에 놓여 있더군요."
"그래서 이게 뭐?"
"글자를 보면 뭔가가 느껴지지 않습니까?"
우원길은 제갈무군의 말을 듣고 심드렁하게 다시 서찰을 살폈다. 그리고 이내 그의 눈이 찢어질 듯 커졌다.
"서, 설마!"
서찰에 쓰인 글에서는 누군가의 느낌이 물씬 풍겼다. 아니, 이건 너무나도 명백했다. 이 글을 쓴 사람은 바로 그였다.
"대주님의 명령을 어길 수는 없지 않습니까."
좌중이 잠시 숙연해졌다. 그리고 누군가 입을 열었다.
"그런데 대주님은 과연 지금 어디 계신 걸까요?"
"글쎄, 낸들 알겠나. 담 소저도 함께 사라진 걸 보면 둘이 어딘가에서 잘살고 있을 것 같긴 한데……."
우원길은 연백철이 중얼거리는 말을 들으며 아련한 표정을 지었다. 그의 머릿속은 이미 이십 년 전으로 돌아가 있었다. 이십 년 전의 그때, 단유강과 혈교주의 싸움이 끝난 그때로…….

혈교주와 단유강과의 싸움은 그야말로 경천동지했다. 그 여파가 산 아래에 있던 우원길과 담교영의 내부를 진탕시킬 정도였으니 말이다.
우원길과 담교영은 산 아래에 서서 싸움이 끝나기만을 기다려야 했다. 단유강이 그들보다 훨씬 빨리 달려와서 망정이지, 아니었다면 저 싸움에 휘말려 뼈도 못 추렸을 것이다.

그렇게 싸움이 끝난 후에야 우원길은 담교영을 데리고 산으로 올라갔다. 그리고 가만히 서서 존재감을 사방에 뿌려대는 단유강을 볼 수 있었다. 단유강은 그 잠깐 사이에 자신이 감히 쳐다보기도 어려울 정도로 성장해 버렸다.

"어, 어떻게 된 게냐?"

우원길은 자신의 목소리가 떨려 나온다는 것도 알아차리지 못했다. 단유강은 우원길과 담교영을 향해 천천히 고개를 돌리고 미소 지었다.

"다 끝났습니다."

"이, 이겼느냐?"

"그러니 제가 여기 서 있겠지요."

단유강은 천천히 두 사람에게 다가갔다.

"전 아무래도 가야 할 모양입니다."

우원길과 담교영의 눈이 동시에 커졌다.

"가다니? 대체 어디로 간단 말이냐?"

"대, 대주님······."

단유강은 두 사람을 바라보며 다시 한 번 눈부시게 웃었다.

"그동안 충분히 힘을 억누를 수 있었는데, 혈교주와 싸우면서 터져 버렸네요. 이제 더 이상은 무리입니다."

"난 네가 하는 말이 무슨 뜻인지 모르겠다."

"제가 여기에서 살아가야 할 의미가 사라졌다는 뜻입니다.

이제 더 이상 세상에 개입하는 건 곤란하게 되었거든요."

"곤란하다고? 너무 강해서 말이냐?"

"비슷합니다."

"그래서 어디로 가겠다는 말이냐?"

"세상 너머로 갑니다."

우원길의 눈이 커졌다.

"죽겠다는 말이냐?"

"아닙니다. 세상 너머에는 또 다른 세상이 있습니다. 그 세상과 세상의 틈에 가는 겁니다."

우원길은 잠시 멍한 눈으로 단유강을 바라봤다.

"거기가 네 집이로구나."

단유강은 가볍게 고개를 끄덕인 후 말을 이었다.

"암혈을 막긴 했지만 거기서 비롯된 괴물들이 과연 모두 사라졌는지 확인하지 못했습니다."

우원길이 굳은 얼굴로 말했다.

"걱정 마라. 내가 다 정리할 테니까. 그리고 네가 키운 놈들도 있지 않느냐. 내가 그놈들이랑 다 알아서 하마."

"감사합니다."

단유강은 그렇게 말한 후 이번에는 담교영을 향해 고개를 돌렸다. 그리고 천천히 손을 내밀었다.

"나와 함께 가면 결국은 인간이되 인간이 아니게 될 거야. 그건 어쩌면 괴로운 일이 될 수도 있어. 괜찮겠어?"

담교영의 눈에서 눈물이 흘러내렸다. 그녀는 단유강이 자신을 남겨두고 홀로 떠날 줄 알았다. 담교영은 뿌옇게 흐려진 눈으로 단유강을 바라보며 고개를 끄덕였다.

"괜찮아요. 괜찮고말고요."

단유강의 얼굴에 미소가 떠올랐다.

"할머니가 좋아하시겠네."

단유강은 담교영을 살며시 끌어안았다. 그 순간 단유강 뒤의 공간이 쩍 갈라졌다.

단유강은 담교영을 번쩍 안은 후, 우원길을 향해 공손히 고개를 숙였다. 그리고 갈라진 공간 사이로 걸어 들어갔다.

갈라졌던 공간은 단유강이 들어가자 깨끗이 지워져 버렸다.

우원길은 그곳에서 단유강과 담교영이 사라진 자리를 멍한 눈으로 하염없이 바라보고 서 있었다.

"무슨 생각을 그리하십니까?"

제갈무군의 말에 우원길이 퍼뜩 상념에서 벗어났다. 그리고 살짝 심통이 어린 눈으로 제갈무군을 바라봤다.

"너 얼마 전에 나타났던 혈인은 어떻게 됐느냐? 처리했겠지?"

제갈무군이 머리를 긁적였다.

"아, 그놈이요? 아직 처리 중입니다. 보통 날래야 말이죠."

"이놈아! 그게 얼마나 중요한 일인데 그렇게 설렁설렁 하는 게냐!"

"아, 그렇게 중요한 일이면 영감님이 직접 하시면 되잖습니까?"

우원길은 자신의 가슴을 꽝꽝! 쳤다.

"어이구, 답답해라. 그놈은 저런 놈들을 어떻게 다뤘는지 몰라. 어이구, 알았다. 내가 처리하고 만다. 에잉."

연백철은 부드러운 눈으로 방 안에 있는 사람들을 하나하나 바라봤다. 가슴이 따뜻해져 왔다. 자신의 대주님은 이런 소중한 선물을 남겨두고 갔다. 연백철은 문득 천망칠십오대에 처음 왔을 때가 떠올랐다. 은자 한 냥을 들고 밥을 사다 나르던 기억이 생생했다.

"뭐야? 네놈은 무슨 생각을 하기에 그렇게 느끼하게 웃는 게냐?"

"하하하하!"

연백철은 기분 좋은 웃음을 터뜨렸다. 대주님이 가져다준 이 행복을 절대 놓치지 않을 것이다. 그리고 더 많은 사람들에게 이 행복을 전해줄 것이다.

연백철의 웃음이 옆으로 전염되었다. 제갈무군을 시작으로 방 안에 있던, 단유강과 관계를 조금이라도 맺었던 모든 사람들이 웃음을 터뜨렸다. 그리고 마지막으로 우원길까지 큰 소리로 웃었다.

단유강을 기억하며.

『태룡전』終

War Mage

워메이지

김재한 퓨전 판타지 소설

사람들이 인식하는 상식의 세계 이면,
짙은 어둠이 드리워진 그곳에 사는 괴물들이 있다.

문명이 드리운 그림자 속에서, 전투기계들과
인간의 사념으로부터 태어난 마물들이 격돌한다.
마법과 주술이 난무하는 초현실적인 전장,
소년은 그곳에 서는 대가로 인생을 잃었다.
운명의 노예가 되어 가족과 인성을 잃어버린 소년, 진유현.

총염(銃炎)과 검광(劍光)이 뒤얽히는
어둠의 거리에서, 운명의 족쇄를 끊고 나온
소년의 눈이 살의를 발한다.

유행이 아닌 자유추구 -
WWW.chungeoram.com
Book Publishing CHUNGEORAM

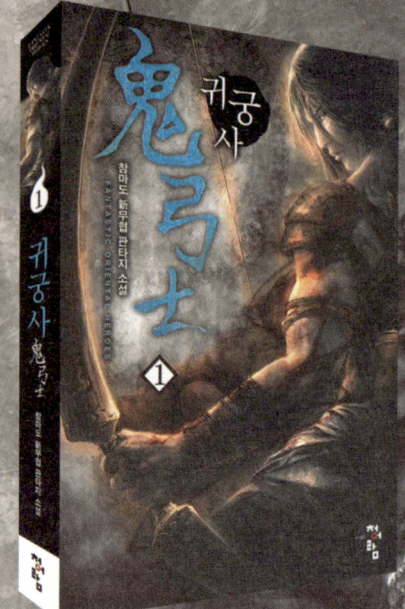

참마도 新무협 판타지 소설

**참마도 작가!! 그가 『무사 곽우』에 이어
다섯 번째 강호 이야기를 새롭게 풀어내다!!**

"길의 중앙에서 덩지게 서서 당당히 걸어가래.
사람으로 태어난 이상 그 누구도 당당하게 살아갈 권리는 있다고 말이야."

단야의 오른손이 꽉 쥐어졌다. 별것도 아닌 말이다.
하나 이토록 마음에 남는 소리는 없었다.
사람으로 태어나서…….

요물, 괴물.
나이를 먹지 않는 월홍과 얼굴이 징그럽게 망가진 단야.
그들 앞에 펼쳐진 강호란……!

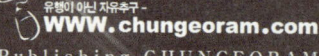

유행이 아닌 자유추구 -
WWW.chungeoram.com
Book Publishing CHUNGEORAM

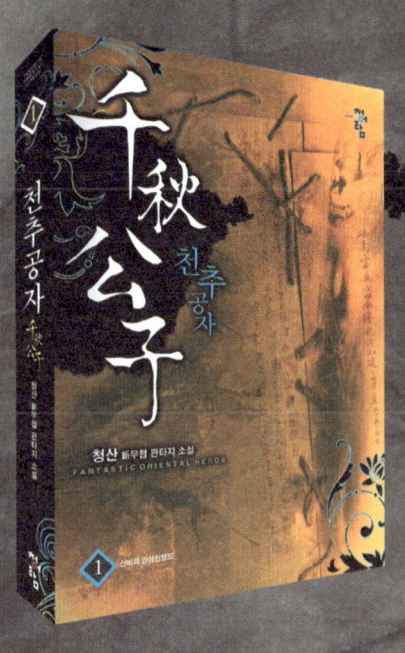

千秋公子
천추공자

청산 新무협 판타지 소설

운명을 뛰어넘는 담대한 도전!

황제마저 농락한 숭문세가의 공자 문천추(文千秋).
용문에 이르기 전까지 그는 시문과 서화를 즐기며 대하를 누비는
한 마리 커다란 잉어였다.
그러나 운명은 그를 용문(龍門) 앞에 이끌었다.
용문의 드센 물살을 거슬러 올라 용(龍)이 될 것인가,
아니면 용문점액의 상처를 입고 추락할 것인가.

죽음의 하늘 사중천(死重天)!
오로지 파괴와 살육만을 일삼는 사마악(邪魔惡)의 결집체.
사중천의 어둠은 태양마저 가리며 천하를 뒤덮는다.
마침내 죽음의 하늘과 맞서는 용 울음소리.

천추(千秋)에 빛날 문무제일공자의 호쾌한 행보가 시작되었다.

유행이 아닌 자유추구 -
WWW.chungeoram.com
Book Publishing CHUNGEORAM

少林棍王
소림곤왕

한성수 新무협 판타지 소설

감동의 행진을 멈추지 않는 작가 한성수!

구대문파 시리즈의 두 번째 이야기 『소림곤왕』!!
그 화려한 무림행이 펼쳐진다

"너는 지금부터 날 사부님이라 불러야만 하느니라.
소림사의 파문제자인 나, 보종의 제자가 되어서 앞으로 군소리없이 수발을 들고 모진
고통을 이겨내며 무공 수련을 해야만 한다."

잡극계의 천금공자 엽자건!
소림의 파문제자 보종의 제자가 되다!!

역사와 가상.
실존의 천하제일인과 가상의 천하제일인에 도전하는 주인공!
이제부터 들어갑니다. 부디 마음껏 즐겨주시기 바랍니다.
- 작가 서문 中에서.

유행이 아닌 자유추구 -
WWW.chungeoram.com
BOOK Publishing CHUNGEORAM